鍵のかかった部屋

貴志祐介

角川文庫 17357

目次

佇む男

1

日下部《くさかべ》雅友《まさとも》は、『新日本葬礼社』のブルーのロゴマークが描かれたガラスドアを、乱暴に押し開けた。衝立《ついたて》の前には、『ご用の方は押してください』というプレートと、卓上ベルがあったが、かまわず、どんどん奥へと進んでいく。

「あら、先生?」

段ボールいっぱいの書類を抱えて廊下の向こうから現れた田代芙美子《たしろふみこ》が、赤い眼鏡フレームの奥で目を丸くして立ち止まる。背が低く小太りで愛嬌《あいきよう》のある狸顔は、とても社長秘書と総務課長を兼任しているやり手には見えない。

「三日ほど前から、急に社長と連絡が取れなくなっちゃってね。今、どこにおられるのか、わかりますか?」

「……さあ、それはちょっと」

田代芙美子は、口ごもった。もう三十年近くも社長に仕えている古株で、ふだんだったら遠慮なく冗談を言い合える仲なのだが。

「緊急の用件があるんです。どうしても、社長とお話がしたいんですが」

本当は、そんなに急ぐ用事などなかったが、携帯電話が通じなくなってから妙な胸騒ぎがしてならなかったのだ。

「当分は、どなたも取り次がないように、かたく言われておりまして」

「じゃあ、社長は、社内にはいらっしゃるんですね？」

日下部は、少しほっとして訊《き》いた。

「いえ、ただ今、社内にはおりません」

「どこにいるんですか？」

「それは、ちょっと、申し上げられないんです」

田代芙美子は、相変わらず、奥歯に物が挟まったような物言いだった。

「田代さんは、社長の居所は把握してるの？」

日下部は、苛立《いらだ》ちを押さえて、笑顔で訊《たず》ねる。

「はい。ですけど、申し訳ありませんが、たとえ先生でもお教えするわけには」

「それは、わかりました。でも、社長の無事は、確認してるんですね？」

「無事……ですか？」

話のテンポが嚙《か》み合わないために、つい生来の短気さが頭をもたげかけたが、日下部は、深呼吸をして自制した。

「社長のお身体の状態があまりよくないことは、あなたもご存じでしょう？　この三日間、社長と連絡は取れてるんですか？」

「それが、どんな用件があっても、いっさい煩わせないように、とのことでしたので」

「今、誰か、社長と一緒にいます？」

「いいえ。たぶん」

田代芙美子は、きまり悪げに顔を伏せ、段ボールを持ち直した。

まずいな、と日下部は思う。社員には伏せられているが、大石満寿男《おおいしますお》社長は、末期の膵《すい》臓《ぞう》ガンで、余命半年と宣告されている。いつ何があってもおかしくない状態なのだ。

「そうなんですか。だったら、ちょっと心配ですね。とにかく、社長の安否だけでも確認してもらえませんか？」

「ええと……でも」

田代芙美子は、困惑の表情になり、段ボールを床に置いた。

「わたしの一存で、そういうことは」

「考えてみてください。社長は、お一人なんでしょう？　もし倒れていたら、どうするんですか？」

日下部の言葉が引き金になって、田代芙美子も急に心配になり始めたようだった。社長の身体を案ずる気持ちと、上司の言いつけにそむいて、叱責《しっせき》されるのを恐れる保身の感情が、しばしせめぎ合う。

「わかりました。……ですけど、一応、専務の許可を得ませんと」

日下部は、眉根《まゆね》を寄せた。社長の不在時に全権を掌握しているのは、社長の遠縁であり、衆目が一致する後継者である、池端誠一《いけはたせいいち》専務だった。切れ者であることはたしかで、会社の発展に寄与してきたことも認めざるを得ないが、日下部は、どうしてもこの男を信頼することができなかった。そもそも、大石社長が、病をおしてまで、どこかに籠《こ》もらなければならなかったのも、後継者選びに一抹の不安を感じていたからではないのか。

しかし、今は、とにかく当たってみるしかない。

「専務は、部屋？」

「はい。でも、今、来客中ですので……」

田代芙美子の制止を振り切って、日下部は、大股《おおまた》に専務室へと向かった。ドアをノックしようとして、ためらった。重要な来客ならば、少し待った方がいいかもしれない。

中から、談笑する声が聞こえてくる。

「……っぱり、この季節、チヌですよ」

「夜釣りですか。いいですな。腕が鳴りますよ」

「今度また、広島に行くんですが、いかがですか？　ぜひご一緒に」

相手の声には、聞き覚えがあった。たしか、メインバンクである双葉銀行の副支店長で、田中《たなか》といったはずだ。雑談中なら、闖入《ちんにゅう》してもかまわないだろう。

日下部がドアをノックすると、一瞬の沈黙があって、池端専務の横柄な声が「何だ？」と応じた。

「失礼します」

日下部は、ドアを開けた。

「……これは、日下部先生」

池端専務が、薄い眉《まゆ》を上げた。縁なし眼鏡の奥から糸のように細い目がこちらを凝視している。日下部と同年配だから、まだ四十代半ばのはずだが、髪はすでに真っ白で、政財界のフィクサーを思わせる風貌《ふうぼう》だった。

「ああ。こちら、弊社の顧問をしていただいている、司法書士の日下部先生です」

田中副支店長の方を向いて紹介する。

「はいはい。以前に一度、お目にかかりました。双葉銀行八王子《はちおうじ》支店の田中でございます。たいへんご無沙汰《ぶさた》をいたしております」

「お話し中、すみません。……専務。至急、大石社長に連絡を取りたいんですが」

日下部は、田中副支店長に軽く会釈してから、単刀直入に切り出した。

「それは、一刻を争うような用件なんですか？」

池端専務の口調には皮肉がこもっていたが、日下部は動じなかった。

「三日前から、急に、社長と連絡がつかなくなったんです。携帯も、ずっと電源が入っていないみたいで」

「外部から邪魔が入らないように、切ってあるだけじゃないですか？　社長は、何か大きな決断を下すときは、雑音をシャットアウトするのが常ですから」

池端専務は、あきれたように口をゆがめると、ソファにもたれた。

「そうかもしれません。しかしですね、現在の社長の健康状態を考えると」

池端専務は、大きく目を剝《む》くと、口元に握り拳《こぶし》を当てて、大きく咳払《せきばら》いをした。

「……それでは、私は、そろそろ、おいとまいたしましょう」

田中副支店長は、微妙な空気を察したらしく、さっと腰を浮かせた。

「そうですか。申し訳ないですね。わざわざ、おいでいただいたというのに、実のある話もできず」

池端専務は、苦り切った表情を見せた。

「いやいや、とんでもございません。広島の件については、あらためてご連絡しますので。はい、どうも失礼いたします」

田中副支店長は、手刀を切りつつ部屋から退散する。しばらく待ってから、池端専務は、日下部に厳しい視線を向けた。

「先生。どういうおつもりですか？　社長の健康問題については、まだ対外的には一切公表してないんです。軽々しく口に出されては、困りますよ。ましてや、銀行の人間が同席してるところで」

「申し訳ありません。しかし、ことは一刻を争うかもしれないんですよ。もし、社長が倒れられていたら、たいへんなことになります。とにかく、今すぐ、安否だけでも確認していただけませんか？」

言葉は丁寧だったが、日下部は、有無を言わさない調子で迫った。しばらくは睨《にら》み合いが続いたが、池端専務は、根負けしたように携帯電話を取り出して、ボタンを押した。

「……出ないな」

しばらくたってから、ぽつりとつぶやく。

「携帯は、ずっとつながりませんよ」

「うん。しかし、固定電話にも出ないんですよ」

池端専務の眉間《みけん》に、初めて深いしわが刻まれた。

「どこにいても呼び出し音は聞こえるし、受話器も取れるようになってるはずなんだが」

「大石社長は、どこにおられるんですか？」

日下部の問いに、池端専務は、当惑したような表情になった。

「山荘です」

「日下部先生は、ご存じないですかね。経営上の重大な決断を下すときなどは、昔からよく籠もってたんですが」

「場所は、どこですか？」

「奥多摩《おくたま》……中曾根《なかそね》首相がレーガンを招待した日の出山荘の近くなんですが……そうだな。これは、ちょっと見に行った方がいいかもしれない」

池端専務は、意外に機敏な動作で立ち上がった。

「すぐに警察に連絡した方が、いいんじゃありませんか？」

「しかし、もし何事もなかったら、私が社長に大目玉を食らいますからね。我が社の場合、社長の健康が信用に直結するんで、今の時期、変な噂が立つと困るんですよ。とにかく車を飛ばしてみますよ」

日下部は、時計を見た。ここ八王子からなら、おそらく三十分ほどで着くだろう。

「わかりました。それでは、私も同行させてください」

日下部は、今度も押しの強さを発揮して、嫌とは言わせなかった。

社用車は、黒塗りのクラウンだった。外見は、覆面パトカーか霊柩車《れいきゅうしゃ》を思わせる厳《いか》めしさだったが、シートは総革張りで、内装は贅沢《ぜいたく》に設《しつら》えてある。運転していたのは、君塚《きみづか》という若い社員だったので、そりの合わない池端専務と並んで後部座席に座っているのは、ひどく気詰まりだった。

「……まあ、たしかに末期ガンの宣告を受けたのはショックだったと思いますが、社長は、今までと変わらず経営の陣頭指揮を執ってましたからね。今日明日に容態が急変するという感じではなかったですし」

池端専務の方でも、かなり居心地の悪さを感じていたらしく、言い訳をするように沈黙を破った。

「しかし、かなり痛みがあったように聞いてますが？」

「背中と胃のあたりに、ときおり差し込みがあったようですな」

そんな生やさしいものではなかったはずだ。

「そういうときは、鎮痛剤で抑えてたんですか？」

「そうですね。最初のうちはモルヒネの錠剤を内服してましたが、吐き気がひどいらしく、最近は、もっぱら静脈注射に頼っていたようです」

「注射？　それは、誰がしてたんですか？」

池端専務は、立ち入りすぎだろうと言う目で日下部を見たが、不承不承、質問に答えた。

「社にいるときは、同じビルにあるクリニックに行ってたようですが、それ以外のときは、自分で射《う》ってましたよ」

「ご自身で？」

日下部は、驚いた。糖尿病患者ならインシュリンを自分で注射することはあるだろうが、何と言ってもモルヒネは麻薬である。

「本当はいかんのかもしれませんが、旧知の医師から、静脈注射用のモルヒネを貰《もら》っていたようでしてね」

「注射のやり方まで、教えてもらってたんですか？」

「社長は、アメリカでエンバーマーの講習を受けた草分けの一人ですからね。注射器に触れるのも、初めてというわけじゃないんですよ」

エンバーマーとは、葬儀のために遺体に消毒・防腐処理を施す専門職である。たしかに、遺体の一部を切開・縫合したり、静脈から血液を抜いて動脈の中へ防腐剤を注入するなど、医療に類似した行為も必要だとは聞いていた。とはいえ、自分で勝手に静脈注射などしてもいいものだろうか。

ふと、最悪の可能性が浮かんで、日下部は、目をしばたたいた。

「ちょっと待ってください。だとすると、病状が悪化したという可能性以外に、たとえば、うっかりモルヒネを射ちすぎて昏睡《こんすい》状態に陥ってしまった……ということも考えられませんか？」

「それは……」

身長185センチの日下部に狭い車内で詰め寄られ、池端専務もたじろいだようだった。

「一回の用量は、きっちり定められてるはずですから、ついうっかりというようなことはないはずですがね」

「それにしても、みなさん、社長のお身体には無関心なようですね。もう少し、気をつけられていると思ってたんですが」

つい、難詰するような口調になる。

「いや……それはもちろん、みな、心配していなかった訳じゃないんです。ただ、ご存じのように、社長はああいう性格ですからね。言い出したら聞かないし、誰かが意見するというのも、なかなか難しいんですよ」

日下部は、ふと、いつになく池端専務が低姿勢であることに違和感を覚えた。普段なら、他人に非難がましい口をきかれて、言われっぱなしということは考えられないのだが。

するると、まるで日下部の心を読んだかのように、池端専務が口を開いた。

「ところで、日下部先生が、大至急、社長に会われたいというのは、どういう用件だったんですか?」

「それは、大石社長の許可がなければ、お話しするわけにはいきませんね」

「なるほど。だとすると、それは、社長の個人的な問題ということですな。会社に関わることであれば、私にもお話しいただかなければなりませんが」

大石社長が亡くなり、この男が社長に就任したときには、確実に自分の事務所は顧問契約を解かれ、お払い箱になることだろう。日下部は、何を考えているかわからない池端専務の細い目を見ながら思った。すべては、社長の遺言次第なのだが。

「最近、社長は、遺言を書き換えるようなことを言ってませんでしたか？」

まるで読心術師のような言葉に、思わず、ぎくりとする。

「……そうしたことは、大石さんのプライバシーに属することですから、申し上げることはできません」

「しかし、同時に、それは、我が社の浮沈にも影響しかねない問題です」

池端専務は、シートにもたれて、妙にしおらしく言う。

「私の記憶では、社長は、前に一度だけ、公正証書遺言を作ってるんじゃないかと思うんですが」

「そのことも、お答えできません」

前回の大石社長の遺言書を作成したのも、日下部司法書士事務所だった。その内容とは、新日本葬礼社の過半数の株式を含む遺産のすべてを、残された唯一の身寄りである義理の甥《おい》、池端誠一に相続させるというものである。

いかなる形にであれ、大石社長が遺言を書き換えるのを池端専務が歓迎するとは、とても思えなかった。

クラウンは、車一台通るのがやっとという狭い山道を登っていった。大石社長の山荘は、かなり辺鄙《へんぴ》な場所にあるらしい。途中、ほかの建物は、ごくたまにしか見あたらなかった。静かに思索を練るには適しているかもしれないが、食料の買い出し一つとっても不便なことは間違いないだろう。

蟬が大合唱をしている林の間を抜けると、ようやく目の前に、目指す山荘が見えてきた。三十坪くらいの地味な平屋である。外壁は塗装していない杉板張りだが、長年の雨風に晒《さら》されてすっかり灰色になっていた。

正面玄関の前には、大石社長が自分で運転してきたらしい年代物のメルセデスのクーペが駐《と》まっていた。クラウンが、そのすぐ横に停車すると、日下部はドアを開けて降り立った。池端専務も反対側のドアから出てくる。

山荘の正面玄関にある重厚な木製のドアは、施錠されていた。日下部は、インターホンのボタンを二度、三度と押したが、応答はない。

「妙だな。車を置いたままで、どこかへ行ったとは思えないし」

背後で池端専務がつぶやく。日下部が腕時計を見ると、午後三時半過ぎだった。山の上とはいえ、真夏の日差しはじりじりと肌を焼く。とても散歩にでかけるような時刻ではない。

「鍵《かぎ》は、お持ちじゃないんですか?」

日下部が振り返って訊《たず》ねると、池端専務は首を振った。

「鍵を持ってたのは、社長だけです。合い鍵は、たしか一本だけ、総務に保管してあったはずだが……こんなことなら、持ってくればよかったな」

鍵屋を呼んでも、こんな場所まで来てくれるかどうかもわからないし、そうかといって、玄関ドアをこじ開けるのは容易なことではなさそうだ。

「裏へ回ってみましょう」

左手は、建物の際まで藪《やぶ》が生い茂っており、回ることができない。池端専務は、右の方へすたすたと建物を迂《う》回《かい》していく。日下部と君塚も後を追った。

「待ってください。ここを破れば中に入れますよ」

日下部は、途中、勝手口の横にある小窓を見つけて言う。ガラスを破って手を入れれば、比較的簡単に勝手口のドアを開けられそうだ。

「いや。この向こうが書斎の窓になってますからね。とりあえず、そっちから中を見てみましょう」

池端専務は、ちらりと振り返ったが、まったく足を止めようとはしなかった。日下部も、しかたなく付いて行く。

「……カーテンが閉まってるな」

池端専務は、立ち止まって、四つ並んだ大きな窓を見ながら言った。ここが書斎らしい。日下部は邪魔な木の枝を押さえながら、順番に手をかけてみたが、どれも内側からしっかり施錠されているようだ。窓の下にはエアコンの室外機もあったが、まったく動いていない。やっぱり、留守なのだろうか。

「あっ！」

カーテンの隙間から室内を覗《のぞ》き込もうとしていた池端専務が、突然、素っ頓狂《とんきょう》な叫び声を上げた。

「どうしたんですか？」

日下部は、そちらに駆け寄った。

「人影が見える……」

池端専務は、掠《かす》れた声で言い、場所を譲った。日下部は、両手で覆いを作って光を遮り、カーテンの間にわずかな隙間がある場所から、部屋の中を透かし見た。

左右に細長い、二十畳はありそうな広い部屋だった。薄暗く、中の様子は判然としない。

「右奥の方です……ドアのある位置だが。それにしても、いったい、これは何事だ？」

池端専務の言葉通りに、視線を右奥に向けてみる。瞬間、ぎょっとして身体が硬直した。

応接セットのソファの向こう側に、たしかに人の姿が見える。後ろにもたれるようにして、床に座り込んでいるようだ。背後には、白幕が張られており、その横には掛け軸が下がっている。

日下部は、懸命に目を凝らす。はっきりとは確認できないが、大石社長のように見えた。力いっぱい窓を揺すってみたが、びくともしない。

「君塚！」

池端専務が、鋭い声で命じる。

「すぐに窓を破るんだ」

「はい」

君塚は、慌てたように周囲を見回し、握り拳《こぶし》くらいの石を見つけると、砲丸投げのように構え、窓に向かって投げつけた。

激しい音がして、ガラスが飛散した。

君塚は、割れた窓に手を突っ込もうとしたが、どこかを切ったらしく、苦痛の声を上げて手を引っ込めた。

「馬鹿！　何をやってるんだ！」

池端専務が、君塚を怒鳴りつける。日下部は、君塚を押しのけて前に出ると、靴を脱いで踵《かかと》の部分でガラスを叩《たた》いて窓の穴を広げた。異臭が鼻をついた。手を入れてクレセント錠を外そうとしたが、動かなかった。錠に付いている円筒形のつまみを回すと、ロックが外れ、クレセントが動いた。一気に窓を引き開ける。

風がカーテンをはためかす。日下部は、ぞっとした。瘴気《しょうき》のように部屋中に充満していたのは、恐ろしい腐敗臭だった。

日下部は、靴を履くと、窓から部屋の中に入った。

ハンカチで鼻と口を覆いながら、人影の方に近づく。

その人物は、ガウンを着て、ゆったりと張られた白幕に背中をもたせかけて座っていた。両脇には、バスケットに入った白い生花が置かれており、白幕の隣には『南無阿弥陀仏《なむあみだぶつ》』と書かれた掛け軸が下がっている。

いったい何なんだ、これは。日下部は、再び、座っている人物に目を落とす。すぐ前に、高さ40〜50センチのガラステーブルが置かれているため、両膝《ひざ》を立てて窮屈に折り曲げる不自然な姿勢を取っている。ドアからガラステーブルまでの間は70センチほどしかなく、自分から狭い隙間に入ったような格好だった。さらに、そのガラステーブルは、三人掛けのソファで押さえてあるかのようだ。

早くも屍臭《ししゅう》を嗅《か》ぎ付けたらしく、今開けたばかりの窓から蠅が飛び込んできて、うるさく飛び回り始めた。

日下部は、遺体の前にしゃがみ込み、がっくりとうなだれている顔を確認する。

腐敗の進行で、ぱんぱんに膨らみ人相が変わっているものの、まぎれもなく大石社長の顔だった。

遅かったか。日下部は、瞑目《めいもく》した。連絡が付かなくなってから、ずっと不吉な予感に苛《さいな》まれていたが、まさか、それが、こんな最悪の形で的中してしまうとは。

大石社長の青い唇の間から蠢《うごめ》くものが見え、日下部は、目をそらした。蛆《うじ》だ。吐き気がこみ上げてくるのを必死に堪《こら》える。

「……警察ですか？　すぐに来てもらいたいんですがね。人が亡くなってるんです。はい。そうです。私は、池端誠一と言います。亡くなったのは大石満寿男。場所はですね……」

背後で池端専務が携帯電話に向かって話している声が聞こえる。部屋にこもったこの臭いからすれば、絶命していることは明らかかもしれない。しかし、だからといって、まったく遺体に近寄ろうとしないのは、かなり奇異な感じがした。

いや、それだけじゃない。今日の、このいきさつ。遺体を発見するに至ったすべてから、どうにも違和感を拭《ぬぐ》い去ることができないのだ。

日下部は、遺体の前のガラステーブルに目をやった。注射器が一つ、空のアンプルのようなものが数個、転がっている。その横には、大石社長が愛用していたペリカンの万年筆と、一通の白い封筒があった。目を近づけてみると、ひどく震えて歪《ゆが》んだ文字で、『遺言状』と書かれている。

馬鹿な。なぜ、わざわざこんなことを……。

日下部は、唖然《あぜん》とした。

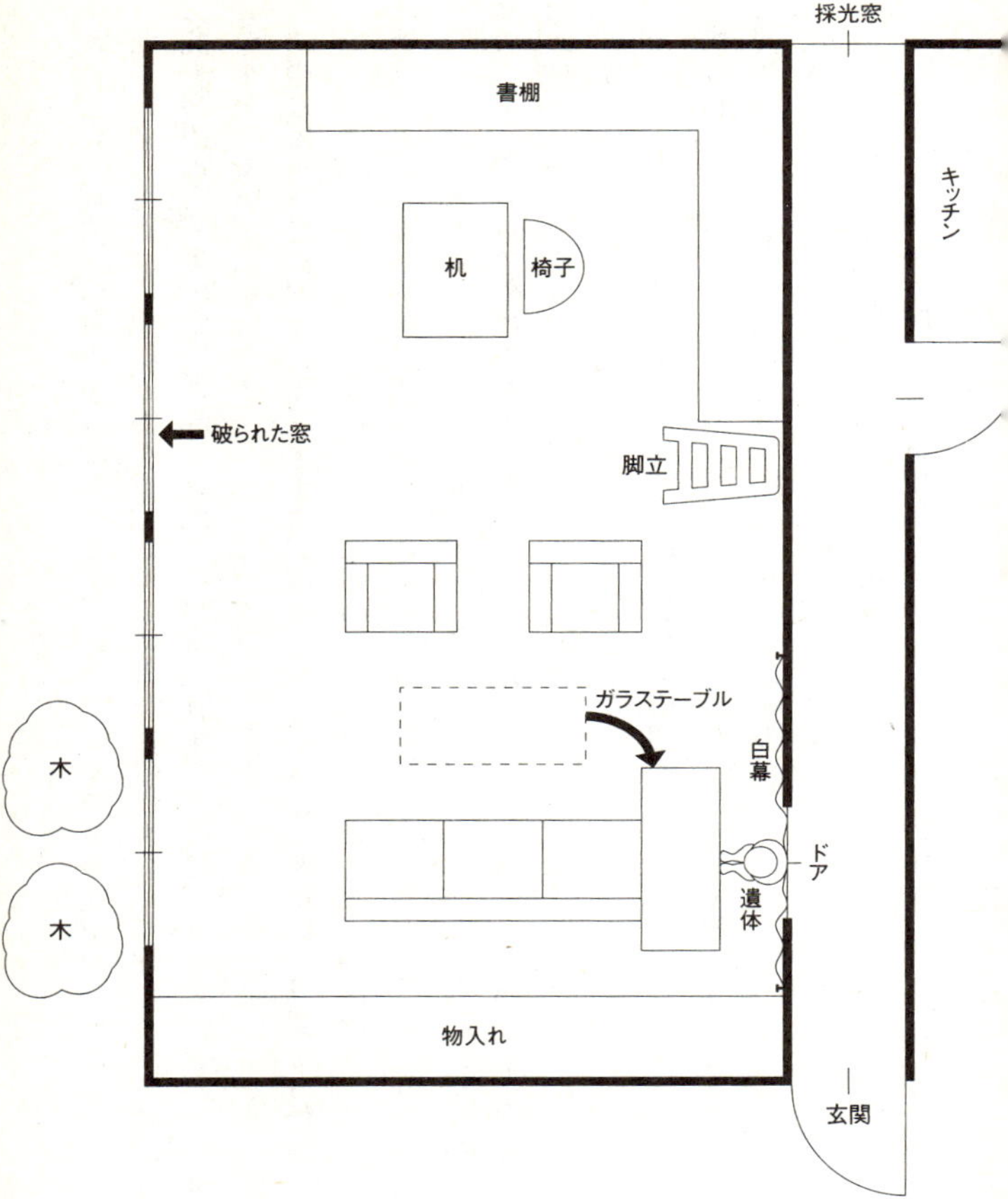
採光窓
書棚
キッチン
机
椅子
破られた窓
脚立
ガラステーブル
白幕
木
木
ドア
遺体
物入れ
玄関

おかしい。覚悟の自殺のように見えるが、やっていることとの辻褄《つじつま》が合わないのだ。

だが、あらためて、部屋の中を見回してみても、自殺以外の可能性があるとは思えない。玄関も勝手口も確実に施錠されていたし、書斎の窓すべてには、ロック付きのクレセント錠がかかっていた。

この部屋から外に出られるドアを目で探す。一見すると、どこにも見あたらなかったが、ノブらしき出っ張りで、白幕の後ろにあるらしいことがわかった。遺体は、ドアにもたれて座っているのだ。ドアは内開きらしいが、この状態だと、遺体だけでなくガラステーブルとソファも邪魔になって、ほとんどドアは開かないだろう。誰かが大石社長を殺害した後で、ドアを開けて外に出たとしたら、こんなふうに、遺体をドアの内側——白幕にもたせかけ、さらにガラステーブルを置いておくことはできないはずだ。

つまり、この部屋は、完全な密室ということになる。

そのとき、一つの考えが、電光のように脳裏を横切った。

あり得ないとは思うが、かりに、これが殺人だったと仮定してみよう。どうやったのかは見当もつかないが、密室を作る動機なら、わかるのだ。

殺人現場を密室に偽装する第一の目的は、自殺に見せかけて罪を逃れることに違いない。だが、今回は、さらに別の理由があったのではないだろうか。

そして、もし、その理由が、想像した通りなら、犯人の名前は、この『遺言状』の中に、はっきりと記されていることになる。

2

「葬儀産業というのは、実は、隠れた成長分野なんですよ。日本国内での年間死亡者数は、およそ百十万人ですが、今後は、年に2パーセントぐらい死亡者数が増加する見通しです。そのため、新たに葬儀産業に参入する企業も、引きも切らない状態でね」

日下部は、ハードボイルドな声で言う。

「なるほど。少子化によって衰退している産業は多いですが、葬儀業界だけは、老人人口の増加が、追い風になっているわけですね」

青砥《あおと》純子《じゅんこ》弁護士は、ひやひやしながら、相槌《あいづち》を打った。

「そうなんですよ。新日本葬礼社も、一時期は経営危機が囁《ささや》かれたこともあったんですが、ここ数年は増収増益が続いており、将来の上場を目指しています。発行済み株式の九割は、創業者である大石満寿男社長が所有していたんですが、死去したことで、義理の甥《おい》に当たる池端誠一専務がすべて相続する見込みです。問題はただ一つ、遺言です」

「さきほど、それが、現場を密室にした理由だとおっしゃってましたが?」

純子は、顴骨《かんこつ》と顎《あご》の張り出した日下部の横顔を見やった。

『戦う司法書士』を標榜《ひょうぼう》しているだけあり、日頃から喧嘩《けんか》っ早《ぱや》そうな雰囲気を発散させていたが、今日は、目が血走っているせいか、とびきり凶悪な人相になっている。

「そうです。犯人の目的は、あの『遺言状』に正当性を与えることだった。私には、そうとしか思えないんです」

日下部は、乱暴にハンドルを切りながら言う。運転ぶりは荒々しく、助手席に乗っていて、半分生きた心地がしなかった。もはや骨董《こっとう》品に近い年式のブルーバードも、あちこちにぶつけたり擦《こす》ったりした跡が残っており、そのほとんどは、ガムテープを貼るだけで誤魔化してあった。

「しかし、そもそも、殺人だという根拠が乏しいように思うんですが……」

純子は、事故の際に最も死傷率が高い助手席に座ったことを、あらためて後悔していた。後ろの席に座っている、榎本径《えのもとけい》と田代芙美子は、どう思っているのだろうか。

「ですから、自殺だと考えると、腑《ふ》に落ちない点が多すぎるんですよ。その最たるものが、やっぱり、あの『遺言状』なんです」

日下部は、じろりと純子を睨《にら》んだ。頼むから前を向いて運転してくれと、純子は叫び出したくなる。

「いいですか？　私は、大石社長から新しい遺言状を作りたいという依頼を受け、すっかり準備を整えてたんです」

さいわい、日下部は、鷹《たか》のような視線を前に戻した。

「前回も、うちで公正証書遺言を作りましたから、大石社長も手順はよくわかっていたはずです。今回、山荘に籠《こ》もったのも、誰に遺産を残すべきか熟考するためだったんでしょう。ところが、遺体のそばに残されていたのは、何と、あの自筆証書遺言でした」

「ちょっと、質問してもよろしいでしょうか？」

後部座席から、榎本の声がした。

「私は鍵屋《かぎや》で、法律知識には疎いんですが、現場が密室だったという根拠がどの程度のものなのか、知っておきたいんです。その二つの遺言は、どう違うんですか？」

榎本の専門は、一応、防犯コンサルタントということになっている。純子は、これまでに同種の事件——密室に遭遇するたびに、意見を聞いてきたが、榎本の本当の専門は、犯罪を防ぐのではなく実行する側ではないのかという疑いは、濃厚になる一方だった。

「遺言には、公正証書遺言とその変形である秘密証書遺言、自筆証書遺言の三種類があるんですよ。我々司法書士がお薦めするのは、なんと言っても公正証書遺言です。二人の証人の立ち会いが必要になりますが、遺言者は内容を口述するだけでいいんです。作成後の遺言は公証役場に安全に保管されますし、無効になる恐れもありません」

「公正証書遺言が無効になった判例も、ありますけどね」

弁護士としての職業意識から、純子は、つい余計なことを口走ってしまった。

「それは、実際には遺言者が口述していなかったというケースのことでしょう？　我々は、そんな出鱈目《でたらめ》なことはやりませんよ！」

日下部は、憤然として言う。言うだけならいいのだが、腹を立てると元ヤンキーの地金が出るのか、純子をじろりと睨みつける。

「危ないから、前を見て運転してください！」

とうとう我慢できなくなって、純子が言うと、日下部は、あっさりと従った。

「一方、自筆証書遺言というのは、読んで字のごとく遺言者が自筆で書く遺言のことです。ワープロ類は一切認められず、全文を自書しなければならない上に、日付が欠けても無効になってしまうなど、リスクが多いんです。すべての要件を満たしていても、本当に自筆かどうか証明するには、筆跡鑑定に頼らなくてはなりませんから、後々、紛争の種になることも多いんですよ」

「なるほど。日下部先生が、せっかく公正証書遺言の準備を整えていたのだから、わざわざ不確実な自筆証書遺言などを作る必要はなかったはずということですね？」

「その通りです」

日下部は、我が意を得たりと、大きくうなずく。

「大石社長は、病気のため、ひどく手が震えるようになっていました。そんな状態なのに、無理をおして、全文を自分で書く必要がある自筆証書遺言を残さなければならない理由は、ないでしょう？」

「しかし、こうは考えられませんか？　大石社長は、山荘に籠もってから痛みが悪化して、自殺することを決意した。唯一の心残りは、遺産と会社の後継者問題だけだったが、もはや痛みは一刻も耐え難く、山を下りて公正証書遺言を作りに行く元気はない。それで、最後の力を振り絞って、自筆の遺言書をしたためることにした」

純子が反論すると、日下部は、にやりと片頬を歪《ゆが》めた。

「ありえませんね。それがあの内容だとしたら、はなから何も書く必要はないんですから」

「どういうことですか？」

「残されていた自筆証書遺言の内容は、大石社長が以前に作った公正証書遺言と、ほとんど差がありませんでした。どちらも、全財産を池端誠一氏に包括遺贈するというだけのものですから。……以前は、大石社長は、池端専務の手腕を高く評価しており、会社の存続のためには、保有する株式がなるべく分散しない方がいいとおっしゃっていました」

純子は、沈黙した。だとすると、たしかに、大石社長の行動には不可解な点が多すぎる。一方で、もし、その自筆証書遺言が偽造されたものだとしたら、合点がいく。新たな遺言をでっち上げた人物は、以前の遺言の内容には確信を持てなかったのだ。まったく同じ内容の遺言が重なったとしても、相続を妨げることはないのだから。

「大石社長は、新たに、全然違う内容の遺言を作るつもりだったんでしょうか？」

「実は、大石社長から内々に、そういうご意向であるということを聞いていました。最近、池端専務の人間性について、重大な疑問を抱くようになったということです。確たる証拠のある話じゃないんですが、池端専務が、会社の金を横領していたという疑いまで、浮上していたようです。それで、新たに作る遺言状では、池端専務に対して全財産の包括遺贈を行うことを止め、何人かの役員や従業員持ち株会などに分散して遺贈したいと……」

「……発見された遺言なんですが、筆跡はどうだったんですか？」

榎本が、また質問を発した。日下部は、溜《た》め息をつく。

「その点が、かなり微妙なんですよ。たしかに、一見、大石社長の筆跡らしくはあります。だが、長年、大石社長の身近にいた人物ならば、真似をして書くことだって可能でしょう。それに、先ほども言いましたが、病気のために、大石社長の手はかなり震えるようになっていました。現在、筆跡鑑定中なんですが、あれでは、疑いを持ったとしても、百パーセント偽筆だと断定することは難しいでしょうね」

日下部は、運転中だというのに、振り向いて榎本の目を見据える。純子は、悲鳴を上げそうになった。

「犯人は、だからこそ現場を密室にしたんだと思うんです。密室で、自殺した遺体とともに発見された遺書——遺言ならば、本人が書いたという強力な推定が働きますからね」

日下部は、前に向き直ると、野獣のような声で唸《うな》った。

「私が、どうしても自分を許せないのは、あの野郎に、まんまと利用されたことなんです。奴は、私を使って、大石社長の遺体と遺言を発見させた——証人に仕立て上げたんですよ。まったく、間抜けもいいとこでね……まあ、この借りは、絶対に返しますよ」

日下部は、本来の司法書士の業務——登記や供託などの書類の作成に止《とど》まらず、弁護士にしか許されていない紛争性のある法律事務や交渉まで行うことで悪名が高かった。これは、非弁行為という歴《れっき》とした法律違反である。だが、彼と接した弁護士が、誰も告発しようとはしなかったのは、日下部の行動が純粋な正義感によるものだったからだろう。悪質な闇金や街金を相手に、多重債務者を救済しようと身体を張って渡り合う姿勢には、純子も、大いに共感を覚えたものだった。

「ところが、正直言って、お手上げなんです。奴がどんな手を使ったのか、見当も付かない有様でね。だからこそ、青砥先生にご相談したわけですよ。何としても奴の犯罪を暴いて、刑事告発してやりたいんです」

事件の直接の利害関係者ではなく、顧問をしている司法書士から個人的に依頼を受けるというのは、かなり異例なことではある。とはいえ、犯罪者を告発するのは正義にかなうことだし、きちんと報酬が支払われるのであれば、文句を言う筋合いはない。

「でも、どうして、わたしだったんですか？　弁護士のお知り合いなら、いくらでもいたでしょう?」

日下部とは、特に親しい間柄ではなかった。というより、一時期は、ある事件で相手方になった日下部の目に余る非弁行為をめぐって、かなり険悪にさえなっていたのだ。

「密室事件ばかり数多く扱っている刑事弁護士なんて、青砥先生以外には見当たりませんでしたからね」

どれも自分で謎を解いたわけではないので、純子は、内心忸怩《じくじ》たるものを感じていたが、おくびにも出さなかった。

「……とにかく、まずは現場を見てみないと、何とも言えませんね」

すべては、後ろにいる榎本にかかっているのだ。泥棒の目が、人殺しの策略を見抜けるかどうかに。


ブルーバードは、山荘の前に止まった。他に車はない。

「じゃあ、玄関の鍵《かぎ》を開けてくれますか?」

日下部が、田代芙美子に頼む。

「はい……。でも、本当に、いいんでしょうか?」

田代芙美子は、不安げに聞き返した。

「田代さん。池端が社長になったら、あんたもクビになるんだ。今、奴のやったことを暴かないことにはね」

　ちょっと待て。純子の中で、警鐘が打ち鳴らされた。

「日下部さん。あなたは、本当に、この山荘に立ち入る許可を得てるんですか？」

「むろんです」

　日下部が、こちらを見ずに答える。

「本当ですか？　ここまで来て、こんなことは言いたくありませんが、かりに、これが不法侵入になるようなら、わたしたちは、共犯になるようなことはできませんよ」

　純子は、腕組みをして言った。

「そういった心配は、ご無用です。この山荘は、新日本葬礼社が所有している物件ですし、田代さんは総務課長ですから、いつでも会社の施設に立ち入る権限があるんですよ。あんなことがあった以上、ここも処分する必要がありますので、今日は内部の点検に来たんです。私たちは、田代さんから許可をもらった上で、中に立ち入るわけですから」

　純子は、少し考えてから、うなずいた。そういうことなら、問題はないだろう。

「じゃあ、田代さん。お願いします」

「わかりました」

　田代芙美子は、バッグから鍵を取り出すと、玄関の錠を開けた。ドアは、重厚な木製で、小さな金属製のノブが付いている。鍵穴以外に郵便受けなどの開口部はいっさいなかった。

「その鍵は、会社に保管してあったんですか？」

榎本が、訊《たず》ねる。

「ええ。ふだんは、総務課の金庫の中に」

「だったら、池端専務は、社長の遺体を発見したときに、どうして鍵を持って行かなかったんでしょう？」

「さあ……それは。社長はご無事だと思い込んでいて、開けてもらえると考えていたんでしょうか？」

「そんなわけないだろう」

日下部が、舌打ちする。

「奴は、社長が死んでいるのを知っていた。たしかに、榎本さんの言うとおりだな。奴は、玄関の鍵を開けたくなかったんだ。我々が、ガラス戸を破って侵入したことも、最初から、奴の予定通りだったってことですね？」

「ええ、たぶん」

榎本は、同意する。

「でも、どうして、窓の方から侵入したかったんでしょう？」

「現場を保存するためでしょうね。犯人は、できるだけ密室を手つかずのままにしておき、警察に見せたかったんだと思います」

「それは、玄関の鍵が閉まった状態のまま、ということですか？」

「その可能性はあります。あるいは、大石社長の遺体があった部屋のドアかもしれません。かりに日下部先生たちが玄関から山荘に入っていたら、強引にドアを開けようとして遺体やガラステーブルを押しのけて、位置を変えてしまったかもしれませんから」

「なるほど」

日下部は、感心したようだった。

「ちょっと、その鍵を見せていただけますか？」

榎本は、田代芙美子から鍵を受け取って、鍵穴と見比べた。次に、玄関に入り、内側からチェックする。

「何か、わかりますか？」

日下部が、期待を込めて訊ねる。

「これは、国産のピンシリンダー錠の中では最も防犯性能が高いと言われている鍵ですね。不正解錠しようとすると、デッドロックという状態になって、シリンダーが回らなくなるんです。したがって、ピッキングや、最近流行のバンピングという手法でも、容易に開けることはできません」

榎本の表情は、暗に、自分なら開けられると言っているようだった。

「ずいぶん、いい鍵を付けたんですね。何か理由があったんですか？」と純子。

「そういうわけじゃないんですが、この山荘は、一昨年《おととし》、一度リフォームしてるんですよ。築五十年はたつんで、あちこちが相当傷んできましたから。そのときに、玄関の鍵も新しくしたはずです」

田代芙美子が、説明した。

「この鍵のもう一つのウリは、正規のメーカーを通さなければ、合い鍵を作るのが困難だということです。田代さん。鍵は全部で何本あったんですか？」

「二本だけです。一本は、社長がお持ちになってました。もう一本が、それです」

「大石社長以外の方、たとえば池端専務が、金庫からこの鍵を持ち出すことは可能だったでしょうか？」

「いいえ」

田代芙美子は、きっぱりと首を振った。

「総務課の金庫の鍵は、わたしが保管してます。金庫は常時わたしの目が届くところにありますし、誰でも、勝手に鍵を持ち出して後でこっそり返しておくのは、無理だと思います。通常、他の社員がこの鍵を使うことはありませんし、社長以外の誰かが持ちだしたことは、一度もないはずです」

だとすると、やはり、この山荘自体が堅固な密室ということになるのだろうか。

榎本の方を見やると、ルーペを取り出して、玄関の扉の内側に付いている錠を調べているところだった。特に、サムターン（鍵を開けるつまみ）が気になるらしい。

「何か見つかりました？」

純子が訊ねると、榎本は、にやりとした。

「ええ。これを見てください」

円形のシリンダーに付いた平べったいサムターンを指し示す。

「これって……？」

純子は目を眇《すが》めて見たが、特に変わったものはない。

「サムターンの表面をよく見てください。小さな引っ掻《か》き傷が見えるでしょう？」

「え、これのこと？」

手渡されたルーペで見て、拍子抜けする。そう言われれば、ごく微細な線のような傷が二、三本ついているようだが。

「表面処理をしている亜鉛合金にこんな傷が付くことは、あまりありません。鋭く尖《とが》った、さらに硬い物質――ハガネか何かで引っ掻かないかぎりは」

「つまり、この線は、何らかの細工がされた跡だということですか？」

純子からルーペを受け取って、サムターンを熱心に見ていた日下部が、質問する。

「ええ。鍵がなくても、直接このサムターンを回すことができれば、玄関ドアは施錠できますからね」

「サムターン回しのようなものを使ったってこと？」

純子も、榎本と接するうちに、かなり泥棒の手口に詳しくなっていた。サムターン回しというのは、小さな穴や隙間から挿入して、サムターンを回転させて解錠する、関節の付いた棒状の器具である。

「……でも、ここの玄関には、外に通じている穴なんて、全然ないみたいですけど」

ドアには郵便受けもなく、細い糸を通す隙間さえ、まったく見あたらなかった。

「開口部なら、あちら側にありますよ」

榎本は、奥を指さした。玄関からまっすぐ走る廊下の突き当たりには、明かり取りの窓がある。

「ちょっと失礼します」

榎本は、靴を脱いで、さっさと上がり込んだ。廊下の突き当たりに行って、窓を調べる。

純子と日下部、田代芙美子も、後に続いた。

「これは、昔の公団住宅などでよく見られた、引き違いの換気用小窓ですね。バネ仕掛けのストッパーが付いており、外から閉めることも可能です。犯人は、この小窓を開けておき、外からサムターンを操作して、玄関の鍵《かぎ》を施錠してから、窓を閉めて開かなくすることができたはずです」

「しかし、ここから玄関までは、ちょっと離れすぎているんじゃないですか？」

日下部が、やや腑《ふ》に落ちないという顔で言う。純子も同感だった。廊下の突き当たりの窓から玄関のドアまでは、7～8メートルはある。

「この程度の距離だったら、何とでもなりますよ。そうですね……たとえば、池端専務は、釣りをやりますか？」

榎本の質問に、日下部と田代芙美子は、はっとした表情を見せた。

「ああ、そうです！　あの男は、かなりの釣りマニアなんですよ」

日下部は、専務室を訪ねたときに、池端専務と双葉銀行の田中副支店長が釣り談義に興じていたことを話す。

「だったら、話は早いですね。本流竿《ざお》には、短い竿を何本も継いで8～9メートルの長さになるものもありますから、こちら側の窓から釣り竿を突っ込んだら、先端は玄関の近くまで楽勝で届きます」

榎本は、再び、玄関に戻る。三人は、ぞろぞろと後に続く。

「たぶん、こうやったんでしょう。まず、サムターンに釣り針を引っかけ、釣り糸を何重か巻き付けておきます。次に外に出て、玄関のドアを閉めると、廊下の突き当たりにある窓の外側に回り、リールで釣り糸を巻き取るんです。糸が引っ張られるとサムターンが回転し、玄関が施錠されます。それを確認したら、釣り竿の先端を糸を巻いたのと逆方向に回して、サムターンから糸を外せばいい。それほど難しい作業じゃありませんし、失敗した場合は、玄関はまだ開いてるわけですから、何度でも往復して、やり直せばいいんです」

榎本の説明を聞いている間に、日下部の表情に怒りが沸き上がってきた。

「あの野郎……ふざけた真似をしやがって！」

田代芙美子は、ただただ仰天しているようで、言葉もない。

「じゃあ、サムターンの引っ掻き傷は、釣り針の跡だったんですね？」

純子は、榎本に訊《たず》ねる。

「釣り針だったら、先端か返しの部分で、ああいう傷が付いていてもおかしくないと思います。まあ、断定はできませんが」

これが本当に密室殺人だったとしても、早くも最初の関門は破れたことになる。純子は、幸先《さいさき》の良さを感じていた。日下部も、どうやら同じ思いだったらしく、すっかり勢い込んで三人を案内する。

「それじゃあ、問題の部屋を見ていただけますか？　ここなんですが」

日下部が、廊下の左側にあるドアを指し、ノブを回して開けた。

ドア枠には、まだ立ち入り禁止を示す黄色いテープが張られていたが、日下部は無造作に引きちぎった。床の上には、遺体の位置を示す白いビニールテープが残されている。

高さが40～50センチで、長さが１メートルほどのガラステーブルが目に飛び込んできた。

ガラステーブルの向こう側には、大型のソファが置かれている。

ずっと閉め切られていた部屋は蒸し暑く、事件から一週間が経過しているのに、部屋にはまだ屍臭《ししゅう》が漂っているようだった。

純子は、とりあえず窓のところへ飛んで行くと、四つの窓のうち三つを開け放った。もう一つの、日下部らが入るときに壊した窓は、ガラス板ごと取り外され、ガムテープで透明なビニールが張られていた。外から涼しい風が入ってきて、ほっと一息つく。

「日下部さんが見たとき、遺体は、どういう姿勢だったんですか？」

純子が訊ねると、日下部は、躊躇《ちゅうちょ》せずに白いテープの上に座って、ドアにもたれかかり、遺体の形を再現した。かなり苦しそうな感じがする。

「だいたい、こんな感じだったと思います。なぜ、こんなに窮屈な格好をしているんだろうと思ったのを覚えてます」

日下部は、しっかりと両膝《ひざ》を抱え、爪先はガラステーブルの下に潜り込んでいた。

「ガラステーブルは、そこにあるソファで押さえられていて、簡単には動かないようになっていました。あと、今は外されてますが、私が見たときは、このドアの上に葬儀用の白幕が張られ、横手には掛け軸が下がっていました。葬儀で使うような供花のバスケットも。あ。たぶん、それが白幕じゃないかな」

日下部が指した先には、大きな脚立が壁に立てかけてあった。そのすぐ脇には、半透明の大きなゴミ袋が床に放置されていた。中身は、畳まれた白い幕に、掛け軸らしい。

警察が事件性があると考えていたら、この幕も証拠品として押収されていたはずだから、その日の現場検証だけで自殺と断定されたのだろう。

それにしても、いくら葬儀会社の社長とはいえ、自殺するために、こんな幕を張るというのは、正気の沙汰《さた》と思えない。

「この幕は、いったい、どんなふうに張られてたんですか？」

榎本は、ゴミ袋を手に取って訊ねる。

「上は、壁の天井に近い位置に、大型の画鋲《がびょう》と両面テープで留めてありました。それから、両側も、上から下まで画鋲で固定してあったようです」

壁に目を近づけてみると、画鋲の跡らしい小さな穴が、壁紙に開いているのがわかった。10センチ刻みくらいで、ずらりと縦に並んでいる。

「ずいぶん、たくさんの画鋲が打たれてたようですね」

純子は、呆《あき》れて言った。

「ええ。全部で、百本くらいはあったと思います」

「百本ですか？　ちょっと、多すぎないですか？」

「お葬式のときは、頭が白い専用の画鋲で留めるんですが、そんなにたくさん使うことは、まずありませんね」

今度は、田代芙美子が答える。

脚立に乗ったりして百本もの画鋲を打つのは、かなりの重労働だったはずだ。死期が近い老人のやったこととは、とても思えない。

「あと、一ヶ所だけですが、白幕は、両面テープでドアに留められていました」

日下部が指さす先を見ると、ドアのちょうど真ん中あたりに、テープを剝《は》がしたような跡が残っていた。ドアの幅一杯ではなく、長さ20センチくらいのテープが横に貼られていたらしい。

榎本は、ゴミ袋から光沢のある白幕を出して広げた。屍臭が染みついているらしく、顔をしかめる。

田代芙美子の説明によると、葬式の際に室内に張られる白い絹の幕で、縦は八尺（約240センチ）横は二間（約360センチ）のものだという。

「ここの天井高は、250センチ以上はありそうですね」

榎本が、天井を目視して訊ねる。

「ええ。ですから、白幕の裾《すそ》は、床より少し上にありましたね。20センチくらいかな」

「白幕は、ぴんと張られてたんですか？」と、純子が訊ねる。

「いや、左右は、若干のゆとりを持って張ってあったな……」

「掛け軸は、どこに下がってたんですか？」

「白幕のすぐ横の壁です」

葬式なら、通常、掛け軸は真正面にかけるような気がする。

「お花は？」

「社長のすぐ両脇に置いてありました」

「どう見ても、これは、お葬式を模しているように見えますね。大石社長が、なさったんでしょうか？」

「何とも言えませんが」

日下部の表情には、困惑が滲《にじ》んでいた。

「ただ、私には、大石社長がこんな異様なことをやったとは、どうしても思えないんです。これ一つ取っても、とても自殺とは思えません」

「遺体は、どんな服装だったんですか？」

榎本は、一転して、別の質問をする。

「絹のパジャマに絹のガウンでした。社長がくつろぐときの格好だったようです」

「ガウンの紐《ひも》は？」

「しっかり結んでましたね」

「足には、何か履いてましたか？」

日下部は、しばらく考える。

「スリッパは脱いでいて、裸足《はだし》だったと思います」

「爪先《つまさき》は、さっきみたいに、ガラステーブルの下に潜り込んでいたんですね？」

「はい。そうです」

榎本は、腕組みをする。

「ガラステーブルの状態も、遺体発見時と、まったく同じですか？」

ガラステーブルは二段になっていて、床から数センチの高さにある下の段には、葬儀業界誌などがぎっしりと詰め込まれている。

「位置的には、そのあたりですね。それから、天板の上には、注射器とアンプル、それに、万年筆と遺言状の入った封筒がありました」

「そうですか……」

榎本は、しきりに首を捻《ひね》っていたが、あっさりとドアを見限ると、窓の点検へと向かう。

純子が開けた窓を、ひとつひとつ閉め、クレセント錠とロックの具合をたしかめていく。

「日下部さんが窓ガラスを破って入ったとき、窓はどういう状態でした？」

「すべて、クレセント錠がかかっていて、開きませんでしたね」

日下部の証言では、遺体の発見後、現場はそのまま保存され、臨場した警察が調べたが、それ以外の窓も全部、クレセント錠がロックされた状態だったという。

「……どうも、これは、想像していた以上に難題ですね」

窓を調べ終わった榎本が、深刻な表情で言う。

「やっぱり、窓から脱出した後で、クレセント錠をかけるのは、無理なんですか？」

純子の質問に、榎本は、首を振った。

「まあ、クレセント錠だけなら、何とかなるケースもあるんですが」

「えっ。どうやるんですか？」

「ミステリー小説なら、磁石か何かを使うんでしょうが、現実に、クレセント外しという、一部の泥棒が用いるテクニックがあるんですよ。立て付けが悪いサッシの場合には、うまく揺さぶれば、振動でクレセント錠を外すことができるんです。反対に、かけることも可能なはずです」

「その方法は、ここでは使えないんですか？」

「ここの窓は、きちんと施工されていて、全然がたつきがありません。それだけでも致命的ですが、さらにまずいことに、すべてのクレセント錠に、ロック機構が付いているんです。クレセントに付いているつまみを捻ると、クレセントは動かなくなります。このつまみを、ガラス越しに外から回す方法はありません。この部屋の中には、外部へと通じる開口部が、まったく見当たりませんからね」

純子は、考え込んだ。ふいに、天啓が訪れる。

「わかった！」

ぞくぞくするような興奮がこみ上げてきた。密室は破れた。我ながら、天才的なひらめきではないか。

「何か思いつかれたようですから、一応、お聞きしましょうか」

榎本が、失礼千万にも、まったく期待感の漂っていない顔で言う。

「ドアから出入りができず、他の窓はすべてロックされていたというのであれば、犯人は、日下部さんが入った、この窓から脱出したとしか思えないでしょう？」

「いや、でも、それはないですよ。今も言ったように、最初、クレセント錠はロックされてて動かなかったんだから」

日下部が、抗議する。

「ええ。ですから、ロックはされてたんですよ。犯人が、ガラス戸越しにロックしたんですから」

「ガラス戸越し？　どうやってですか？」

日下部は、困惑の表情になった。

「榎本さんは、ここには開口部がないと言った。だけど、実際にはあったんです。それが、ガラスを割ったときに破壊されてしまった」

榎本が、頭を掻《か》いた。

「ええと……それは、ガラスに小さな穴が開いていたというようなことですか？」

「そうです！　クレセント錠をかけてロックするためだけだったら、ごく小さな穴があれば間に合うでしょう？　せいぜい糸が通るくらいの」

「まあ、それはそうですが」

「硬くて脆《もろ》いガラスに穴を開けるというのは、心理的盲点だったんじゃないでしょうか？　でも、錐《きり》か金属用のドリルで根気よくやれば、割らずに穴を開けることは可能なはずです。そして、その穴は、ガラスが割られたことによって、存在がかき消されてしまったんです。……そうか！　だったら、どの窓を割るかは最初から決まっていたわけですから、そこだけカーテンが開いていたことも、納得できます」

「うーん。おもしろい思いつきだとは思うんですが……」

日下部は、納得していない顔だった。

「その直前に、私は、ガラス戸越しに中を覗《のぞ》き込んでますからねえ。そんな穴があったら、そのときに気づいてるんじゃないかなあ」

「そうかしら。日下部さんの注意って、部屋の中、特に遺体に注がれてたはずでしょう？　ガラス戸の表面にある、見えるか見えないかくらいの穴に気づかなくても、不思議はないと思いますけど」

「いや……やっぱり、それはないですよ」

日下部は、首を振った。

「ガラス戸を割ったとたんに、ものすごい臭いがしたんです。閉め切ってあった部屋には、屍臭《ししゅう》が充満していました。かりに、そんな穴があったんなら、外へも少しは臭気が漏れてたはずだし」

「もちろん、その穴は、犯人が後から塞《ふさ》いだんです。透明なボンドか何かで」

純子は、すかさず反論する。

「……しかし、そんな穴があったとは、どうしても思えないんだけどなあ。いくら、ここで議論しても、水掛け論にしかならないけど」

日下部が、承伏しがたいという顔で言う。

「あのー。こんなものがあったんですが……」

田代芙美子が、部屋の隅から、段ボールのようなものを持って来た。一目見て、純子は、絶句した。

「どうやら、警察は、割れたガラスの破片を一つ残らず回収して、繋《つな》ぎ合わせていたようですね」

榎本が言う。

「うん、間違いないな。これは、我々が壊して入った窓のガラスですよ」

日下部も、食い入るように段ボールを見ながら断定した。

段ボールの上には窓の破片がきれいに並べて貼り付けられ、ガラス板が復元されていた。

失われた破片も粉々になっている部分もないため、穴の開いたガラス片がなかったことは、一目瞭然《りょうぜん》だった。

3

「そう。ありがとう。忙しいところ、ごめんね。すごく参考になりました」

純子は、首に挟んでいた携帯電話を取って、通話を終了し、メモに目を落とした。

高校の同級生が、たまたま末期ガンなどの患者が入院する緩和ケア病棟で医師をしていたので、モルヒネの致死量について問い合わせたのである。これには個人差が大きく、また、常用者は耐性がつくらしい。一般的な半数致死量《LD50》は、静脈注射の場合では５００ミリグラムくらいらしいが、末期のガン患者なら、１グラムでも死なない可能性があるという。

しかし、日下部の話では、大石社長の体内からは、５グラム以上のモルヒネが検出されたということなので、さすがに、ひとたまりもなかっただろう。この量では、事故だったとは考えられない。覚悟の自殺か、それとも冷酷な殺人か。もし後者だったならば、犯人もまた注射の心得のある人物ということになる。

「さっき、大石社長は、エンバーマーの講習を受けたから、注射器を使えたとおっしゃってましたね。池端専務も、同じだったんですか？」

純子の質問に、日下部は、うなずく。

「そうですね。社長の場合、現場で遺体の処理をしたことはないでしょうが、池端専務は、アメリカで資格を取った上に、四、五年前まで、社内のエンバーマーの陣頭指揮をしてましたから」

日下部から聞いたエンバーマーの仕事というのは、遺体の全身を清拭《せいしき》し、消毒するだけでなく、血液を抜いたり防腐剤を注入したり、場合によっては腐敗しやすい内臓を抜き取ったりしなければならない、ハードなものだった。

「……あの。わたし、専務が、社長に痛み止めの注射をされてるのを見たことがあります。うちのビルにあるクリニックが休みの日で、社長がご自分で射《う》とうとされてたら、専務が、私が射ちましょうと申し出られて……」

田代芙美子が、おずおずと言った。

「そうなんですか」

聞けば聞くほど池端という男が怪しく思えてくるのは、事実だった。もし、彼が犯人だったとすれば、大石社長も、安心して注射を受けたはずだ。まさか、余命幾ばくもない自分を殺す動機が存在するとは、想像だにしていなかったろうから。

だが、いずれにせよ、密室の謎を解き明かさないことには、一歩も前に進めない。

榎本と日下部は、さっきまで、遺体発見時と同じように白幕を張る作業に没頭していた。

今回は、ずっと少ない数の画鋲《がびょう》しか使わなかったが、それでも小一時間を要した。ようやく完成したのだが、なぜか榎本の表情は冴《さ》えない。

「何かわかりました?」

純子が声をかけると、苦笑する。

「正直言って、このドアと遺体だけだったら、何とかなると安易に考えてました。ですが、このガラステーブルや白幕まで加わるとなると、お手上げです」

「あなただけが頼みの綱なんだから、そんな簡単にバンザイされちゃ、困ります」

純子は、小声で苦言を呈する。さいわい、日下部は、トイレに行ったのか席を外していたため、今の弱気な発言は聞かれずにすんだ。

「今さら、これが自殺だったと言うつもりじゃないですよね?」

「自殺とは考えにくいですね。玄関のサムターンに残っていた引っ掻き傷だけでも、作為を疑わせましたが、葬儀に見立てた飾り付けに至っては、もはや正気の沙汰《さた》ではありません。自ら覚悟の死を選ぼうという人が、どんな精神状態であれ、こんな馬鹿げたことをするとは思えません。故人が葬儀業界の人であれば、なおさらです」

「でも、これが殺人事件だったと仮定しても、変ですよね。犯人は、なぜ、わざわざ不審を買うようなことをしたんでしょうか?」

「おそらく、本当に必要だったのは白幕だけだったんでしょう。ただし、その意味は、まだわかりません。皮肉な話です。黒幕はわかってるというのに、白幕は……」

榎本は、純子の目つきを見て、言葉を切った。

「いずれにせよ、犯人は、白幕だけに注目されたくなかったために、掛け軸と花を加えて、葬儀に見立てることにしたと考えられます」

榎本は、遺体のあった場所を見下ろした。

「……しかし、飾り付けよりもっと不自然なのは、遺体とガラステーブルの配置ですね」

「それについては、わたしも、すごく奇異な感じを持ちました」

「このガラステーブルの重量は、ゆうに20キロはあるでしょう。末期ガンに冒されて体力が弱っていた大石社長が、いったい何のために、こんなに重い物を運ばなければならなかったんでしょうか？」

その点は、純子の中でも、ずっと引っかかっていた。ガラステーブルが、もともと置いてあったのは、応接セットのソファの間だろう。そこから、わざわざガラステーブルを移動させた理由がわからない。

「遺言を書くためということですか？　このガラステーブルの高さなら、ちょうど座卓の代わりになりますし」

「だとしても、なぜ、ドアを背にして座る必要があったんでしょう？　絹の幕一枚を挟んで堅い木のドアにもたれるのは、座り心地がいいとは思えないんですが。書き物をしたかったのなら、この部屋には立派なデスクと椅子があります。もし、足腰が辛《つら》いなどの理由で床に座りたかったのであれば、応接セットのソファを少しだけ押しのけて、自分がガラステーブルの前に来る方が、ずっと簡単じゃないですか？」

「……たしかにそうですね」

純子は、うなずいた。

大石社長の遺体がドアのすぐ内側にあったのは、どう考えても奇妙な気がする。まるで、密室を構成するために、犯人によって、ここまで運搬されたとしか思えないのだ。

「でも、大石社長が、死後に、ここまで運ばれたとすると、犯人は、部屋の外に出てから、遺体を動かしたということになりますよね？　そんなこと、できるんでしょうか？」

「それには、まず、犯人が部屋の外に出なければなりませんが」

榎本は、カーテンのように垂れ下がっている白幕を、嫌な目で見やった。

「あの白幕は、三方を、しっかりと画鋲で留められていました。まるで逆さになった巨大なポケットのような形です。内開きのドアは、その中にすっぽりと収まっているため、大きく開くことはできません。ただ、さっき実験してみたところ、白幕に充分な弛《たる》みがあるので、人間が白幕の下から入り、何とか廊下に滑り出られるくらいまでドアを開けられることも、わかりました」

「じゃあ、その点は、問題ないじゃないですか？」

純子は、ほっとして言う。

「ところが、白幕が両面テープでドアの中央で留められている状態では、そうはいかないんです。その場合、ドアは数センチしか開きませんから、人が外に出ることはできません」

つまり、あの白幕があるだけでも、一応は密室になっているらしい。

「……ですが、その点は、何とかなりそうです。両面テープは、表の剝離紙《はくり》を残してドアに貼り付けておけばいいんですから、廊下に出てから、紐《ひも》か何かを引っ張って剝離紙を取り、白幕を固定することだったら、できそうです」

榎本は、腕組みをした。

「それよりはるかに難しいのは、部屋の外から遺体を動かすことですが、これも、遺体だけだったら、方法がないこともありません」

榎本は、鋭い視線をドアに向けた。

「たとえば、すぐに思いついたのは、こういう方法です。まず、遺体をドアから少し離れた位置に座らせ、犯人は廊下に出ます。そして、遺体の腰のあたりに回した紐をドアの下から引っ張り、遺体をドアに向かって引き寄せるんです。ドアの下にはわずかな隙間がありますから、平べったい紐やテグスのようなものなら、充分通せるはずです」

なるほどと思う。実に単純明快な方法ではないか。遺体をドアにもたせかけて、紐を引き抜けば、それで一丁上がりだ。

「ですが、そうするには、このガラステーブルが障碍《しょうがい》になります。これが、遺体とソファの間の貴重な空間を占有しているせいで、遺体をドアから離れた位置に置くことができないんですよ」

たしかに、遺体がガラステーブルとドアの間に置かれているかぎり、犯人が廊下に出られるくらいドアを開けることは、不可能だろう。

「……まず、遺体をドアまで引き寄せてから、次に、ガラステーブルを別の紐で引き寄せたというのは？」

「ガラステーブルの向こうには、さらに大きな障碍物である、三人掛けのソファが鎮座していますからね。最初は三つとも離れた場所に置いておき、遺体、ガラステーブル、ソファの順で引き寄せ、正しい位置に置かなければなりません。さすがに、そこまでいくと現実離れしています」

まるで、スライディング・ブロック・パズルだ。

「それに、ガラステーブルやソファは、かなりの重量があります。紐で引っ張れるかどうかも疑問ですが、無理やり引き摺《ず》れば、必ず絨毯《じゅうたん》に跡が残るはずです。現に、ソファの方は、元々置かれていたであろう位置から動かした痕跡《こんせき》が残っていますしね」

榎本は、忌々しげに言った。

クレセント錠をロックしているつまみと同じで、このガラステーブルがあるばっかりに、遺体を動かすトリックは格段に難しくなる。工作をするのに必要なスペースが、消されてしまうからだ。

純子は、瞑目《めいもく》して考える。問題は、どうすればドアを開けるのに必要な空間を作れるかである。遺体を、もうちょっとガラステーブルにくっつけられればいいのだが、下の段には、雑誌が詰め込まれて塞《ふさ》がっているため、遺体の両脚を突っ込むことはできない。

次の瞬間、この日二度目となる天啓が訪れた。

「わかった。天板の上に置けばいいんです！」

純子は、叫んだ。

その瞬間は、真相を看破したものと信じて疑わなかった。

「犯人は、大石社長の遺体を、ガラステーブルの天板の上に座らせてたんですよ！　腰には丈夫な紐を巻いて。それならば、ドアは開けられます。そして、廊下に出ると、ドアの下の隙間から、勢いよく紐を引っ張った。遺体は、その勢いでガラステーブルから落っこちて、ドアとテーブルの間の狭い隙間に落ち着いたんです……もう、そうとしか考えられないじゃないですか！」

「ありえませんね」

榎本は、にべもなく言う。

「残念ながら、今の話は、とうてい不可能だと思います」

いつから会話を聞いていたのか、日下部が、そばに来て言う。

「私が、大石社長の遺体を発見したときには、ガラステーブルの上に、注射器とアンプル、遺言状の封筒、万年筆が並んでいました。とても社長の遺体を載せられるだけのスペースはありませんでしたよ。それに、社長の遺体が発見されたとき、足の爪先《つまさき》がガラステーブルの下に潜り込んでました。天板の上から落としたとすれば、そんなふうに嵌《はま》り込むとは考えられません」

「じゃあ……いったい、どうやったっていうんですか？」

純子は、絶句した。

「わかりません。しかし、おそらく、犯人はそれをやってのけた。犯罪を実行するよりも、その手口を推測する方が、はるかに容易なはずなんですが」

榎本は、悔しげに言った。

「何か、別の発想が必要なんだと思います。……おそらく、これまで検討してきたのとは、次元の違う発想が」

純子は、日下部から渡された遺言状のコピーに目を落としていた。

万年筆の筆跡は、ひどく震え、時に大きく歪《ゆが》んでいる。これでは、日下部が言うように、筆跡鑑定は難しいかもしれない。

遺言状

もはやこれ以上、末期癌の苦痛を堪え忍んで生きることはできない。自ら人生の幕を引く決意をしたが、唯一心残りなのは、まだ発展の途上である我が新日本葬礼社のことである。熟慮に熟慮を重ねた結果、社業を託すに足る人物は、池端誠一専務を措《お》いて他におらぬとの結論に達した。

池端専務に対しては、悪意による讒言《ざんげん》や誹謗《ひぼう》中傷などがあることは重々承知しているが、かつて私の行った不動産投機の失敗により社の屋台骨が傾きかけたとき、社を救ったのは、他ならぬ池端君であった。彼が銀行に乗り込んで連日説得を重ね、さらに二千万円の手形の裏書きまで行ってくれたことで、我が社の今日があると言っていい。

彼の貢献は絶大であり、人格識見は、余人を以《もつ》て代え難いものと思量する。

池端君には、我が社のさらなる隆盛に向けて、ますます奮闘努力してもらいたい。また、社員諸君は一丸となって池端新社長を支えてくれるよう、衷心より望むものである。

遺言者は、遺言者の有する一切の財産を、次の者に包括して遺贈する。

本籍　富山県砺波市二番町六丁目一番地
住所　東京都八王子市七国七丁目十一番地三号
受遺者　池端誠一
　　昭和四十年八月九日生
平成二十年七月二十八日
住所　東京都八王子市暁町四丁目五番地十六号
遺言者　大石満寿男

前半は、遺言と言うより遺書だろう。法的には、さほどの意味は持たないが、取締役会が新社長を選ぶ際には、前社長の遺志として尊重されるに違いない。

とはいえ、自分の死に際し、これまでの人生に対する感慨もなく、池端専務のことばかり長々と書いてあるのは、異様な感じがする。

後半は、一転して自筆証書遺言のフォーマット通りの文章である。項目も過不足はなく、遺言自体が真正のものと認められれば、まず百パーセント法的に有効なはずだ。

ただし、名前の下に、普通の印鑑ではなく拇印《ぼいん》が押してあるのが気になった。たしかに、自筆証書遺言においては拇印でも有効だという判例はある。しかし、大石社長は、自ら死を決意し、白幕や画鋲《がびょう》、両面テープまで用意してここへ来たというのに、うっかり印鑑を持ってくるのを忘れたのだろうか。

「大石社長は、ふだん、どんな印鑑を使われてましたか？」

「仕事用には、社長印と銀行印がありました。あとは、社長個人の実印と、三文判も」

田代芙美子が、答える。

「印鑑は、どこに保管してあったんですか？」

「いつもは、会社の金庫の中にあります。わたしが、管理の責任者ですから」

だとすると、大石社長と田代芙美子以外の人間には、勝手に持ち出すことができなかったはずだ。遺言が偽物だとすれば、遺体の拇印を押すしかなかっただろう。

「遺体のそばには、何か、大石社長が参照した文例とかメモのようなものは、残っていましたか？」

純子は、日下部に訊《たず》ねた。

「文例ですか？　いや、何もなかったな」

日下部は、顔をしかめた。

「そうか。たしかに、何も見ずに書いたっていうのは、変だと気づくべきだったな。池端の住所や本籍地まであるのに」

「それと、ここに書かれていることは、事実なんですか？　池端専務が、会社の振り出した二千万円の手形に、裏書きをしたというのは」

「それは、わかりませんね」

日下部は、首を振り、田代芙美子の方を見やる。

「田代さんは、知ってました？」

「いいえ。たぶん、バブルが崩壊した直後のことだと思いますけど、そのあたりの事情は、社長と専務だけしか知らないはずです」

だとすれば、これを書いたのは、亡くなった大石社長か池端専務のどちらかということになるが、いずれにせよ、遺言の内容から偽物だと証明するのは不可能だろう。

ふと、窓の方に目をやって、ぎょっとした。誰かがいる。壊れた窓ガラスが取り外され、代わりに透明なビニールを張ってある場所に、人影が見えたのだ。

純子は、窓際に行った。ロックされている窓を開けて、外を見回したが、何も見えない。

「どうしたんですか？」

日下部が訊《き》く。

「誰か、ここにいたと思ったんですけど……」

「こんなところにですか？　ここへ来るまでは、近くに他の山荘や民家は見えなかったし、気のせいじゃないですか？」

「いいえ。たしかに、ビニールの向こうに影が映ったんですよ。背が低かったんで、子供じゃないかと思うんですけど」

「ああ。じゃあ、あの子かも」

田代芙美子が、うなずく。

「あの子？」

「もうちょっと奥へ行ったところに、一軒だけ、別荘があるんです。わたしは、社長に言いつかって、ときどきこの山荘に来ては中を点検してるんですが、夏になると、たまに小さな男の子が虫取りをしてるのを見かけるんです。今だったら、もう小学生くらいになってるでしょうか」

「そうですか。わたし、ちょっと外を見てきます」

純子は、そう言うと、部屋から玄関に向かい、靴を履いて外に出る。書斎の窓は、玄関を出て右に回れば近道だが、木々が密生していて通れない。そのため、山荘を逆方向に回る。この経路は、日下部らが大石社長の遺体を発見したときに通ったのと同じはずだ。途中に、勝手口があり、その横には小窓があった。山荘の中に入るには、小窓を破って勝手口を開けた方が簡単だっただろうが、おそらく、書斎の窓から遺体を発見したいという人物の思惑が働いたに違いない。純子は、さらに建物を半周して、書斎の外に来た。

ガラスのない窓に張られたビニール越しに、書斎を覗《のぞ》き込んでみた。中には三人の人物がいるのがわかる。立ち話をしていた日下部と田代芙美子が、ちらりとこちらを見たようだ。榎本は、一人黙々と密室の謎に挑戦中で、今は白幕に注目しているらしい。

左から二番目にあるこの窓は、ドアの前にある遺体を発見するには最適の位置であるのがわかる。一番左の窓からだと、少し距離がある上に、角度も急になるので見にくい感じだ。右の二つの窓は、遺体までの距離は近くなるが、窓の外に生えている木の剪定《せんてい》されていない枝が邪魔になるのだ。

たまたま、この窓に掛かっていたカーテンだけが少し開いていたというのは、やっぱり、出来すぎだろう。

純子は、振り返って、窓の外に誰かがいた形跡がないかチェックしてみた。探偵の真似事も、何度かやっていると、自然に上達するものらしい。ほどなく足跡が見つかった。砂地の上なので不鮮明だが、大きさからすると、明らかに子供のものだろう。

足跡から数メートル進んだところで、草を踏む、かすかな音が聞こえた。

純子が目を上げると、アサダの大木の後ろに子供がいることがわかった。本人は、うまく隠れているつもりなのだろうが、麦わら帽子のつばがはみ出しているのだ。

そうか。山荘の周囲は木々と藪《やぶ》が密生していて、通り抜けるのが難しい。ここから出ようと思ったら、純子がやって来た道を逆にたどって、山荘の玄関の方へ行くしかないのだ。

「こんにちは」

純子は、子供に声をかけてみる。

しばらくは応答がなかったが、とうとう自分はまだ見つかっていないという幻想にしがみつくのをやめたらしく、木の幹の後ろから男の子の顔が覗いた。小学校の二、三年生くらいだろうか。手には、昔懐かしい麦わら帽子をかぶり、紺のポロシャツにハーフパンツという格好だ。手には、高価そうな金属製の柄のついた捕虫網を持ち、肩から虫かごをかけている。

「こんにちは。どこから来たの？」

純子は、前屈《かが》みになり、優しい微笑みを浮かべて訊ねる。男の子は、黙って山の上の方を指さした。

「わたしは、青砥純子よ。あなたのお名前は？」

「……松田《まつだ》大輝《だいき》」

しかたないという感じで言う。

「大輝君ね。いつも、このあたりで虫取りをしてるの？」

「まあ、このへんのこともあるし、違うとこへ行くこともあるけど」

意外なくらい、しっかりした喋《しゃべ》り方だった。

「さっき、ここから中を見てたでしょう？」

怒られると思ったのか、大輝は、大きく首を振る。

「いいのよ。全然平気だから。知ってる？　一週間前に、ここで事件があったの」

大輝は、うなずいた。

「パトカーとか、来てたから」

「そう。何があったか、知ってる？」

「人が死んだって。お父さんが言ってた」

大輝は、急に顔をしかめた。

「おばさん、誰？」

「おばさんじゃなくて、お姉さんね」

このくらいの子供には、大人の年齢の微妙な差異までは判別できないのだろう。純子は、寛容に、にっこり笑って続けた。

「お姉さんは、弁護士なのよ」

「弁護士？　ここで何してるの？」

おばさんとお姉さんの違いはわからなくても、弁護士がどういう職業であるのかは知っているような口ぶりだった。

「うん。ここで、ある事件があってね……」

「知ってるよ。誰か、自殺したんでしょう？」

「うーん。自殺かどうかは、まだわからないの。誰も現場を見てないから」

「でも、ぼく、見たよ」

「見たって、何を？」

「死んだ人」

「死んだ人？　それは、警察が来て、運び出されたとき？」

「その前」

「その前って……？」

「こっから見えたから」

大輝は、窓を指さした。

「ちょっと、待って。それは……」

この子は、日下部らが来る前に、遺体を発見していたのだろうか。それが遺体だと認識しているかどうかも、怪しいものだ。トラウマにならないように、慎重に訊《たず》ねる。

「その人は、あっちの奥の、ドアの前に座ってた？」

大輝は、首を振る。

「どういうこと？　違う場所にいたの？」

「立ってた」

「立って……」

純子は、絶句した。

「だから、ドアんとこに立って、こっちを見てたんだって」

大輝は、苛立《いらだ》たしげに言う。

「髪の毛が真っ白で、こわい顔でにらんでたから、逃げたんだ」

純子は、はっとした。この子は、たぶん、大石社長の顔は知らないだろう。だとすると、遺体を見たのではなく、おそらく、部屋の中にいた犯人を目撃したに違いない。

ひょっとすると、この子の証言があれば、どんなトリックを使ったかはわからなくても、池端専務の首根っこを押さえられるかもしれないと思った。


純子が、大輝を伴って山荘の中に戻ると、書斎の方から、声が聞こえてきた。

「見間違いだったということはありませんか？」

「いや、たしかに、蛆《うじ》がいたんです。社長の唇の間で蠢《うごめ》いているのを……」

この子には、聞かせない方がいい話だろう。大輝を連れて、廊下の右手にあるキッチンに入った。冷蔵庫を開けると缶ジュースがあったので、賞味期限を確認してからコップに注いで与える。代金は、後で払えばいいだろう。

「ちょっとだけ、ここで待っててくれる？」

大輝は、ジュースを飲みながら、うなずいた。

純子が書斎に戻ると、榎本が脚立に乗り、天井の通風口を調べているところだった。

「どうしたんですか？」

純子の質問に、榎本が振り返る。

「今、日下部さんに聞いたんですが、大石社長の遺体を発見したときに、口のあたりに蛆がわいていたそうなんです」

聞いただけで、背筋が寒くなる。

「あんまり、想像したくない光景ですね」

「ええ。でも、それが何を意味しているか、わかりませんか？」

「意味ですか？」

純子は、当惑した。

「いいですか。蠅が卵を産んでも、その瞬間に蛆がわくわけじゃありません。卵が孵化《ふか》するまでには、一日か、最短でも半日くらいは必要でしょう。ということは、日下部さんが窓を破ったときに入ってきた蠅は、親じゃないということです」

「蛆の親を探すことが、どうして大事なんですか？」

純子には、まだ、ぴんと来ていなかった。

「この書斎の中で、ふだんから、蠅がぶんぶんと飛び回っていたわけじゃないと思います。蠅は、死後、屍臭《しじゅう》を嗅《か》ぎ付けて集まってきますから、大石社長の死亡後に飛んで来たものと考えるべきです。だとすると、蠅は、密室状態だったこの部屋に、外部から侵入したことになるんです」

「密室とは言っても、蠅くらいなら、どこかから入れるんじゃないですか？」

「そう思って、あらためて部屋の中をチェックしてみました。しかし、蠅一匹といえども、どこからも入れないようなんです。窓は閉まっていましたし、通風口は、——人間が通れるような大きさじゃありませんが——目の細かいフィルターが付いています。それ以外には、開口部はありません」

「ドアは、どうなんですか？　榎本さんは、ドアの下には隙間があるって言ってたじゃないですか？」

榎本は、ドアを閉じてみせる。

「ドアの下側の枠には、隙間風を防止するためスポンジ付きのテープが貼ってありました。紐《ひも》を通すことはできても、蠅が自力で侵入するのは難しそうです。ドアの上部と左右には、まったく隙間はありませんでした」

「だとすると、どこから蠅が入ってきたのか見当も付きませんね。……たまたま、最初から部屋の中にいたのかもしれませんし」

純子は、部屋の中を見回した。

「そうかもしれません。しかし、私には、どうやって蠅が入ったのかがわかったら、密室を崩す手がかりになるような気がしてならないんです」

榎本は、考え深げに言う。

純子は、キッチンで待たせている、大輝のことを思い出した。

「榎本さん。実は、もう一つ、大切なヒントになりそうなことがわかったんです」

「何でしょう?」

純子が、答える前に、山荘の正面玄関の方から大きな音が聞こえてきた。車が入ってきたらしい。

「しまった。邪魔が入ったかもしれない」

日下部が、唸《うな》る。

車が止まって、ドアが開く音。エンジンが切られる。続いて玄関のドアが開けられたかと思うと、誰かが足音荒く廊下をやってきた。

「誰だ?　ここにいるのは」

荒々しく書斎のドアが押し開かれる。現れたのは、中年の男だった。髪の毛は真っ白で、縁なし眼鏡の奥から、糸のように細い目がこちらを凝視している。いかにも策士然とした風貌《ふうぼう》だった。

4

「司法書士と弁護士……それに、防犯コンサルタント?　まったく意味がわからんね」

池端専務は、威嚇的な低い声で言った。

「ここは、社長が、最期の時を迎えられた場所だ。汚すような真似は謹んでもらいたい」

「わたしたちは、故人の名誉を傷つけるつもりはありません」

純子は、静かに応酬する。

「ただ、大石社長の死因に関して、重大な疑問があるんです。それを確認するためにやって参りました」

「それが、おかしいと言うんだ。そんなことは、警察の仕事じゃないか。警察は、すでに、事件性がないという結論を出している。昨日、無事に葬儀も執り行われたばかりだ！」

池端専務は、吐き捨てた。

「君たちを、不法に会社の施設に侵入したとして、告訴することもできるんだぞ」

「専務。この方たちが山荘に立ち入ることは、わたしが許可しました」

田代芙美子が、少し震えているが、しっかりした声で言う。

「田代君。君には、つくづく失望したよ。前社長亡き後は、私を支えてくれるかと期待していたんだが、まさか、外部の人間と結託して、私を陥れる陰謀に荷担するとはな。クビだ。今すぐ、この場から立ち去りたまえ」

「いや、あんたに、そんな権限はないはずですよ」

日下部が、ずいと前に出る。

「新日本葬礼社では、解雇権を有しているのは社長と人事担当役員だけと定められている。

あんたは、まだ社長になっていない。しかも、田代さんを首にするというのは、あきらかに不当解雇だ」

「ふん。本気で、この男に守ってもらえると思ってるのか？」

池端専務は、田代芙美子に向かって、嘲弄《ちょうろう》するように言った。

「私は、二、三日中にも、社長に就任する。そうなれば、君は懲戒解雇だ。勤続が何十年だろうと、退職金は一円も出ないことを覚悟しておきたまえ」

「懲戒解雇には、就業規則上の要件が、厳格に定められているはずだ」

「会社の名誉を毀損《きそん》したというのは、立派な要件だ」

日下部と池端専務は、激しくやり合った。激昂《げっこう》した日下部が、手を出すのではないかと、純子がはらはらしたくらいである。

「池端専務。あなたは、今、あなたを陥れる陰謀とおっしゃいましたね？　わたしたちは、大石社長の死因を究明しようとしているだけですよ。どうして、それを陰謀だと思われるのですか？」

池端専務は、じろりと純子を見た。

「それは、ここにおられる日下部先生に訊《き》かれた方が、早いでしょうな。かなり以前から、私に対し悪意による讒言《ざんげん》や誹謗《ひぼう》中傷が続いていましてね。私を、大石社長の後継者の座から引きずり下ろそうと企《たくら》んでいた連中がいるんですよ」

悪意による讒言や誹謗中傷……。純子は、それが遺言状の文章とそっくりな表現であることに気がついた。

「とにかく、あなた方には、ここから、即刻退去していただきたい。応じないのであれば、警察を呼ぶことになりますよ」

「おかしいですね」

純子は、冷静に言った。

「何がかね？」

「わたしは、さっきから再三、大石社長の死因には疑問があると申し上げています。そのことに関して、一言もお訊《たず》ねにならないのは、どうしてですか？」

「決まってるだろう。死因には、何の疑問もないからだ。社長は、末期ガンの苦痛の中で、自ら尊厳ある死を選ばれたのだ！」

池端専務は、顔面に朱を注いでまくしたてた。

「ですが、現場の状況には、不審な点が多すぎるんですよ。なぜ、大石社長は、わざわざ、ドアを背にして亡くなったんでしょうか？」

「……まあ、はっきりとはわからんが、白幕を張るためには、ドアの付近が都合がよかったんじゃないかな」

「では、なぜ、白幕を張る必要があったんでしょう？　百本も画鋲《がびょう》を使って」

「長年、葬儀に携わってこられた社長だ。最期の時は、自ら設《しつら》えた厳粛な雰囲気の中で迎えたかったんだろう」

池端専務は、じろりと純子を見た。

「まあ、一時的に精神が錯乱していたのかもしれん。……とにかくだな、警察は、すべての状況を勘案して、自殺だったという結論を出したんだ」

「その警察も知らなかった事実を、わたしたちは、つかみました」

純子は、ここで切り札を出すことにした。

「警察も知らなかった事実？……何だ、それは？」

「目撃者です。この部屋にいた犯人を、窓の外から目撃していた人物がいるんです」

この発言に、その場にいた全員が衝撃を受けたようだった。池端専務の顔色は、みるみる蒼白《そうはく》に変わる。

「はったりだ！　そんな人間が本当にいるんなら、ここへ連れてきたまえ！」

「わかりました」

純子は、部屋を出て、キッチンで待っていた大輝を連れて戻ってきた。

「おい。まさか、そんな子供が……」

池端専務は、口をぽかんと開けたまま絶句した。

「ねえ、大輝君。この人を見て」

純子に指を差された池端専務は、身じろぎもしない。

「君が見た人って、この人じゃなかった？」

「見た人って、何のこと？」

大輝は、怪訝《けげん》そうに反問する。

「ほら？　さっき、言ってたじゃない。ドアのところに立って、大輝君の方を見てたって。髪の毛が真っ白で、怖い顔で睨《にら》んでた人よ」

純子は、大輝の横にしゃがんで、励ますように背中に手を回した。だが、大輝の答えは、予想もしないものだった。

「ちがうよ」

「え？　違う？　そんなはずは……もっと、よく見て？　ほら、髪が真っ白だって言ってたじゃない？」

「髪の毛は白かったけど、この人じゃなかった」

どよめきが起きる。池端専務は、呪縛が解けたように、急に生色を取り戻す。

「いったい何だ、この茶番は！　君は本当に弁護士なのか？　所属はどこの弁護士会だ？懲戒請求をかけてやるからな！」

「大輝君。君が見た人は、本当に、この人じゃなかったんだね？」

榎本が、重ねて大輝に訊ねる。

「うん。違う人だった」

「でも、そこに立って、君の方を見てたんだ？」

榎本は、ドアを指さす。

「そうだけど」

「どんな人だったか、教えてくれないかな？　たとえば、誰かに似てたとか」

大輝は、少し考えた。

「カーネル・サンダースに似てた」

「ケンタッキーの人形？」

「うん」

純子は、再び、部屋の中が異様な静寂に包まれたことに気がついた。見回すと、日下部、田代芙美子、池端専務は、三人とも凍り付いたような表情になっている。

「どうしたんですか？」

日下部が、青い顔をして純子を見た。長い顎《あご》を撫《な》でながらつぶやく。

「大石社長です」

「えっ？」

「小太りで黒縁眼鏡をかけてましたし、白髪に白い髭《ひげ》でしたからね。たしかに、よく似てたんですよ。カーネル・サンダースに」

田代芙美子に大輝を送っていってもらってから、純子は、榎本の方に向き直った。

「わたしには、あの子の証言をどう解釈したらいいか、わからないんです」

キッチンの方からは、日下部と池端専務が陰気な調子で話し合う声が漏れ聞こえてくる。大輝の話を聞いてから、なぜか、池端専務は軟化の姿勢を見せていた。日下部を説得して、取り込もうとしているかのようだ。

「……あの少年の言ったことは、たしかに、子供っぽい嘘や勘違いとは思えませんでした。しかし、大石社長が佇《たたず》んでいるのを見たと言っているのは、遺体が発見される前日である、二十九日の朝です。検視によれば、大石社長が亡くなったのは、二十八日の昼から夕方にかけてですからね。この矛盾をどう解決したらいいのかは、私にも、まだわかりません」

榎本にも、今のところ、有効な仮説はないようだった。

純子の脳裏には、佇む男の姿が浮かんでいた。カーネル・サンダースの人形にそっくりな風貌《ふうぼう》で、ドアを背にして、じっと窓の方を見つめている。

「一つ、思いついたことがあるんですけど」

「どうぞ」

「大輝君は、見たのは池端専務じゃないって言いましたけど、本当にそうだったんでしょうか？　二人とも白髪だし、大石社長の身長は１６６センチ、池端専務は１７０センチということなので、それほど差はありません。だとしたら、黒縁眼鏡と白い髭が印象を決定づけたとしても、不思議じゃないでしょう」

「どういうことですか？」

「……つまり、大輝君が見たのが、実は大石社長に変装していた池端専務だったとしたら、どうでしょうか？」

「たしかに、そう仮定すると、さっきの少年が大石社長が立っているのを見たという証言は納得できるかもしれません。ですが、池端専務は、どういう理由で、そんな仮装をしたんですか？　まったく意味がわかりませんし、肝心の密室の謎に関しては、何の仮説にもなっていません」

「……わかりました。じゃあ、カーネル・サンダースの謎はひとまず横に置き、密室の謎について考えましょう」

純子は、とっておきの仮説を披露することにした。

「犯人は、あらかじめドアを外しておいて、遺体をあの位置に置いてから、もう一度ドアを嵌《は》め直したとは考えられませんか？……これは、あなたがご専門の、空き巣の手口から思いついたんですが」

皮肉は通じなかったらしく、榎本は、うなずいた。

「着眼点はいいと思います。このドアは内開きですから、蝶番《ちょうつがい》のネジは外の廊下側にあることになります。しかし、廊下の方から見れば一目瞭然《りょうぜん》なんですが、ドアが閉まっているとき蝶番は見えない——いわゆる隠し蝶番なので、いったんドアを全開にしないかぎり、蝶番をネジ止めするのは不可能です」

やはり、だめか。とうとうこれで、仮説もネタ切れになってしまった。

純子は、溜《た》め息をついた。

様々な謎が錯綜《さくそう》して、どれ一つとして解明することができない。フラストレーションは、溜まる一方である。

犯人は、どうやって密室を作り上げたのか。蠅は、その密室にどうやって侵入したのか。なぜ、大輝少年は、死んだはずの大石社長が立っているのを目撃したのか。

「榎本さんは、何か、考えはないんですか?」

こちらにばかり仮説を提示させて、それをさんざんにこき下ろすというのは、あまりにもアンフェアではないか。

「そうですね……。残念ながら、すべてを合理的に説明することはできません。何か一つの要素を取り去ることができれば、何とかなるのですが」

「たとえば?」

「たとえば、ガラスのテーブルがなければ、という話はすでにしましたが、この白幕さえなければ、密室の謎も、カーネル・サンダースの謎も解けるんですが」

「本当ですか？」

純子は、驚いた。それでは、すでに、全容の解明までもう一歩のところまで来ているのではないだろうか。

「松田大輝君は、大石社長がドアの前に佇んでいるのを見ました。しかし、それは、社長が死亡した翌日、七月二十九日のことだった。だとしたら、彼が見たのは死体だったということになります。しかし、その死体は、なぜか立っているように見えました。問題は、この、なぜかという部分です」

純子は、うなずいた。

「私が思いついた説明は、一つしかありませんでした。大石社長の遺体は、ドア、から、吊り、下げられていたんです。それが、窓越しに見ると、まるで佇んでいるかのように見えた」

「なるほど」

榎本の表情は謎めいていて、純子には、真意が読み取れなかった。

「遺体をドアから吊り下げる理由は明らかでしょう。この部屋を密室に偽装するためです。遺体がドアとガラステーブルの間に座っているかぎり、犯人は、部屋から脱出できません。しかし、ドアから吊り下げられていた状態なら、犯人が充分抜け出せるくらいドアを開けることができます。そして、犯人は廊下に出ると、ドアをぎりぎりまで閉め、遺体を吊り下げていたロープを外したんです。遺体は、ドアとガラステーブルの間の狭い空間に落ち込み、それ以降、ほとんどドアを開けることはできなくなりました。これで、密室は完成です」

榎本の説明に、純子はうなずいた。たしかに、それで、二つの謎は解決するが……。

「でも、現実には、あの白幕があるから、遺体をドアから吊《つる》すことはできませんね」

「ええ。ご丁寧にも、上部だけじゃなく、左右まで画鋲《がびょう》で留められていましたからね」

たかが布きれ一枚である。それも画鋲と両面テープで留められているだけなのに、密室を守っている強固さにおいて、白幕は鉄板にも等しかった。

「でも、犯人は、そもそも、なぜ白幕を張ったりしたんでしょう？」

純子の質問に、榎本は、虚を衝《つ》かれたような顔になった。

「なぜ……ですか？」

「つまり、この白幕が、本来の密室トリックのために必要だったとは、どうしても思えないんです。もちろん、白幕は両面テープによってドアに留められているので、密室を構成する一部分であるとも言えます。でも、両面テープの件は、たいしたトリックじゃありません。この密室を守っている最大の謎は、どうやって遺体をドアのすぐ内側に持ってきたかです。白幕があることによって、それが説明不能に陥っているのは事実ですが、白幕が否定しているのは、結局、犯人が使わなかったトリックじゃないですか。わたしには、まるで犯人が、別解を潰すために、白幕を張ったように思えるんですが」

「……なるほど。別解潰《つぶ》しですか。たしかに、その通りですね」

榎本の表情が動いた。

「それが、この犯人の発想なのかもしれません。遺言状を正しいものと誤認させるために、密室を作るのと同じ……つまり、可能性を消し去ることによって、他人の思考を自分が望む方向へ誘導するんです」

純子は、ぞっと鳥肌が立つような感覚に襲われた。

「ガラステーブルを置いたのも、下の段に雑誌を詰め込み、天板に物を並べたのも、ドアの上に白幕を張ったことも、すべて密室の別解を潰すためだったと考えれば、筋が通ります。本当のトリックだけは絶対に見破られない自信があったんでしょう。遺体を引き寄せたり、吊り下げたりという可能性さえ消しておけば、現場は完璧《かんぺき》な密室となって、大石社長の死は自殺と認定されるだろうという読みなんです」

「信じられない……」

これまで、犯罪者は何人も見てきたが、そこまで傲岸不遜《ごうがんふそん》な考え方をする人間は、記憶になかった。

「ですが、それが同時に、この犯人の弱点でもあります」

榎本は、自信たっぷりに断言した。

「弱点？」

「まっとうな犯人がなすべきことは、真実を隠蔽《いんぺい》することだけです。わざわざ別解まで潰す必要はない。ところが、この男は、すべてをコントロールしたいという欲求からか、余計な小細工に走りました。別解を潰すということは、結果的に、真実へと向かう道筋を限定したことにもなります」

だが、真実は、いっこうに見えてこないではないか。純子には、不思議でならなかった。池端誠一という男が、どんなに狡猾《こうかつ》でも、榎本がここまで調べながら、尻尾《しっぽ》をつかめないというのは、どういうことだろう。

「犯人が、部屋を出てから遺体を動かし、ドアの内側に持ってきたことは、あきらかです。しかし、そのためには、遺体をドアから吊す必要も、紐《ひも》で引っ張る必要もなかった」

榎本は、怖いくらいに精神を集中しているようだった。

「犯人の工作がすべて、単に、別解を消し去るためだったとすれば……」

「ちょっと待って！」

純子には、気がついたことがあった。

「何でしょうか？」

「白幕は、一見、密室を作るために必要だったようにも見えますが、本当は別解を潰すのが目的だったんでしょう？　だけど、ガラステーブルに関しては、両方だった可能性もあるんじゃないでしょうか？」

「両方？　どういうことですか？」

「つまり、別解を潰すことも一つの目的だったけど、それと同時に、密室を構成するために必須《ひっす》の要素だったのかもしれない……」

榎本は、無言だった。しかし、その目の輝きを見ると、純子の指摘があながち的外れでもなかったことがわかった。

「わかりました。整理してみましょう……。とりあえずの仮定ですが、密室トリックには、ガラステーブルが必要だった。かつ、あの少年の証言は真実で、死んでいたはずの社長が、立ち上がっていたかのように見えた」

榎本は、歌うような調子で列挙していく。

「まだあります。完全に密閉されていたかに見える部屋に、なぜか蠅が侵入することができました。さて、ここから何が導き出せるかですが……」

「やっぱり、きっと次元の違う発想が、必要なんでしょうね」

純子の何気ないつぶやきに、榎本は、敏感に反応した。

「次元が違う……？」

「ええ。榎本さんが、そう言ったんですよ。最初のうち、わたしたちの推理って、二次元のパズルを解いているような感じだったでしょう。遺体を動かし、ガラステーブルを動かし、という具合に。でも、今度はそこに三次元の要素が加わりました。遺体を天板に載せたり、ドアから吊り下げたり、というように。ひょっとすると、真実を発見するためには、さらに上の次元まで考えなきゃならないのかもしれませんね」

「もっと上の次元ですか……なるほど」

榎本は、眉根《まゆね》を寄せた。

「犯人が四次元空間を通って密室に出入りしたのであれば、お手上げです。しかし、我々に認識できるもう一つの次元が存在するのを、忘れていましたね」

「もう一つの次元って？」

「時間です。これまで、時間の要素に関しては、ほとんど考えていませんでした」

ふいに、榎本の顔色が変わった。

「時間……そうだ。なぜ気がつかなかったんだ！　時間の経過により、変化するものがあるじゃないか。青砥先生。この密室の完成には、時間が必要だったんです！」

「どういうことですか？」

「少しだけ待っていただけませんか。若干、私の知識の範囲を超える部分がありますので、確認を取る必要があります」

榎本は、言った。

「ですが、おそらくこれで、密室は破れました」

5

「いい加減にしてもらいたいね。いったい、いつまで待たせるつもりだ？」

書斎の一人がけのソファにふんぞり返って、池端専務がうそぶいた。

「私は、忙しい身だ。こんなところで、いつまでも油を売ってる暇はない」

そう言いながらも、いっこうに席を立って帰ろうとしない。どうしても、事件の謎解きが気になるのだろう。

「池端さん。グレンタレットの十五年がありますよ。一杯、いかがですか？」

日下部が、書棚の横にあるキャビネットでスコッチ・ウィスキーの瓶を見つけたらしい。

さっきまでとは、うって変わった上機嫌さで言う。

「けっこうだ」

池端専務は、じろりと日下部を見やり、そっぽを向く。

「そうですか。まあ、しかたがないでしょう。帰りには、あそこにあるBMWを、ご自分で運転して帰らなきゃなりませんからね」

日下部は、にやりとした。

「ところで今日は、どうして社用車で来なかったんですか？　君塚とかいう運転手もいないようですし」

「社用以外では、車も運転手も使わん。公私のけじめだ」

「つまり、今日ここへ来られたのは、私用だったわけですか。証拠を始末するつもりなら、もう少し早く来るべきでしたね」

日下部は、勝手にウィスキーをタンブラーに注ぎ、ストレートで味わっていた。

「おい……貴様。いいかげんに」

池端専務が気色ばんだとき、書斎のドアが開けられた。

「お待たせしました。警視庁に旧知の刑事がいるんですが、なかなか捕まらなかったものですから」

榎本が、携帯電話を閉じながら言う。

「どういうことだ？　警察に通報したというのか？」

池端専務は、ソファの肘《ひじ》掛けをつかんで、立ち上がりかける。

「いえいえ。そうじゃありません。どうしても確認しなければならないことがあったので、教えを請うたんです。私には、法医学の知識はほとんどないものですから」

法医学……。意外な言葉に、純子は耳をそばだてた。いきり立ちかけていた池端専務は、なぜか、気を呑《の》まれたように、そのままソファに腰を下ろす。

「もういい。謎解きだか何か知らんが、さっさとやってもらおう。ただし、結果次第では、名誉毀損《きそん》で訴えることもありえるからな」

池端専務の恫喝《どうかつ》を、榎本は、笑顔で受け流す。

「わかりました。それでは、まず、蠅の謎からお話ししましょう」

「そんなことはいいから、すぐに核心に入れ！」

池端専務の顔は、白髪の赤鬼のようだった。

「そうしたいのは山々ですが、物事には順序というものがあります。密室を解明するには、まず、蠅の謎から説明する必要があるんです」

「わかったわかった。じゃあ、さっさとその話を済ませろ」

懸命に自制しているらしく、鼻息が荒い。

「亡くなった大石社長の口には、蛆《うじ》がわいていました。それで、私は、蠅が密室に侵入した方法を考えました。しかし、本当は、考えるべきことは他にあったのです。青砥先生。蛆が育つのに必要なものは何でしょう？」

急に話を振られて、窓際に立っていた純子は、あっけにとられた。

「ええと……餌？　それから、何でしょう、水分とか、温度？」

「もちろん、それらも必要でしょう。しかし、何よりも不可欠なのは、時間です」

時間……。榎本は、さっきもそう言っていた。しかし、いくら頭を絞っても、純子には、時間という言葉の意味するところがよくわからなかった。

「ごくごく簡単な話です。蠅が卵を産み付けてから蛆が孵化《ふか》するまでには、通常は丸一日、夏場でも半日が必要だそうです。大石社長が死亡した直後に卵を産み付けたとしても、発見されるまでには、半日以上は経過していることになります」

「しかし、そのことは、わざわざ蠅を持ち出さなくても、あきらかでしょう？」

タンブラーを掲げながら、日下部が言う。

「検視の結果、発見される二日前には死亡していたことがわかってるんだから」

「そのとおりです。ですが、そこに、どうやって蠅が密室に侵入したか加味して考えると、おもしろいことがわかります。この部屋は、遺体が発見された時点では完全な密室でした。いくら蠅といえども、侵入するのは不可能です。だとすれば、結論は一つしかありません。大石社長が亡くなった後、この部屋は、一度開けられているのです」

束の間、静寂が訪れる。沈黙を破ったのは、純子だった。

「密室は、途中で一度、破られてたっていうこと？」

「正確に言えば、開けられた時点では、まだ密室になっていませんでした。しかし、それがもう一度閉ざされ、さらに時間が経過したことにより、ようやく密室になったのです」

日下部が、頭を搔《か》いた。

「よく理解できないのは、おそらく酔っぱらってるせいではないと思うんですが……。もう少し、わかるように話してもらえませんか？」

「要は、この事件のキーワードは時間だったということです。犯人は、殺害から発見までの時間を綿密に計算していた。そうしなければ、密室は作れなかった。蠅が遺体に卵を産み付けてから、蛆が孵《かえ》るだけの時間が、どうしても必要だったのです」

さっぱり、わかりやすくなっていない。それぞれ理由は違うものの、聞いている三人は、全員がフラストレーションに苛《さいな》まれていた。

「それでは、犯人の取った行動を、時系列でお話ししましょう」

榎本は、相変わらずのマイペースで続ける。

「大石社長は、一人静かに後継者問題について考えるために、この山荘にやってきました。犯人が訪れたのは、その直後です。大石社長を殺害して、偽物の遺言状を置くためでした。現場を密室にすれば、殺人を自殺と見せかけられるだけでなく、偽物の遺言が本物と見なされるだろうというのが、犯人の計算でした」

犯人というのが誰を指しているかは、あきらかだった。さぞかし激昂《げっこう》するだろうと思った池端専務は、ワニのような目で榎本を睨《にら》むだけで、一言も発しようとしない。

「犯人は、経営上の問題か何かを口実にして、しばらくの間、大石社長と話し合いました。やがて、犯人の待っていた瞬間が訪れました。大石社長が、ガンの疼痛《とうつう》に襲われたのです。犯人は、親切ごかしに痛み止めの注射をしてあげましょうと申し出て、狙い通り、致死量の数倍のモルヒネを射《う》ちました」

日下部が、殺意のこもったような凄《すさ》まじい目つきで池端専務を見やったが、池端専務は、榎本を凝視し続けている。

「やがて、大石社長は昏睡《こんすい》状態に陥りました。犯人は、大石社長の身体を、横たえました。おそらく、この部屋の中にでしょう」

「横たえた？　座らせたんじゃないんですか？」

純子は、榎本の言い間違いかと思って、訊《たず》ねた。

「横たえたのです。まっすぐに。それが、この計画の最も肝要な点でした」

榎本は、感情のこもらない声で答える。

「しばらくして、大石社長は絶命しましたが、まだしばらく待つ必要があります。犯人は、この間に密室を作る準備を整えたのでしょう。ガラステーブルの位置を動かすと、書棚から出した業界誌を下の段に詰め込み、さらに、三人掛けのソファを動かしてガラステーブルを押さえました。それから、脚立を持ってくると、持参の白幕を張ったのです。白幕の上端を両面テープで固定し、さらに上部と左右に百本もの画鋲《がびょう》を打つ必要がありましたが、時間はたっぷりとあります。それどころか、掛け軸を下げたり花籠《かご》を置いたりと、すべての作業が完了しても、まだ機は熟しておらず、密室は作れませんでした。犯人のアリバイは確認してませんが、おそらく、いったん遺体を放置して帰ったのでしょう」

「帰った？　遺体をそのままにしてですか？」

純子は、びっくりして訊ねた。

「犯人は、多忙な身でしたから、あまり長い間、不在にするわけにはいかなかったのです。このときは社長の鍵《かぎ》がありますから、玄関を施錠するのは簡単でした。そして、車を飛ばして八王子にとんぼ返りすると、溜《た》まっていた仕事を片付けます。つい先ほど、田代さんからお聞きしたのですが、もともと忙しく飛び回ることが多く、早朝や深夜にも会社に出ていたようですから、たいして不審には思われなかったようですね。そして、時刻は不明ですが、約十二時間後に、犯人は再び山荘を訪れました」

この話は、いったいどこへ行くのか。純子には、まだ何も見えて来ない。

「殺害から半日以上経過して、犯人は、この部屋のドアを開けました。この季節ですから、蒸し暑いだけでなく、すごい臭気がこもっていたと思います。犯人は、たぶん、たまらずに窓を開け放ったのでしょう。蠅が侵入してきたのは、このときだと考えられます」

日下部が、口元を押さえた。遺体を発見したときのことを思い出したのだろう。

「死後およそ十二時間が経過した遺体は、犯人の計算通りの変化を示していました」

「変化？」

純子は、思わずつぶやいた。

「そう。変化とは、すなわち死後硬直です」

榎本は、世間話のように淡々と言う。

「さきほど、知り合いの警視庁の刑事に教えてもらったんです。通常、硬直は死後二時間くらいから現れ、顎《あご》から上肢、下肢の順で進んでいき、約十二時間で最強となるそうですね。ここまで待つことで、ようやく遺体は犯人のトリックに最適な状態になりました。犯人は、すべての窓を閉めると、クレセント錠をかけてロックしました」

ようやく話の行き着く先が見えてきて、純子は唖然《あぜん》とした。

「そして、犯人は、彫像のように固くなった遺体を仰向けにしてドアに立てかけたのです。もちろん白幕の上に。ここで重要なのがガラステーブルの存在です。ガラステーブルには、密室が別の方法で作られた可能性を排除するという意味合いもありましたが、真の目的は、ドアに立てかけた遺体の爪先《つまさき》を差し込み、固定することだったのです。足下は絨毯《じゅうたん》なので、ガラステーブルがなければ、滑って倒れてしまう可能性もありますからね。そうなったら、たちまち密室は崩壊です」

「この外道が……！」

日下部が、タンブラーを握りしめて、池端専務を睨みつけた。

「遺体が座った状態では開かないドアも、遺体が直立しているため、犯人が擦り抜けるのに充分なだけ開けることができました。犯人は白幕の下を潜り、必要最小限に開けたドアから脱出して、遺体がずり落ちないように、静かにドアを閉じました。これで、犯人のなすべきことは、すべて完了しました。後は、時間が解決してくれます」

「時間がたつと、どうなるんですか？」

純子は、訊ねた。

「遺体は、先ほど言ったように、十二時間で硬直が最強になりますが、それ以降は、徐々に緩解へと向かいます。立てかけられていた遺体は、上体の方からゆっくりと硬直が緩んで、関節が曲がるようになります。ドアに当たって体重を支えていた首は、しだいに前に折れ、肩でドアに接するようになるのです。大石社長が着ていたのは絹のガウンでしたし、背後も絹の白幕ですから、滑りはよかったでしょう。その後、股関節《こかんせつ》、膝《ひざ》の順で硬直が解けると、遺体はドアにもたれながら滑り落ちていき、最終的には完全に座り込んだ姿勢になったはずです。ちなみに、硬直が完全に解けるのに要する時間は夏場で死後四十八時間ですが、部屋の中が高温であったことを考えると、もう少し早かったでしょう」

信じられない、と純子は思う。こんな計画を思いつくやつは悪魔だ。

「だから、犯人は、白幕を強固に固定するために、両面テープだけでなく、百本もの画鋲を使ったんですよ。遺体がずり下がるときに、白幕が引っ張られて落ちないようにね」

「ちょっと待って。白幕をドアに留めていた両面テープは、どうやったの？」

純子は、ふと思いついて、訊ねる。

「犯人は、大石社長の遺体をドアの中央に立てかけると、遺体がドアに接している少し下に両面テープを貼っておいたんです。最初のうち、ドアと白幕の間は離れていますが、遺体が滑り落ちていくときに、ドアに押しつけられた白幕が、自然に両面テープにくっつくという仕組みです。これが、密室の最後の仕上げとなる封印でした」

純子は、もはや、言うべき言葉を知らなかった。職業柄、死体現象について知り尽くしているからこそ思いついた計画かもしれないが、それにしても、この男の冷酷非情さは想像を絶している。

「それを、証明できるのか？」

地の底から響いてくるような異様な声に、純子は、顔を上げた。

「あんたの言ったことは、すべてが単なる憶測、想像だ。証拠はない。そうじゃないか？社長の遺体は、すでに火葬されているんだからな」

池端専務が、じっと榎本を見据える目には、昆虫のように感情が欠如していた。

「だが、根拠のない噂を立てられても、迷惑だ。いくら欲しい？　言ってみろ」

「どこまで腐ってるんだ、この野郎」

日下部の手からタンブラーが落ちて、絨毯の上を転がった。その声は、激怒のあまりか、むしろ平板に聞こえる。

「まあまあ。ここは、私に任せてください」

榎本が、日下部を手で制する。

「池端さん。残念ながら、取引には応じられません。私は、悪党ともビジネスはしますが、さすがに、人間相手に限定しているんでね」

　榎本の言葉の意味が浸透すると、池端専務は、せせら笑うような表情を見せた。

「そうか。じゃあ、どうするんだ？　証拠もなしに人を殺人犯呼ばわりすれば、名誉毀損《きそん》で訴えることになるが。そこにいる弁護士さんと、よく相談してみればいい」

「……たしかに、遺体が火葬されてしまったのは、残念でした」

　榎本は、しみじみと言う。

「遺体をよく調べれば、私の言ったことは、かなりの程度まで裏付けられたはずなんです。丸二日も遺体を立たせておけば、血液が下がり、脚が浮腫《むく》んで屍斑《しはん》が浮いていたはずですからね」

「まったくだな。少なくとも、警察は司法解剖をすべきだった。異状死体の死因の究明が、これほどおろそかになっている現状は、まことに寒心に堪えんな」

　池端専務は、ぞっとするような酷薄な笑みを浮かべた。

「とはいえ、まったく証拠が残っていないというわけでもないんです」

　榎本は、淡々と続ける。

「まず、あの少年の証言があります。子供とはいえ、あれだけしっかりしていれば、充分、証人としての適格性があるでしょう」

「くだらん。それでいったい、何が証明できる？」

「それに加えて、この白幕です」

榎本が、机の上に置いてあったゴミ袋をかざすと、池端専務の顔に動揺が走った。

「これを調べれば、繊維に付着した、大石社長のDNAなどの痕跡《こんせき》が発見できるはずです。何しろ、遺体の頭部は長時間白幕に接していた上、体組織は腐敗しつつありましたからね。それに、白幕が吊《つ》ってあった高さも特定できますから、遺体が立っていたことは立証できるでしょう」

「……だとしても、それを私と結びつける証拠はない」

「そうでしょうか？　大石社長の死が殺人であったと判明した時点で、犯人は、必然的に、あなたに限定されるんですよ」

「何を、馬鹿な」

「問題は、密室に残されていた遺言状です。池端さんが二千万円の小切手の裏書きをしたと書いてあったそうですが、それは、大石社長とあなたの二人だけしか知らない事実じゃないんですか？」

池端専務の顔色は、みるみる蒼白《そうはく》になった。

「あなたが意図したのは、現場が密室である以上は、社長の死は自殺であり、故に遺言状も本物だと推定されることだった。しかし、可能性を絞りすぎるというのも、考えものです。密室が破れ作為があったことが明らかになると、今度は逃げ道がない。当然ながら、社長の死は他殺であると疑われ、遺言状も真っ赤な偽物と見なされることになるでしょう」

榎本は、微笑した。

「さて、ここで質問です。あの遺言状は、もし社長が書いたんでないとするなら、いったい誰が書いたんでしょうか？」

鍵のかかった部屋

1

呼び鈴に伸ばしかけた手が、宙で止まった。

会田愛一郎《あいだあいいちろう》は、逡巡《しゅんじゅん》していた。今さら、どんな顔で、あの子たちに会えばいいのだろう。五年間という長い不在を、どう言い繕えるというのか。

初めてこの家を訪問したときの記憶は、昨日のことのように鮮明だった。姉のみどりは、行方不明だった不肖の弟を温かく迎えてくれた。大樹《ひろき》と美樹《みき》は、小学生の低学年だったが、突然現れた胡散《うさん》臭い叔父《おじ》に初対面から懐いてくれ、うるさいくらいにまとわりついてきた。そのときの驚きと感動は、今も胸の奥にある。高校生の時に家を飛び出して、ずっと孤独な生活を送ってきた自分が、束の間、家庭というものの温《ぬく》もりを味わわせてもらったのだ。

それ以来、年に数回は、この家を訪れるようになった。仕事についてはずっと口を濁していたが、ふとした拍子に不自然な羽振りの良さを垣間《かいま》見せて、姉に眉《まゆ》をひそめられることもあった。だが、二人に高額すぎるお年玉をやろうとして注意されてからは、そうしたこともなくなった。三人との繋《つな》がりは、会田にとって、絶対に壊したくない、かけがえのないものになっていたのだから。

だが、そのすべては、五年前に起きた、あの事件によって失われてしまった。自業自得であるとはいえ、同時に、信じられないくらい不運で、忌まわしい出来事のために。

そして、その結果が、今のこの状況だ。どんなときも馬鹿な弟を庇《かば》ってくれた最愛の姉、みどりは、三年前、突然の事故で亡くなってしまった。獄中にあって葬儀にも出席できないという無念は身を灼《や》くようだった。自分のやってきたことを心底後悔したのは、そのときが初めてだったかもしれない。もちろん、自分が苦しんだことは当然の報いだろうが、大樹と美樹の気持ちを思うと、胸が張り裂けそうな気がする。二人は、どんなにか慰めを必要としていただろうに。

今や、大樹は十七歳の高校二年生、美樹も十五歳の中学三年生だ。自分が服役したことは知らないはずだが、二人が以前と同じように自分に接してくれるかどうかは、わからない。会いたい思いが募る反面、顔を見るのが怖いような気もする。

とはいえ、こんな場所で、いつまでも躊躇《ちゅうちょ》しているわけにもいかない。会田は、深く息を吸い込む。木枯らしが、落ち葉を巻き上げながら背後を通り過ぎていった。

意を決して呼び鈴を押そうとしたとき、何の前触れもなく玄関のドアが開かれた。

「やあ、いらっしゃい」

のっそりと顔を出したのは、高澤芳男《たかざわよしお》だった。

姉は二十代前半で結婚し、大樹と美樹をもうけてから、先夫に先立たれていた。その後、再婚した相手が高澤である。姉の存命中は、義理の兄という関係だったが、今はどうなのだろうか。

「たいへん、長らくご無沙汰《ぶさた》をいたしまして。本日は、その……」

あらたまった挨拶《あいさつ》が苦手な会田は、たちまち言葉に詰まる。

「いやいや。まあ、入ってください」

高澤は、以前と変わらぬ飄々《ひょうひょう》とした態度で会田を請じ入れた。長身で痩《や》せぎす。角張った額の下に四角いチタンフレームの眼鏡がぴったりと収まっており、まるでロボットのような印象だった。レンズの奥にある聡明《そうめい》そうな目が、ほとんど瞬かないことも、そうした印象を強めている。

会田は、この、五歳年上の義兄が苦手だった。これといって嫌な思いをさせられたことはないが、およそ感情というものが感じ取れず、何を考えているのかがさっぱりわからない。中学校の理科の教師をしているということだったが、どんなふうに生徒と接しているのか、想像もできなかった。

「お邪魔します」

五年ぶりに、高澤家の敷居をまたぐ。靴箱の上に置かれた日本人形が目に入ったときは、思わず胸が熱くなった。美樹が生まれたときに、姉が作ったものだった。

「まあ、楽にしてください」

高澤は、会田を応接間に通す。会田は、ショルダーバッグを置くと、一張羅のスタジアムジャンパーを脱いだ。高澤は、隣にあるキッチンで、紅茶を淹《い》れ始めたようだった。

「あの……二人は?」

会田は、遠慮がちに訊《き》いた。

「ああ。美樹だったら、もう、そろそろ帰ってくると思いますよ。何か友達と約束があるらしくて。でも、三時前には帰るように、言っときましたから」

今日は土曜日だから、たぶん、学校は休みなのだろう。時刻は、そろそろ三時になろうとしている。

高澤は、両側に持ち手のついた盆の上に二客のティーカップとガラスのポットを載せて、応接間に運んでくる。

「大樹の方は、いることはいるんですが、二階の自分の部屋にずっと籠《こ》もってましてね」

会田の気持ちは、重く沈んだ。二階にいても、自分が来たことはわかっているだろうに、部屋から出てこないということは、やはり顔も見たくないと思っているのだろうか。

すると、まるで、その思考を読み取ったかのように、高澤が言う。

「いや、最近は、ほとんど自分の部屋から出てこないんですよ。世に言う引きこもりというやつですかね。どうも、この年代の子供には、多いらしいですね」

　血のつながりはないとはいえ、大樹は息子だし、高澤は教育者だというのに、まるっきり他人事《ひとごと》のようなセリフだった。

「それに、実を言うとね、今日、愛一郎君が来ることは、二人には言ってないんです」

「……そうなんですか」

　急に、心臓がどきどきし始めた。

「ところで、どうですか？　生活は。少しは、落ち着きましたか？」

　高澤は、会田の向かい側のソファに腰を下ろし、紅茶を勧めた。会田は頭を下げる。

　高澤と二人っきりというのは気詰まりだったが、しかたがない。

「おかげさまで……。保護司の先生の紹介で、一時的に、住むところも見つかりましたし、あとは、何とかして仕事を見つけなければと思ってるんですが」

「そうですか。まあ、今は、どこも不景気だから、なかなか大変なんでしょうね」

　高澤は、感情のこもらない声で言ったが、実際そのとおりだった。最近出所したばかりの四十男には、いっさい選《え》り好みをしなくても、ほとんど仕事は見つからなかった。せめて、手に職でもあれば、状況は違ったのだろうが。

　……いや、手に職がないわけではない。会田は自嘲《じちょう》する。それも、この分野にかけては、他の追随を許さないと自負する技術だ。だが、それは、二度と使わないと誓った技である。

『指』は完全に封印したのだ。

「お義兄《にい》さんには、ご迷惑をおかけしました。なんとお詫《わ》びしていいのかわかりませんが、本当に、申し訳ありませんでした」

会田は、深々と頭を下げた。

「うん？　いやいや。別に、迷惑を蒙《こうむ》ったことはありませんでしたよ」

「大樹と美樹には知らせないようにしてくださったことには、本当に、感謝しております。それでも、私が刑務所に入ったことで、さぞ肩身の狭い思いをされたことと……」

「いやいや。もう、そんなに思い詰めないでください。終わったことですしね。それより、これからの愛一郎君の人生を考えないと」

高澤の口からは、会田を責めるような言葉は、まったく出てこなかった。本来であれば、感謝すべき態度だろう。

しかし、それにしても、高澤の言葉には人間的な感情が乏しかった。これほどの寛容さを示してくれているのに、心に響くものが全然ないのはなぜだろうと、自分でも不思議に思うほどである。

「ありがとうございます。……二度と再び、みなさんにご迷惑をおかけするようなことは、いたしませんので」

「いや、もう、気にしないでください。一度は過ちを犯したにせよ、すでに罪は償っているわけですから。まあ、みどりの葬儀にお出になれなかったのは、残念でしたけどね」

残念……。そんな軽い言葉で片付けてほしくはなかった。

「あの、できれば、姉にお線香を上げたいんですが」

高澤は、しばらく、ぽかんとしていた。

「線香？……ああ、なるほど。ただ、うちには、仏壇のようなものは、ないんでね」

「そうなんですか」

「後で、墓参りでもされるといい」

「いえ、お墓なら、もう行ってきました。出所してすぐに」

「うん。そうか。そうでしょうね。……いや、僕は、どうにも宗教というものが嫌いでね。存在自体が嘘くさい気がしてならないし、特に、仏教の堕落は目に余るものがあると思うんですよ。葬式仏教だなんて言われてますけど、戒名にランク付けをしたりして、いかに金を取るかしか頭にないような印象があるんでね。それで、仏壇の類《たぐい》は、いっさい家の中に置かないことにしてるんですよ。故人を悼む気持ちは、一人一人が、大切に心の中に持ち続けていればいいことじゃないですか？」

高澤は、早口にしゃべると、紅茶に口を付けた。

「はあ」

どう答えていいかわからず、会田は、うつむくしかなかった。

そのとき、玄関が開く音がした。心臓が、飛び跳ねる。

「ただいま」

女の子の声だった。美樹が、帰ってきたのだ。足音は、そのまま、階段を上がり始める。一段ごとに、板が軋《きし》む音がした。

「美樹！　こっちへ来なさい。お客さんだよ」

高澤が、抑揚のない大きな声で呼ぶ。返事はなかったが、とんとんと足音が階段を下りて来たかと思うと、応接間の入り口に、ほっそりした少女が現れた。

中学生らしい無造作なショートヘアで、地味な紺色のダッフルコートを着ている。誰だろうと訝《いぶか》しむような目で、こちらを透かし見る。すぐに、はっとしたようだった。

「叔父《おじ》さん？」

ずいぶんと、大きくなった。一目見ただけでも、まっすぐに育ってくれたことがわかる。うっすらとだが、幼いころの姉の面影もあった。

「美樹ちゃん。……すまなかった」

会田は、姪《めい》に向かって深々と頭を下げた。

「どうして？　どうして、今まで来てくれなかったの？　お母さんは……」

「美樹。叔父さんにも、事情というものがあるんだ」

高澤が言ったが、美樹は、目を向けようともしなかった。

「お兄ちゃんだって、わたしだって、叔父さんが来てくれるのをずっと待ってたんだよ？　それなのに」

「ごめん」

悪いことをしたから、刑務所に入れられてたんだ。そんな言葉が喉元《のどもと》まで出かかった。

「どうしても……来られなかったんだ」

重い沈黙が訪れた。会田は、美樹の目を正視することができずに、下を向いているしかなかった。

「そんなところに突っ立ってないで、座りなさい」

高澤が、声をかける。美樹は、しばらくの間動かなかったが、やがて、会田の隣に座る。会田は、おずおずと顔を上げて美樹を見た。美樹は、コートを脱いで横に置き、チェックのスカートを穿《は》いた膝《ひざ》の上で両手を固く握りしめている。だが、けっして、会田と視線を合わせようとはしなかった。

気まずい時間が流れた。ふいに、美樹は、高澤に向かって問いかける。

「お兄ちゃんは？」

「ああ……。部屋にいると思うんだが」

「どうして？　呼ばなかったの？」

それから、美樹は立ち上がり、小走りに二階へ行った。階段の軋む音。廊下を歩く足音。

「お兄ちゃん？　開けるよ」という声が聞こえてきた。次いでドアノブを回す音。しかし、ドアは開かないらしい。

美樹は、なおも、ドアノブをガチャガチャと動かし、ドアを執拗《しつよう》にノックする。

「お兄ちゃん！　開けてって！　叔父さんだよ。叔父さんが、来てくれたんだよ！」

だが、それに応《こた》える声はなかった。すぐに、美樹は、足早に階段を下りて来る。

「おかしい。お兄ちゃん、全然返事しない。ドアも開かないし」

美樹の顔は、心配そうにこわばっていた。

「まあ、そういうことも、よくあるんじゃないか？」

高澤が、苦笑するように片頰を歪《ゆが》めて言う。

「そんなことないよ。わたしには、絶対返事してくれるもん。それに、ドアが開かないって変だよ。こんなの、今まで一度もなかった……」

みなまで聞かぬうちに、会田は、立ち上がっていた。何かが起きた。そう直感していた。何か悪いことが、大樹の身の上に。

一気に二階へと駆け上がる。足の下で、階段がぎしぎしと悲鳴を上げた。すぐ後ろから、美樹が追ってくる。

「大樹の部屋は？」

振り返って訊《たず》ねると、「突き当たり！」という返事だった。以前と変わってないらしい。

会田は、廊下を三歩で駆け抜けた。

「大樹くん。僕だ。愛一郎です。どうした？　だいじょうぶか？」

会田は、かなりの力を込めてドアを叩《たた》いた。返事はない。今度は、ノブをつかんで回す。内開きのドアなので、渾身《こんしん》の力で押してみたが、びくともしない。会田は、痩《や》せているが、けっして力がない方ではない。だが、まるで向こうから巨人がドアを押さえつけているかのようだった。

「お兄ちゃん！　お兄ちゃん！」

美樹の声は、もはやパニック寸前だった。

「出てきませんか？」

高澤が、ゆっくりと階段を上ってくる。

「このドア、いったい、どんな鍵《かぎ》が付いてるんですか？」

ドアノブの周囲に、鍵穴は見あたらなかった。室内ドア用の間仕切錠さえ、付いていないように見える。

「鍵なんかないよ！」

美樹が、叫んだ。

「ない？」

会田は、眉《まゆ》をひそめた。だったら、なぜ開かないのだろう。つっかい棒でも噛《か》ましてあるのか。

「いや……それがですね、大樹が、今日、錠を取り付けてたようなんですよ」

高澤が、何かを思い出すように、顎《あご》のあたりを擦《さす》りながら言う。

「嘘！　いつ？」

美樹が、振り返って、鋭く問いかける。

「美樹が外出してから、しばらく後のことだったかな。何かドアに穴を開けるような音がしてたんでね。……何しろ、安普請な家なもので、音がよく響くんですよ。それで、ちょっと様子を見に上がったんです。大樹は、ドアを開けて作業してたんですが、僕の姿を見ると、ばたんと閉めてしまったんです。でも、ドアの内側に補助錠が付けられてたのは、はっきりと見えましたよ」

後半は、会田に向かって言う。

「どんな補助錠ですか？」

「玄関なんかによくあるやつですよ。本体はドアに付いていて、ドア枠にはデッドボルトを受ける金具があり、つまみを回して施錠するタイプです」

「だって、何のために？　そんなこと、わたしには全然言ってなかったのに」

美樹は、信じられないという表情だった。

「いずれにしても、とにかく、ここをこじ開けないと」

会田は、ドアを睨《にら》んだ。安普請とは高澤の謙遜《けんそん》なのか、きわめて頑丈そうな作りだった。体当たりするより威力があるだろうと思い、思いきり蹴《け》ってみる。一瞬、ドアが撓《たわ》んだようだったが、見直すと、びくともしていない。もう一度蹴ろうとする会田を、高澤が止める。

「……いや、ちょっと待ってください」

高澤は、廊下の真ん中にある小さなドアを開ける。内側は物入れになっていて、工具箱や掃除機などが整然と収められているのが見えた。

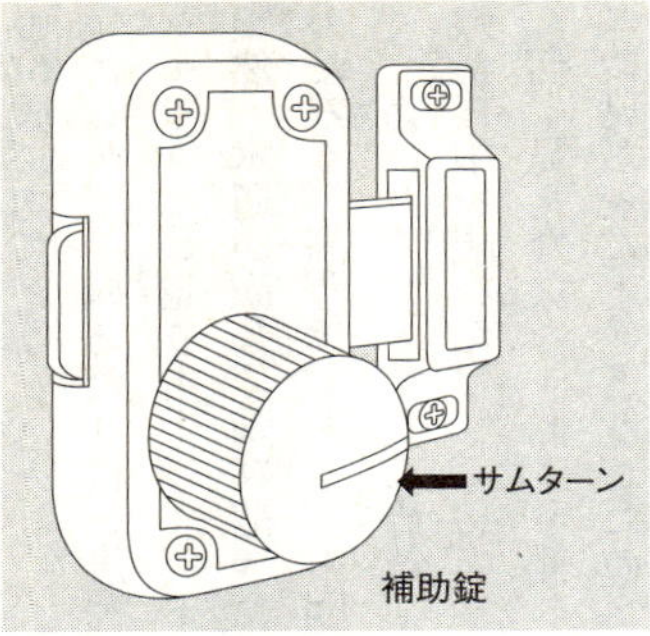

「このドアを力ずくで壊すのは、無理ですよ。これを使いましょう」

高澤が取り出したのは、電動ドリルだった。慣れた手つきで、ドリルビットを嵌《は》め込み、ハンドルを取り付け、延長コードを介して、廊下のコンセントにプラグを差し込んだ。

「危ないから、もっと下がって！」

意外なほど厳しい声に、会田と美樹は、思わず後ろに下がる。高澤は、ドアの前に片膝《ひざ》を突いた。ドリルビットの先端を、慎重な手つきでドアノブより少し上の位置にあてがう。

「たしか、このあたりだと思ったんだが……」

モーターが唸《うな》りを上げて、ドリルビットがドア板に食い込み、徐々に沈み込んでいった。

突然、木屑《くず》が激しく飛び散ったかと思うと、がくんと抵抗がなくなったようだ。貫通したのだろう。高澤は、ドリルの回転数を変えて、穴の縁をなぞるようにしながら拡大していく。苛々《いらいら》するほど悠長な作業ぶりだったが、ようやくドリルを引き抜いて止めると、丸い穴から中を覗《のぞ》いた。

「何も見えないな。向こう側の窓しか。いや、あれは何だろう。コンロかな？」

「お兄ちゃん！　どうしたの？　だいじょうぶなの？」

美樹が、後ろから懸命に呼んだが、やはり応答はない。

「補助錠は、たしか、この穴のすぐ上だったはずだ。何か曲がった棒のような物があれば、つまみを回して開けられるんだが……」

高澤は、そう言うと、物入れから工具箱を出して、開けた。一つ一つ工具を取り出しては点検し、床に置く。

「早く！　早くしないと……お兄ちゃんが！」

美樹が、悲痛な声で叫ぶ。

会田は、階段を駆け下りると、応接間にとって返していた。ショルダーバッグをつかみ、再び階段を駆け上がる。

自分が何をしようとしているのかは、よくわかっていた。封印した、『指』を使うのだ。一度見せてしまったら、二度と元には戻れない。自分がまだ『指』を隠し持っているのを、高澤に知られたら、更生したというのは嘘だと思われるだろう。

そして、自分がかつてどんな罪を犯したのか、美樹はまだ知らない……。

だが、そんなことは、どうでもよかった。事態は一分一秒を争う。もしかすると、大樹の命がかかっているかもしれないのだ。

二階に戻ったとき、高澤は、まだ、工具を矯《た》めつ眇《すが》めつしていた。

「どいてください。私が開けます」

肩をつかむと、高澤は、驚いたように場所を空けた。

会田は、ショルダーバッグから、折りたたみ傘を取り出す。柄を持って、軸の途中にあるポッチを押すと、軸に隠されていた棒状の物体が、すっぽりと抜けた。

二人は、会田が何をしているのかわからず、ただ呆然《ぼうぜん》としているようだった。

会田は、棒状の物体――『アイアイの中指』と名付けられたサムターン回しを、ドリルの穴に挿入した。

2

会田愛一郎は、『サムターンの魔術師』の異名を持つ、プロの侵入盗である。

生まれたときの名前は、松蔵《まつくら》愛一郎といった。松蔵家は代々続く裕福な開業医の一族で、当初は姉のみどりが医師になる期待を一身に背負っていたが、長男の愛一郎が生まれると、バトンタッチさせられ、小学生のときから家庭教師を付けられ、猛勉強の毎日が始まった。しかし、愛一郎が高校三年生のとき、息が詰まるような生活と口うるさい両親に、とうとう我慢ができなくなり、衝動的に家を飛び出してしまった。しばらくは、友達や、その友達の家を転々としていた。さいわいというべきか、子供が突然友達を連れてきて家に泊めても、無関心な親が、驚くほど多かったのだ。家出した息子に愛想を尽かし、ろくに行方を捜そうともしなかった愛一郎の両親も、似たようなものだったかもしれないが。

居候には、たいがい同じ運命が待っている。やがて、どこでも迷惑がられるようになり、愛一郎には居場所がなくなった。盛り場をうろうろしていた愛一郎に声をかけたのは、その筋では有名な空き巣狙いだった。

空き巣狙いは、愛一郎に見張りをさせた。警官か、その家の住人らしき人物が近づけば、口笛で合図を送るのだ。その間に、空き巣狙いは、ドアの錠をピッキングで開け、侵入し、

四、五分のうちに金品を掻《か》き集めて逃走するという手筈《てはず》だった。

二人のコンビプレーは、成功を収めた。見た目は平凡で人がよさそうに見える愛一郎は、怪しまれることは少なかったし、見張りとしては意外なほど機転が利いた。空き巣狙いは、愛一郎のおかげで、安心して目の前の錠に集中することができたのだ。

空き巣狙いは、愛一郎に、ピッキングの技も伝授した。生来、手先が器用で勘が良かった愛一郎は、たちまち基本的な技術をマスターし、ディスクシリンダー錠なら一、二分、それ以外の錠でも、熟練した鍵屋《かぎや》並みの速度で解錠できるようになった。だが、コンビを組んで三年ほどたったとき、ふと疑問を覚えるようになる。

ドアや鍵に痕跡《こんせき》を残さずに仕事を終えても、現金や貴金属がごっそりなくなっているのに気づけば、住人は、すぐに泥棒に入られたことに気づく。だったら、そんなことにこだわるより、むしろ、侵入に要する時間を短縮する方が賢いやり方ではないだろうか。

そうして、愛一郎が目を付けたのが、サムターンだった。

サムターンとは、錠の室内側に付いている、つまみのことである。何らかの方法により、ドアの外側からサムターンを直接回すことができれば、ピッキングのような面倒な作業で、鍵穴の中のシリンダー・ピンを一本一本揃えていく必要はないからだ。

愛一郎は、また、大半の家の玄関ドアが、ひどく脆弱《ぜいじゃく》な作りであることに気づいていた。当時はバブル経済の真っ只中《ただなか》だったが、ほとんどの建て売り住宅の玄関ドアは、防犯上は、段ボールでできているのとあまり変わらなかったのだ。

まず、多くの玄関ドアには、郵便物を入れるためのドアポストが付属していた。そこから長い棒を差し込めば、サムターンには簡単に届く。ドアポストがない場合も、採光のために嵌め殺しの窓が切ってあるドアは多かった。本来、そうした窓には防犯用の合わせガラスか分厚い強化ガラスを使うべきだが、たいていの場合は、ただの板ガラスだったし、お洒落《しゃれ》なステンドグラスが嵌《はま》っているのを見たときは、思わず噴き出したものである。

また、防犯性が高いと言われるマンションやアパートでも、事情は同じだった。どういうわけか、ドアの鉄板は、年を追うごとに薄くなり、近年では、鋭い錐《きり》を突き刺すと、容易に貫通するほどである。

愛一郎の創案した手口は単純だった。まず、ドアポストなどの開口部がないドアの場合、音のしないハンドドリルを使って、ドアに穴を開ける。電動ドリルよりは時間がかかるが、ドリルビットが貫通するまで、ものの三十秒とかからなかった。

次に、その穴から『アイアイの中指』を差し込む。これには長尺と短尺の二種類があり、長尺は、ドアポストなど離れた開口部からサムターンを回すことができる。一方、短尺は、サムターンのそばに穴を開けて使うもので、五年ぶりに高澤家を訪問した際に愛一郎が持っていたのは、短尺の方だった。

どちらも、一見すると、ただの鉄の棒だったが、先にワイヤーの操作で曲げられる関節が付いており、末端は、ゴムで被覆された指のような形状をしていた。この指がサムターンに触れることさえできれば、ほとんど瞬時に回転させ、解錠することができた。

この頃、愛一郎は空き巣狙いの養子となり、会田愛一郎と名乗っていた。『アイアイ』というのは、その愛称だったが、同時に、マダガスカルに棲息《せいそく》する珍しい猿の名前でもある。「アイアイ。アイアイ。お猿さんだよー」という歌で有名だが、実際のアイアイは、現地では悪魔の使いと称されるくらい不気味な猿であり、前足の中指が異様に細長く、木を齧《かじ》って開けた穴に突っ込んでは、虫をほじりだして食べるという習性を持っている。

愛一郎は、その後も『アイアイの中指』の改良を続けた。五年前、収監される直前には、鋸歯《きょし》が付いた試作品が完成したところだった。これは、サムターン回しを防止するために、サムターン・ガードというプラスチックのカバーが普及し始めたため、それを破壊するための工夫である。

こうして無事に侵入を果たした後は、犯行の発覚を遅らせるための工作も怠らなかった。ハンドドリルで開けた穴を、光が透過しないように紙粘土で塞《ふさ》ぎ、外側には、ドラ●もんやピカ★ュウなどの、アニメのシールを貼っておく。そうすれば、近所の人がたまたま見たとしても、不審を抱かれることはない。

養親である空き巣狙いが前立腺《ぜんりつせん》ガンで死去した後、愛一郎は、自ら開発した手口を頼りに一本立ちし、あっという間に日本中の泥棒の手本となった。一時、会田の月収は数百万円に達したが、悪銭身につかずの譬《たと》え通り、すべてがギャンブルや遊興費に消えてしまった。

そして、今から五年前に、あり得ないほど不運な偶然が重なり、逮捕されることになる。会田は、ターゲットとなる家を一ヶ月ほど前から監視していたのだが、迂闊《うかつ》にも、その家に八年間一歩も外に出ていない引きこもりの息子がいることには気がつかなかった。ましてや、その息子が深く精神を病み、誰でもいいから人を殺してみたいという恐ろしい欲求に取り憑《つ》かれていたなどとは、想像もしていなかったのだ。


会田は、全神経を『指』の先端に集中させた。自信はあった。五年のブランクはあれど、感覚は衰えていない。目を瞑《つむ》っていても、『指』の感触によって、サムターンの状態は手に取るようにわかった。サムターンは、穴のほぼ真上という理想的なポジションにあるため、ほとんど瞬時に解錠が可能かと思われた。

だが……。

予想もしなかった感触に、会田は、戸惑った。

補助錠のサムターンは、円筒形をしているようだ。この手のやつなら、左に回せば解錠、右に回せば施錠というタイプだろう。

だが、どうもおかしい。

左に回そうとすると（ドアの裏から作業しているために、会田から見ると右回転だが）、かつて経験したことがないくらい、『アイアイの中指』が滑るのである。

表面をゴムで被覆している『アイアイの中指』は、どんなにつるつるの面も、しっかりとグリップするはずだった。ところが、どんなにサムターンを左方向に回そうと努力しても、自慢の指先が滑って、定まらない。試しに右方向にも回そうとしてみたが、同じだった。

「叔父《おじ》さん……がんばって！」

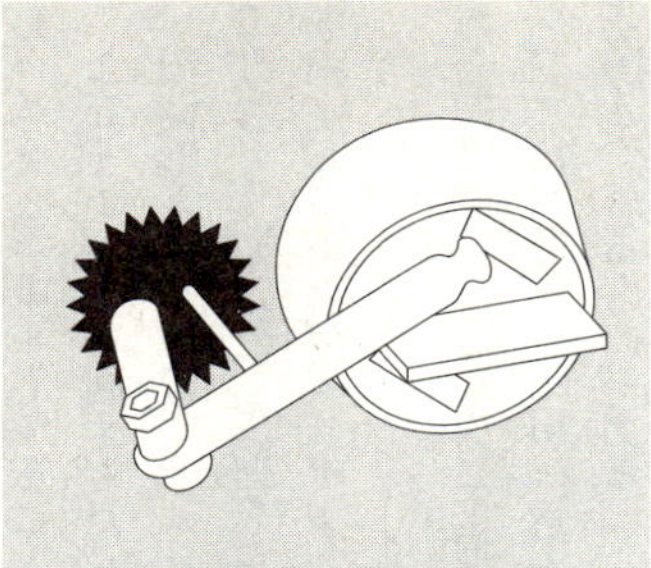
サムターン回し

美樹が、押し殺した声で叫んだ。
どうして、こんなに滑るのだろうか。サムターンが摩擦係数の低いフッ素樹脂製だったとしても、とても考えられない現象だった。ひょっとすると、油のようなもので濡《ぬ》れているのかもしれない。鋸歯を使って表面を噛《か》ませれば安定するのだろうが、あいにく、今は手元になかった。
会田は、これまでのキャリアで得た経験を総動員して、一心不乱に『アイアイの中指』を使った。幾度となくサムターンの表面を虚《むな》しく引っ掻いたが、ついに、しっかりとホールドすることに成功する。

よし、このまま回すんだ。

円筒形というのは、サムターンの形状としては最も回しにくいのだが、会田が、慎重に『アイアイの中指』を操ると、ゆっくりと回転していく。とうとう金属音が響いた。ドアを固定していたデッドボルトが、錠の中に戻ったのだ。

「開いた！」

会田は、『アイアイの中指』を穴から引き抜くと、ドアノブを回して、ドアを押した。

ドアは、数センチ引っ込んだが、そこで新たな抵抗に遭った。まだ何か、ドアが開くのを阻んでいるものがある。

目張りだ……。会田は、そう直感して、目の前が真っ暗になるような絶望感に襲われる。それは、最悪の事態を暗示するものだった。

渾身《こんしん》の力を込めて、ドアを強引に押し切る。ドアの周囲に貼られていたビニールテープのようなものが、音を立てて引き剝《は》がされていった。やっと目張りの意味に気がついたのか、背後で、美樹が息をのんだ。

押し返そうとする空気に抗いながら、目張りを引きちぎってドアを押し開く。密閉された室内から、生温かい風が逆流してきた。

紙テープの切れ端のようなものが宙を舞って、会田の胸元に向かって飛んでくる。それを反射的にキャッチしながら、部屋の中を見た。

温度の変化を感知したらしく、部屋の中のエアコンが光り、音を立てて作動し始める。

部屋の奥にある窓も、シルバーグレイのビニールテープのようなもので厳重に目張りされていた。そのすぐ下には、アウトドア用のバーベキューコンロが置いてある。半分に切ったドラム缶に脚が付いたような形状で、長さは50〜60センチはあるだろう。コンロの中には、ほとんど灰になった練炭が見えた。

異様だったのは、部屋中にまるでクリスマスのような飾り付けがされていたことだった。天井には、色とりどりの紙テープがひだやループを作っている。右手の壁には、大判のケント紙がセロハンテープで留められ、その上には赤と緑の紙テープを貼った『サヨナラ』という文字が見えた。

左手に視線を移すと、ベッドの上に、青いトレーナーを着た男の子が横たわっていた。

「大樹！」

会田は、駆け寄って、首筋に手を当てた。馬鹿な。そんなことが、あってたまるものか。だが……これはもう。

「お兄ちゃん！」

会田は、立ち上がると、後ろから来た美樹を抱き止める。

「放して！　お兄ちゃん！　ねえ、お兄ちゃんは、どうしたの？　だいじょうぶだよね？

だいじょうぶなんでしょう？」

「いかん。……二人とも、すぐに出るんだ！」

背後にいた高澤が、急に飛び込んでくると、二人を引っ張って部屋の外に連れ出した。

「この部屋には、まだ一酸化炭素が充満しているかもしれない」

「大樹は……」

会田は、茫然《ぼうぜん》として、高澤の顔を見た。

「うん。残念だが、これは、自殺のようですね」

美樹が、泣き出した。


何もかもが、とても現実に起こった出来事とは思えなかった。

息苦しいのは一酸化炭素の影響なのだろうか。ひどく気分が悪かった。まるで、五年前の悪夢が、唐突にフラッシュバックしたような気がする。

あのとき、自分にとって、世界は完全に終わりを迎えたと思ったものだ。

二人の人間が争って一方が死亡した場合は、裁判においては、よほどのことがない限り、侵入者の分が悪い。そのために、正当防衛だったという会田の主張は、数々の状況証拠にもかかわらず、認められなかった。

それでも、まだ諦《あきら》めがついた。そもそものきっかけを作ったのは自分であり、相手が死んでしまったのは事実なのだから。

だが、今回は……。

なぜ、こんなことになってしまったのか。ひとつだけはっきりしているのは、大樹には、もう二度と会えないということだった。

いったいなぜ、十七歳の少年が、死を選ばなければならなかったのか。

しかも、五年ぶりに自分が訪ねて来た当日のことなのだ。もう一日早く来てさえいれば、止められたかもしれないと思うと、悔やんでも悔やみきれなかった。

会田は、まるで魂が抜けたようで、警察の事情聴取にも、茫然と受け答えすることしかできなかった。

現場の状況から、警察は自殺と決めつけているようだったが、刑事の目が猜疑《さいぎ》心に光ったように見えたのは、会田が、L字形の六角レンチでサムターンを回してドアを開けたと供述したときだった。高澤家の工具箱では、これが唯一、サムターン回しの代用になりそうだと思ったのだが、実際に試してみると、ほとんどグリップが利かないため、丸いサムターンを回すのは至難の業であることがわかる。

刑事は、供述の前に会田の前歴を把握していた。そのため、こっそりとサムターン回しを携行していたのではないかと疑っていたらしい。かりにそうだったとしても、迅速にドアを開けたことで大樹の命が助かっていたら、情状酌量か、多少のお目こぼしはあったかもしれない。

ところが、今回、会田がドアを開けたときには、大樹はすでに死亡していた。人命救助の功績がなければ、特殊開錠用具を所持していたという罪だけが残る。仮釈放中であることを考えれば、再び塀の中に逆戻りということさえありえた。

それでも、元通りに折りたたみ傘の中に隠された『アイアイの中指』を発見できなかったためか、刑事も、それ以上の追及はしてこなかった。

刑事は、最後にもういいよと言って、会田を追い払うように手を振った。一般人に対する態度としては、ぞんざいすぎる仕草である。

「……大樹は、本当に、自殺したんでしょうか？」

立ち上がりながら、会田は、つぶやいていた。刑事は、目を上げて、今さら何を言ってるんだという顔になる。

「自殺じゃなかったら、何？」

「……とても信じられないんです。あの子が自殺するなんて。絶対に、そんな子じゃなかったんです」

「おたくさんが知ってたのは、五年前で、それから会ってなかったんでしょう？」

「それは、そうなんですが……」

刑事は、会田がまだ服役者であるかのような冷たい視線を向けたが、その表情が、ふっとやわらいだ。

「まあ、信じたくないのは、わかるけどね。でも、あれは、まあ、典型的だね」

「典型的？」

「ちょっと前に流行《はや》った練炭自殺の変形だよ。部屋中に目張りして、バーベキューコンロに練炭を入れて、火をつけた。遺体の所見からも、裏付けられてるんだよ。顔色がピンク色をしとったでしょう？　あれは、一酸化炭素中毒死の特徴だからね」

「しかし、あの部屋は……何というか、異常だったじゃないですか？」

紙テープの飾り付け。『サヨナラ』という文字を貼った紙。大樹に似つかわしくないというだけでなく、あんなことをするのは、よっぽど常軌を逸した精神の持ち主としか考えられない。

「誰でも、自殺する直前っていうのは、まともな精神状態じゃないんですよ。我々は、逆にあれを見て、ああ自殺だなって、ぴんと来たくらいでね」

会田は、絶句した。何かが違う。

「……それに、自殺以外に考えられないってことは、おたくさんが、一番よくわかっとるでしょうが？　あの部屋は、亡くなった大樹君以外は、誰も入れないような状態になっとったんだから」

たしかにその通りだと、会田は思う。あのドアに外から施錠するのは、とうてい不可能に見える。しかも、ドアの内側からは、厳重な目張りがなされていたのだ。

「まあ、発見者全員が共謀して嘘をついとったら、話は別ですよ。いや、もちろんこれは、もののの譬えだけどね。そんなことでもないかぎり、自殺としか考えられん状況だから」

刑事の言葉に、反論する余地はないように思えた。

それでも、心の中には、しこりのような違和感が残っていた。

会田が、その正体を捉《とら》えきれずにいる間に、現場検証は終わった。警察は、大樹の遺体を運び出すと、現場の部屋を黄色いテープで立ち入り禁止にして、引き上げていったのだ。

会田は、急に、美樹のことが心配になった。

両親が亡くなった後で、たった一人の兄を失ったショックは、どれほどのものだろうか。

「美樹は、どこにいるんですか？」

高澤に訊《たず》ねると、「さあ。自分の部屋だと思いますよ」という答えだった。

美樹の部屋をノックする。返事はなかった。

そっとドアを開けると、美樹は、膝《ひざ》を折ってぺたんと床に座り込み、ベッドに顔を伏せていた。

「美樹ちゃん。……だいじょうぶ？」

会田の問いに、美樹は、かすかに身じろぎした。

「こんなことが起きるなんて、まだ信じられないよ。まさか、大樹が……」

すると、美樹は、上半身を起こして、こちらを見た。顔は、すっかり涙でぐしょぐしょになっているが、その目には、予想もしていなかったくらい厳しい光が宿っていた。

会田は当惑して、彼女の肩に置こうとしていた手を引っ込めた。

「美樹……」

「どうして？　どうしてなの？」

大樹が自殺した理由のことだと思い、会田は、力なく首を振る。

「それは、わからないよ」

「わからない？　どうして、やっと叔父《おじ》さんに会えたと思った日に、お兄ちゃんが、こんなことになるの？」

会田は、口ごもった。

「それは……まったくの偶然だよ。いや、もう一日早く来てさえいれば、大樹を……止めることができたかもしれないが」

「じゃあ、あれは何？」

「え？」

「叔父さんが、傘の中に隠していた、あの変な道具は何なのよ？」

「それは」

会田は、返答に詰まった。

「ねえ、答えて。どうして、あんなものを持ってたの？」

「美樹ちゃん……」

「気安く呼ばないで！」

美樹は、鋭く遮る。

「それに、警察が来る前に、あんなにあわてて隠さなきゃならなかったのは、なぜなの？　叔父さんは、ドアを開けるときに、違う道具を使ったって嘘ついてたじゃない？　わたし、ちゃんと聞いてたのよ！」

一言もなかった。自分は、服役する前は、美樹や大樹の信頼を裏切るようなことを生業《なりわい》としてきたのだから。

「美樹ちゃんが変に思うのは、当然だと思うよ。今まで、ずっと黙ってたことがあるんだ。説明させてくれないか」

「出てって！」

美樹は、悲痛な声で叫んだ。

「もう、誰も信じられない！」

美樹は、再びベッドの上に顔を伏せた。会田は、声を掛けようとしたが、結局、何も言うことができなかった。

会田の胸の奥に、きりきりという鋭い痛みが走る。

五年ぶりに訪ねてきて、再会できると思った矢先に、大樹を亡くしてしまった。そして、今、美樹をも……。

それは、まるで身体の半分を切り取られてしまったような喪失感だった。

3

「そうですか。……お察しします」

青砥純子は、同情を込めて言った。

「でも、わたしにご依頼になりたいのは、どういうことなんでしょう？　今のお話を伺った限りでは、大樹君が自殺したのは間違いないようですし」

会田は、話している間はずっと、祈るような仕草で両手の指を組み合わせていたのだが、ようやく顔を上げると、純子を見た。もじゃもじゃ頭に長い顔で、落ちくぼんだ目の周囲は黒ずんでいる。白黒のスタジアムジャンパーを着ているため、馬面のパンダという感じで、愛嬌《あいきょう》のある顔と言えないこともないが、先入観のせいか、どうしても犯罪者っぽく見えてしまう。

「いや、大樹は……絶対に、自殺じゃないと思うんです」

会田の言葉に、純子は、呆気《あっけ》にとられた。

「自殺ではない？　それは、何か根拠がおありなんですか？」

「大樹には、死ななければならないような理由は何もなかった。いくら調べても、何も出てこなかったんです。大樹の同級生にも訊《き》いてみましたが、誰一人として、心当たりはないということでした。第一、大樹が、美樹を置いて一人で逝ってしまうなんて、絶対に考えられません。あの子は、本当に妹思いの子だったんです！　五年間も会っていませんでしたが、それだけは変わっていないはずです。それに、遺書だってなかったんですよ？」

それだけの根拠で、自殺ではないと言い張るのは、無理があるだろうと、純子は思った。でも、わざわざ、こうやって弁護士に会いに来ているのだから、本人の中では確信があるに違いない。

それに、会田の隣にいる男は、少なくとも、あやふやな思い込みだけで動くような人間ではないはずだった。

「青砥先生。そもそも警察が、大樹君の死を自殺だと断定したのは、現場が密室だったからです。しかし、もし密室が破れるとすると、一転して殺人の疑いが濃厚になります」

榎本径は、いつになく真剣な表情だった。小柄で色白な榎本は、カシミヤらしい白のセーターを着ており、こちらは、頭のいい北極ギツネという雰囲気である。

「その前にお伺いしたいんですけど、会田さんと榎本さんは、いったい、どういうご関係なんですか？」

純子は、不審の目で二人を見た。榎本は、新宿にある防犯ショップの店長で、これまで、いくつかの密室事件の解決に助けを借りてきたが、本職は、守る側より盗む側ではないかという嫌疑は強まる一方だった。

「古い友人です」

榎本は、まじめな顔で言う。

「もしかして、同業者とか……そういうことではないんですか？」

もっと身も蓋《ふた》もない言い方をすれば、共犯者だが。

「同業者ですか？　いや、会田さんは、私の知る限りでは、防犯コンサルタントをやっていたことはないと思いますよ。ねえ、会田さん」

「はあ」

いつもながら、小面憎いとぼけ方だった。

「……わかりました。それで、榎本さんは、密室は破れると思われるんですね？」

「その可能性は、あると思います」

榎本は、うなずいた。

「私も、昨日、この話を聞いたときには、自殺としか思えませんでした。しかし、その後、警察関係者から得た情報などを総合すると、もしかしたら、これは、計画殺人ではないかと考えるようになったんです」

「その場合、犯人は誰なんですか？」

「高澤芳男氏以外には、考えられないでしょうね。彼は、一日中、家にいましたし。もし、別に犯人がいたとしても、高澤氏に知られないように外部から侵入し、殺害と現場の工作を行って逃げるというのは、不可能だと思います」

「でも、いったい、どうやったっていうんですか？」

純子は、眉根《まゆね》を寄せた。今話を聞いた限りでは、まるっきり、どうしようもない状況のように思えるのだが。

「たしかに、難題ですよね。……ちょっと、整理してみましょう」

榎本は、メモを取り出すと、警察関係者から確認したという情報を、時系列に沿って読み上げる。

まず、当日、高澤と美樹が朝食を取ったのは、朝の十時頃だったらしい。

いつものように、美樹が、トーストとベーコンエッグ、トマトサラダを作って、高澤が、コーヒーを淹《い》れた。それから、美樹は、朝食の盆を兄の部屋まで持って行った。このときは大樹がドアを開けたし、とくに変わった様子はなかったということだった。

内開きのドアは、開けると裏が隠れるため、この時点で補助錠が付いていたかどうかは、わからない。すでに取り付けられていたなら、ドア枠にはデッドボルトが見えたはずだが、美樹は覚えていなかった。また、美樹は、部屋の中に入ってしばらくの間雑談しているが、バーベキューコンロなどはなかったという。

「まず、大樹君の朝食ですが、コーヒーの中に強力な睡眠薬が入れられていたとしたらどうでしょう？　高澤氏なら、美樹さんの目を盗んで混入するのは容易だったはずです」

「まあ、それは、充分可能だと思いますけど」

以前に出会った殺人事件のことを、思い出す。密室状態のオフィスビルの社長室で眠っていた社長が、想像を絶する方法で殺害されたのだ。社長を人事不省にしたのは、コーヒーに混入された睡眠薬だった。コーヒーは、睡眠薬の苦みをカムフラージュするには、理想的な溶媒——飲み物なのかもしれない。

待てよ、と思う。

「じゃあ、大樹君の体内からは、睡眠薬が検出されてるんですか？」

「血中から大量のフルニトラゼパムという薬が検出されたそうです。これは、かなり強力な睡眠導入剤です。部屋のゴミ箱には、空の薬剤シートも残ってました。何年か前に高澤氏が不眠を訴えて、処方を受けた薬だということです」

しかし、練炭自殺をするときは、あらかじめ睡眠薬を服用するのが普通である。だから、睡眠薬が検出されたこと自体は不思議ではないし、保管場所さえ知っていれば、大樹が持ち出すこともできただろう。……とはいえ、出所が高澤氏となると、別の疑念も湧いてくる。

榎本は、先を続ける。それからほどなく、美樹は友だちと会うために外出した。高澤は、一階の書斎で、授業に使う教材の準備をしていたらしい。高澤は、中学生の理科離れを防ぐために、様々な工夫を凝らした実験を行っているのだという。

その後、午前十一時頃に、二階の大樹の部屋から、電動ドリルでドアに穴を開けるような音が聞こえてきたらしい。高澤が二階に上がってみると、大樹がドアに補助錠を取り付けているところで、大樹は、高澤の顔を見るなり、ドアを閉めてしまった。そのときに補助錠が付いているのを目撃したと、高澤は証言している。

「でも、それって、変だとは思いませんか？　大樹は、いったい何のために、自分の部屋に補助錠なんか付けたんでしょう？」

会田が、我慢できなくなったように叫ぶ。

「私も、同感です」

榎本も、口添えする。

「プライバシーを守るためという理由は、論外です。もうすぐ自殺をしようとする人間が、わざわざ手間暇かけて、そんなことをするわけがありません」

「途中で見つかって、死ぬのを止められたくなかったから……とは、考えられませんか？」

「練炭自殺をした人は、過去に大勢いるはずですが、そのために錠まで付けたという話は、聞いたことがありませんね」

　これも、自殺ではないという根拠としては、かなり微妙だが。

「じゃあ、もし大樹君じゃないとするなら、犯人——高澤さんが付けたことになりますね。その場合は、納得のいく理由があるんですか？」

「もちろん、現場を密室にするためでしょう」

　榎本は、当然だろうという口ぶりだった。

「おかしいのは、補助錠が付けられた理由だけではありません。このあたりの時間経過も、かなり不自然なんです」

「どういうことですか？」

　純子には、何が変なのか、さっぱりわからなかった。

「大樹君が補助錠を付けていたとされるのは、午前十一時頃です。一方、死亡推定時刻は、その日の午前十一時から午後一時の間です。直腸内温度と、胃の内容物の消化具合から算出した時刻が一致したということなので、信頼性はかなり高いはずです。一応、前後一時間の幅は持たせてあるようですが、たぶん、正午前後と見ていいでしょう」

「……だとすると、たしかに、少し時間がなさ過ぎますね」

「ええ。十一時頃になって、まだ補助錠を付けていたんでは、ちょっと遅すぎるんですよ。部屋の飾り付けと窓の目張りは終わっていたにせよ、それからドアに厳重な目張りをして、バーベキューコンロに練炭を入れて火を熾《おこ》し、睡眠薬を服用して、眠りにつかなければなりません。それに、練炭自殺は、準備を整えれば、すぐに死ねるわけじゃありません。八畳の部屋で、一酸化炭素濃度が充分に高まって、絶命に至るまでには、最短でも一時間くらいは必要なはずです」

「警察は、最も遅い死亡推定時刻である、午後一時を採用したということですか？」

「かりにそうだとしても、私は、そのシナリオには無理があると思います」

榎本の目が、厳しくなった。

「そもそも、練炭を燃やせば、自動的に一酸化炭素が発生するというものではありません。何らかの方法により不完全燃焼するように仕向けなければならないんです。何時間もかけたあげくに、失敗したという例も多いようですし、大樹君が、これほど短い時間で練炭自殺を成功させたとしたら、驚くべき手並みと言うべきです」

「逆に、高澤がやったんなら、いとも簡単だったでしょう」

会田が、呻《うめ》くように言う。

「理科の教師だし、実験を売り物にしてるくらいだから、どうすれば効率よく一酸化炭素を出せるかくらい、知り尽くしてるはずだ」

純子は、背筋が寒くなった。

「……十一時以降は、あまり参考になるような話はありませんでした」

正午頃、高澤は、大樹の部屋の前に置いてあった朝食のトレイを下げた。その際、一応、声は掛けたようだが、応答はなかったらしい。

「朝食の食器は、どうなったんですか？」

「高澤氏が、きれいに洗ってしまってるんです。もちろん、コーヒーカップも。高澤氏は、ふだんは、あまり後片付けをすることはなかったようですが、この日に限っては、ずいぶんマメだったようですね」

その後は、午後三時前に会田が訪ねてくるまでの間、別段変わったことはなかったということだった。

「……たしかに、若干疑わしい点はあるようですが、やはり、密室の謎が解けない限りは、犯行は不可能だったとしか思えないんですが」

純子は、榎本に疑問をぶつけた。

「榎本さんには、なにか、仮説のようなものはあるんですか？」

「ないこともないんですが、それを確認するためには、やはり、現場を直接見る必要があります」

榎本は、妙に自信ありげに答える。

「そこで、ぜひ、青砥先生に一肌脱いでいただきたいんです」

女性に対し、その言葉は充分にセクハラになると思ったが、純子は、「何をすればいいんですか？」と先を促した。

「まず、高澤氏に殺人の動機があったか否かを弁護士の職権で調べていただきたいんです。我々も調べようとしたんですが、個人情報の壁があって、なかなか難しいんで」

「それは、どういう種類の動機ですか？」

会田が、口を開いた。

「姉は、亡くなった両親から多額の遺産を受け継いでいるはずなんです。それが今、どうなっているのかがわかりません。もしかしたら、大樹が亡くなったことで、高澤が利益を得る立場にいるのかも……」

たしかに、もしそうだとすれば、充分な動機にはなるだろうが。

「ご両親の遺産ということは、会田さんも、一部は相続なさったんですか？」

「いや、私は、まったく」

会田は、首を振った。

「なぜですか？」

「相続廃除……っていうんですか。私が犯罪に手を染めていたことは、両親も知っていましたから」

相続廃除とは、重大な非行などを理由に、相続人の権利を剝奪《はくだつ》する制度である。

「ご両親が亡くなられたのは、いつのことですか？」

「今から、八年前です。姉が高澤と再婚する前のことでした」

「でも、その時点では、会田さんは、まだ逮捕されていないわけですよね？」

犯罪行為を理由に、日本の裁判所に相続廃除を認めさせるには、通常、かなりの重罪での有罪判決が必要になる。

「……両親が亡くなったとき、私は、異議を申し立てなかったんです。家を捨てた人間には遺産を貰《もら》う資格はないと思ってましたし、姉から大樹と美樹に受け継ぐのが一番いいと思ったんで」

会田の説明に、純子は納得した。会田は、唯一の肉親である甥《おい》と姪《めい》を、それだけ愛していたのだろう。

「それから、もう一つ青砥先生にお願いしたいことがあります。私が現場を見られるよう、高澤氏と交渉してもらいたいんですよ」

榎本が、身を乗り出す。

「まあ、交渉することはできますけどね」

弁護士としては、まるで便利屋のようにやることを指示されるのは、あまり面白くない。純子が乗り気でないのを見て取ったのだろう。会田が、背筋を伸ばした。

「青砥先生。私は、何としても、事件の真相を知りたいんです。このままだったら、大樹が可哀想すぎるじゃないですか？　真実を明るみに出し、あの子の無念を晴らしてやりたいんです」

会田は、感情の高ぶりを抑えるように、大きく息を吸い込んだ。

「しかし、それ以上に心配なのは、美樹のことです。もし大樹が殺されたとすると、美樹の身にも危険が及ぶかもしれません。それだけは、絶対に、絶対に防がなければなりません。美樹だけは、どんなことをしても守らなければ……！」

会田は、そこまで一息に喋《しゃべ》ると、深々と頭を下げた。

「どうか、お願いします。力を貸してください。榎本さんも、青砥先生だったら何とかしてくれるはずだと」

純子は、溜《た》め息をついた。困っている人の味方を標榜《ひょうぼう》している、レスキュー法律事務所の弁護士としては、この依頼はむげに断れない。

「わかりました。では、とりあえず、高澤氏に電話してみましょう」

「いや、それよりも、まず」

榎本が、また口を挟む。

「美樹さんに会っていただけませんか？」

「それは、どうして？」

「この事件を解決しようと思えば、彼女の協力は欠かせません。何と言っても、現場に立ち会っているわけですし、高澤家については、それ以外の情報も持っているかもしれませせん。……ですが、現在、会田さんと美樹さんの間には、溝ができているようなんです。それで、まず彼女の誤解を解くことが先決なんですが」

榎本は、苦笑するような表情を見せる。

「私が、会田さんと一緒に会いに行ったとしても、おそらく逆効果だと思うんです」

たしかに、榎本が付いて行っても、胡散臭《うさん》さの二乗にしかならないかもしれない。榎本の言いなりになるようで気に入らないが、ここは助けてやろうと思った。

「そうですね。わかりました。わたしが会って、話をしてみましょう」

喫茶店に現れたのは、紺色のダッフルコートを着た、小柄で賢そうな少女だった。

「青砥先生ですか？」

きょろきょろと周囲を見回していたが、遠慮がちに声を掛けてくる。女性弁護士の意外な美貌《びぼう》に（というのは、あくまでも純子の解釈だが）、少し戸惑っているようだった。

「ええ。高澤美樹さんね。突然呼び出したりして、ごめんなさい」

美樹は、コートを脱いで、純子の斜向《はす》かいに座ると、注文を取りに来たウェイトレスに、ハーブティーを頼んだ。

「お兄ちゃ……兄のことで、お話があるって聞いたんですけど」

「そうなんです。まだ、お葬式も済んでないし、気持ちの整理も付いていないと思います。

でも、あなたに、いくつか教えて欲しいことがあるの」

「ちょっと待ってください」

美樹は、鋭く、純子の言葉を遮った。

「弁護士さんが来たっていうことは、誰か、依頼した人がいるってことでしょう？　誰なんですか？」

純子は、一瞬、答えをためらった。

「叔父《おじ》さんですよね？　そうなんでしょう？」

「ええ。そうです。わたしは、松蔵愛一郎さんの依頼を受けて、伺いました」

美樹は、しばらくは無言だった。やがて、ハーブティーが来ると、一口啜《すす》ってから、口を開く。

「叔父さんの本当の苗字は、松蔵じゃないんでしょう？」

純子は、虚を衝《つ》かれたが、うなずいた。

「そうですね。現在の戸籍上のお名前は、会田愛一郎さんです。どうしてわかったの？」

「五年前です。急に叔父さんが来なくなったら、変だって思うでしょう？　お兄ちゃんが、裁判の記事を見つけたんです。お母さんは、苗字が違うから、わたしたちにはバレないって思ってたみたいですけど、『愛一郎』なんて、そんなにある名前じゃないし」

「そうだったの……」

利発な兄妹《きょうだい》だったのだと思う。すでに会田の服役のことを知っていたのなら、ハードルは一つ減ったことになるが、問題は、美樹が会田に抱いているであろう不信感だった。

「叔父さん、どうしてるんですか？」

純子の思いを見透かしたかのように、美樹が訊《たず》ねる。

「お元気ですよ。ただ、ずっと、あなたのことを気にされてます」

美樹は、再び黙り込んだ。

「会田さんは、お兄さんの死は、自殺ではないと考えているんです」

単刀直入にそう告げると、美樹は、衝撃を受けたように顔を上げた。

「美樹さんは、どう思ってるの？　お兄さんは、本当に、自殺したと思いますか？」

肉親を失ったばかりの十五歳の少女には、酷な訊《き》き方かもしれないと思った。とはいえ、避けて通ることのできない質問だし、多少のオブラートに包んだところで、辛《つら》さが減ることはないだろう。そして、どうやら、その判断は間違っていなかったようだった。

「お兄ちゃんは、絶対に、自殺なんかしません！」

美樹は、まっすぐに純子の目を見つめながら断言した。

「どうして、そう思うの？」

純子も、彼女の視線をしっかりと受け止める。

「わたしたち、どんなことだって、お互いに相談してたんです。お兄ちゃんは、たしかに、ちょっと引きこもり気味でしたけど、別に、落ち込んでたわけじゃありません。自殺なんかする理由は、全然ないんです」

美樹は、悔しげに唇を震わせていた。

「それに、お兄ちゃんが、わたしだけ置いて、死んじゃうはずがありません。わたしたち、ずっと助け合っていこうって約束してたんです」

「そう……」

純子は、優しくうなずいた。

「それが、手紙も残さないで死んじゃうなんて。ありえない。絶対、違う。誰も信じてくれなかったけど……警察だって。でも、本当に違うんです。信じてください！」

「わかりました」

美樹の言葉は、会田が言ったことに、符節を合わせるように一致している。会田の場合、五年間、大樹と会っていなかったのだから、多少割引きして聞く必要があるかと思ったが、ずっと一緒にいた美樹も同じように思うのなら、本当に、自殺ではなかった可能性が高くなるのではないか。

「でも、お兄ちゃんは、どうして引きこもるようになったのかしら？　やっぱり、多少は、問題を抱えてたんじゃない？」

美樹は、きっぱりと首を振った。

「別に、いじめに遭ってたとか、そういうことじゃないんです。ただ、学校に行く理由が、わからなくなったって言ってました。学校の先生が信じられなくなったし、勉強は、自分でできるからって。お兄ちゃん、成績は良かったんです。高卒認定試験を受けて、大学でコンピューター関連の勉強をしたいって」

そこまで将来のことを真剣に考えていたとすれば、ますます、自殺の線は疑わしくなってくる。

「学校の先生に不信感を抱いたっていうのは、どうして？　問題のある先生だったの？」

「担任の日比野《ひびの》先生は、別に悪いとことか、なかったみたいです。他の先生の話も、聞いたことないし」

美樹は、ハーブティーを口元まで運んで言う。

「ただ、先生って肩書きが付く人たちを、今までみたいには無邪気に信じることはできなくなったって」

「それは、どうして？」

美樹は、純子の目を見た。

「あいつの正体がわかったからだって言ってました」

「あいつって？」

「高澤芳男」

美樹は、ティーカップを置いて、吐き捨てるように言った。純子は、緊張が声音に表れないように、慎重に訊ねた。

「あなたたちは、高澤さんから、虐待を受けてたの？」

「いいえ」

美樹は、あっさりと答える。

「虐待っていうのは、何も肉体的なものだけじゃないのよ？　いじめと同じで、無視とか、精神的なものも含まれるんだけど？」

美樹は、少し考えた。

「……でも、やっぱり、虐待とは言えないと思います。表面的には、すごく優しいし、何か頼んだら、聞いてくれることが多いですから」

「それなのに、どうして、そんなに高澤さんが嫌いなの？」

「あいつは、うちの中学の理科の先生なんです。でんじろうみたいな面白実験をやるんで、そのせいか、生徒や父兄の評判も、けっこう良かったりするんです。理科の知識は、本当に凄《すご》いみたいだし、性格も、あまりよく知らない人には、飄々《ひょうひょう》としてるとか言われたりするんですけど……」

美樹は、どう説明したらわかってもらえるだろうという、もどかしげな表情になった。

「でも、長く一緒にいたら、わかります。あいつは、人間じゃないんです」

「人間じゃない？……宇宙人みたいだとか？」

自己表現が不得手な理系人間には、ときどき、そういう誤解を受けやすいタイプがいるものだが。

「そういう、感じとかじゃなくて、何ていうか……アナコンダと一緒に暮らしてるみたいなもんなんです」

「アナコンダって、蛇のこと？」

「ええ。あいつは、ハ虫類——冷血動物なんです。機嫌が良くて、餌も足りてるときには、何も起こらないかもしれない。だけど、空腹になったとたん、そばにいる人間を平気で食べちゃうみたいな」

純子は、眉《まゆ》をひそめた。この子は、智能も高く、人間観察も的確なような感じはするが、さすがにちょっと表現がオーバーな気がする。母親の再婚相手だけに、色眼鏡で見ていないとは言えないだろう。

「でも、高澤さんが、何かを、具体的にしたってわけじゃないんでしょう？」

美樹は、しばらく沈黙してから、思い切ったように口を開いた。

「やってたと思う……。証拠は、全然ないけど」

「どういうこと？」

「わたしが小学生の頃ですけど、うちのそばに、カラスがたくさん来るようになったことがありました。近所のお婆さんが、こっそり餌をやってたんです。あいつは、最初のうちは、迷惑そうだったんですけど、そのうち、どうしてだか、あいつも餌をやるようになって」

「それで、どうしたの？」

「別に、変わったことは、何も起きなかったんです。でも、なぜか、毎年、カラスは少なくなっていって、そのうち、ほとんど見なくなりました」

「まさか、毒餌をやったわけ？」

穴を掘って、カラスの死骸《しがい》を埋めている男の姿が浮かぶ。

「あいつは、そういう、すぐにバレるようなことはやらないんです。ただ、餌をやるようになる前に、あいつが調べてた本があって。後で、こっそり覗《のぞ》いてみたら、農薬の本でした。鳥の体内に蓄積すると、卵の殻が薄くなって雛《ひな》が生まれなくなるって書いてありました」

純子は、ぞっとした。

「あと、すぐ近くの公園に、ホームレスの人が住み着いたことがあったんです。あいつは、治安が悪くなるとか、土地の値段が下がるとか、ぶつぶつ言ってました。……そしたら」

美樹は、唾《つば》を飲み込んだ。

「ホームレスの人が住んでたテントが火事になって、それがきっかけで、公園を追い出されたんです」

「でも、まさか高澤さんが火をつけたわけじゃないんでしょう？」

「はい。近所の人が、しゅう……何とか火災って言ってました。ホームレスの人が持ってた金魚鉢がレンズになって、太陽の光で火事になったらしいんです」

おそらく、収斂《しゅうれん》火災のことだろう。

「じゃあ、それは、事故だったんじゃない？」

「でも、その金魚鉢には見覚えがあったんです。前にうちにあったのと、そっくりでした。それが、いつのまにか見えなくなってて。あいつが、ホームレスの人にあげたのかどうかはわかりませんけど」

純子は、冷めたコーヒーに口を付けた。これは、深刻な問題だと思う。あきらかな証拠は何もないようだが、もし、この子の感じていたことが正鵠《せいこく》を射ていたとしたら……。

「お兄さんが、高澤さんの正体がわかったって言ってたのは、今の話？」

美樹は、首を振った。

「いいえ。違うと思います。もっと、何かがあったんだと思うんですけど、お兄ちゃんは、わたしは知らなくてもいいって」

やはり、これは、見過ごしにはできないだろう。

「これは、単なる仮定の話よ。だけど、あなたの印象では、高澤さんは、必要に迫られたとしたら、殺人だってやりかねないと思う？」

「はい。お兄ちゃんを殺したのは、絶対、あいつだと思います」

美樹は、断言した。

「どうやったのかは、わかりません。あいつ、物凄《すご》く頭いいから。でも、何かのトリックを使ってお兄ちゃんを殺して、それを自殺に見せかけたんです。だから、わたしは、絶対に、本当のことをバラしてやる。だって、そうしないと、お兄ちゃんがかわいそう」

後半は涙声になったが、美樹は、気丈にも泣くのをこらえた。

「あいつは、わたしも、殺すつもりなんだと思います。だけど、今すぐは、やらないはず。お兄ちゃんの後、すぐにわたしが死んだら、絶対疑われるから。だったら、まだしばらくは安全なはずでしょう？　その間に、必ず証拠をつかんで……あいつを死刑にしてやる」

「わかったわ」

美樹は、テーブルの上で、関節が白くなるほど力を込めて拳《こぶし》を握りしめていた。純子は、その拳に、自分の手を重ねた。

「一緒に闘いましょう。だいじょうぶ。わたしが、あなたを守るから。どんなに悪賢い犯人だって、必ず尻尾《しっぽ》をつかんでやるからね」

4

高澤家は、有名なホラー映画のロケ地にもなったという、東京郊外の住宅地にあった。

「どうぞ」

美樹がドアを開けると、純子と榎本、会田の三人が、「お邪魔します」と場違いな挨拶《あいさつ》をしながら、ぞろぞろ入っていく。

「これ、後で家宅侵入とかで訴えられることはないですよね?」

会田が、心配そうな顔で、純子を見やった。

「心配いりませんよ。美樹さんが招き入れてくれてるんですから」

仮釈放中とあって、会田は、法令違反には、ことさらに神経を尖《とが》らせているようだった。

純子は、むしろ、美樹に学校をずる休みさせてしまったことに気が咎《とが》めていた。とはいえ、この場合は、しかたがないだろう。高澤の犯行を暴かなければ、美樹の生命が危うくなるかもしれないのだから。

「あいつは、学校で授業をしてるから、夕方まで帰ってきませんから」

美樹は、先に立って階段を上りながら言う。純子は腕時計を見た。まだ午後一時だから、調査のための時間なら充分あるはずだ。

二階の突き当たりの部屋には、すでに、立ち入り禁止のテープは張られていなかった。『F&Fセキュリティ・ショップ』のロゴ入りジャンパーを着ている榎本は、ドアを閉めたまま、ドリルの穴を覗き込んだ。

「何か、見えますか？」

純子の質問に、「向こう側の窓だけですね」と答える。

それから、ドアを開けて部屋に入り、ドアの裏側を調べる。純子も覗き込むと、ドリルの穴は、大樹が付けたという補助錠の真下にあった。間隔は2センチほどしかない。よくも、これだけ絶妙な位置に穴を開けられたものだと思う。

榎本は、ドアの周囲を手で擦《こす》る。

「テープの粘着成分で、まだ、ちょっとべたべたしてますね。目張りに使われていたビニールテープは、どうなったんですか？　処分されてしまったんでしょうか？」

「いいえ。全部、取ってあります」

美樹が、硬い表情で答える。

「あいつは、警察に許可をもらうと、すぐ剝《は》がして捨てようとしました。でも、わたしは、取っておいた方がいいと思ったんです。きっと、これは、何かの証拠になると思って」

彼女の機転に、あらためて純子は感心する。

「だから、剝がすのも、ドアに跡が残るからって言って、わたしがしました。ドライヤーで温めてから、シール剝がしを使って、ていねいに……。それから、あいつがポリ袋に入れてゴミ置き場に出した後、こっそり取り戻しておいたんです。今までずっと、わたしの部屋のクローゼットに隠してました」

　美樹は、大きなゴミ袋を榎本に手渡した。榎本は、ゴミ袋を開き、慎重な手つきで中身をつまみ出す。ドアの周囲を目張りしていたときのロの字形が、そのまま残っているようだ。あまり見ないシルバーグレイのテープで、普通のガムテープと比べると幅が広い。榎本は、テープの幅をメジャーで測り、しげしげと見入っている。

「そのテープが、どうかしたんですか？」

　純子は、訊《たず》ねた。

「いや……これは、ポリ塩化ビニール製の粘着テープです。幅は7・5センチありますね。普通の家庭には、あまり置いてないだろうと思ったものですから」

「何か、特殊な用途のテープなんですか？」

「特殊というほどではありません。配管の継ぎ目を塞《ふさ》いだり金属が錆《さ》びないよう巻き付けるテープだと思いますが、目張りをするだけだったら、普通のガムテープで充分なはずです。どうして、こんなテープを使う必要があったんでしょうか？」

　純子は、テープに触れてみた。かなり薄くて柔らかい感じがする。

「犯人が使ったトリックには、このテープでなければならない必然性があったということですか？」

「そう考えるべきだろうと思います」

　榎本は、難しい顔で考え込んでいた。

「つまり、ドアの外から目張りを完成させるには、それだけの幅があって、そして柔らかいテープじゃなきゃいけなかった。そういうことですよね？」

会田が、何かを思いついたようだった。

「どういうこと？　そのテープだったら、できるの？」

美樹が、鋭い声で訊ねる。

「ああ。昔、テレビドラマで見たような記憶があるんだが……」

会田は、廊下の真ん中にある物入れのドアを開けた。工具箱や掃除機などが、整然と収められている。

「榎本さん。やつは、これを使ったんじゃないかな？」

会田が取り出したのは、掃除機だった。

榎本は、無表情なままだった。

「ドアの端に、半分はみ出すようにテープを貼っておいて、閉めればいい。ドアの隙間から掃除機で吸引すれば、はみ出てるテープが引きつけられて、目張りが完成するはずだ」

「すごい！　叔父《おじ》さん。絶対そうよ！」

美樹が、興奮した声になる。

「うーん。実験してみないと、何とも言えませんが」

榎本は、相変わらず、反応が薄い。

「たぶん、それでは、うまくいかないんじゃないかな」

「ちょっと待って。わたし、新しいテープ持ってくる」

美樹が、走り出す。

「どこにあるか、知ってるの？」

純子は、美樹の背中に声をかけた。

「うん！　たぶん、あそこしかない」

美樹は、転げ落ちるのではないかと心配になるような勢いで、階段を駆け下りていった。

ものの二分としないうちに、新品のビニールテープのロールを持って上がってくる。

「ほら！　これでしょう？」

たしかに、そうだ。純子は、彼女の差し出したロールを見て思う。目張りに使われていたのと、同じものだ。シルバーグレイのテープで、似たような質感の絶縁テープより、ずっと幅が広い。

「美樹さん。それは、どこにあったんですか？」

榎本が、訊ねる。

「ガレージ。物入れになければ、だいたいあそこにあるの。大きすぎて入らないものとか。あいつが理科の実験に使う小道具も、全部置いてあるから」

「もしかしたら、お兄さんの部屋にあったバーベキューコンロも、ふだんはガレージに置いてあったんですか？」

「はい」

榎本は、腕組みをすると、独自の思考の中に沈み込む。

「……よし。じゃあ、さっそく実験してみるか」

会田は、さっきの説明通り、ドアの縦桟に沿って、ビニールテープを半分はみ出るように貼った。実験の効果を確認するために、美樹が部屋の中に入り、ドアを閉める。それから、廊下のコンセントに掃除機のプラグを差し込み、ノズルをドアの隙間の部分にあてがって、吸引した。

ひとしきりノズルを隙間に沿って上下に動かすと、中にいる美樹に声をかける。

「美樹ちゃん。どうだ？」

しばらく返事がなかったが、ややあって「だめみたい」という意気消沈した答えが返ってきた。

「だめ？　どうしてだろう？……テープをもうちょっとだけ、ドア枠に近づけてみてくれないか？」

「やっぱり、無理。全然引きつけられてないもん」

会田は、ドアを開ける。ビニールテープは、さっき貼り付けたときのままの状態だった。このやり方では、目張りを施すことはできないらしい。

「榎本さん。どうして、うまくいかないの？」

純子は、まるで榎本のせいであるかのように難詰する。

「たぶん、ドア枠の形状のせいだと思います」

榎本は、内開きのドアの枠を指し示した。

「ドアの外周に沿って隙間が素通しになっているような構造だったら、吸引力の強い掃除機を使えば、テープを引きつけることができるかもしれません。しかし、たいていのドアは、隙間風が入らないように、段差を付けたドア枠に収納される構造になっています。外側から吸引しても、吸気はドア枠に阻まれて、内側にあるテープを直接吸い付けることはできないんです」

純子は、落胆した。目張りを作ったトリックに関しては、これで白紙に戻ってしまった。

榎本は、純子の心を読んだように言う。

「まずは、目張りの謎ですね。とにかく、これを解かない限りは、今回の密室を破ることはできないでしょう」

「そうね。いったい、どうやって、部屋の外から目張りを行ったのか」

「それだけじゃありません。どうやって目張りをしたのかという以上に、どうして目張りが必要だったのか、という点が重要です」

純子は、きょとんとした。

「え？　だって、練炭自殺に見せかけるためでしょう？」

「もちろん、目張りがあれば、より自殺らしく見えるでしょう。しかし、別に、なかったらまずいということではありません。今の住宅は気密性が高いですから、目張りがなくても、練炭自殺くらいは充分可能です」

「それは……そうかもしれないけど」

純子は、混乱した。

「でも、密室を、より強固なものにできるじゃないですか？」

「もちろん、そういう効果は期待できるでしょう」

榎本は、再び腕組みをした。

「しかし、それ以外に、目的があったはずだと思います。わざわざ、こんな特殊なテープを使ってまで、目張りを完成させなければならなかったわけが」

さっき、特殊なテープじゃないと言ったばかりではないか。この男は、いったい何を考えているのだろうか。

「今回の密室は、おそらく、これまでで最高難度だと思います。とはいえ、我々の側にも、ささやかなアドバンテージはあります。犯人のパーソナリティーがわかっていることです。この犯人は、理科系で、すべてを論理的に突き詰めて考えるタイプなんでしょう。しかし、あまりにも論理一辺倒の思考には弱点もあるんです」

「弱点って……いったいどんな？」

ほとんど、無敵のような気がするのだが。

「いったん犯人が発想した地点に立つことができれば、後から思考の筋道を辿《たど》っていくのも容易だということです。ですから、ポーカーの名人に、こういうタイプの人はいませんん」

犯人が、必ずしもギャンブルに強くないというのは、さほどの朗報とは思えなかった。

「でも、その発想の地点——最初の突破口が見つけられなかったら、どうしようもないじゃないですか？」

「理科系の発想の特徴は、シンプルさを好むということです。この犯人も、計画は、可能な限りシンプルにしようとしたはずです。目張りも、もし計画に不可欠な要素でなかったら、省略したでしょう。つまり、目張りは、犯人の計画に欠かすことができなかった。そして、このテープを選んだことにも、何か明白な理由があったはずです。その理由がわかったら、推理は一歩前進するんですが」

「美樹さん。これは、大事なことなんです。よく思いだしてください」

榎本は、噛《か》んで含めるように言う。

「その前後に、高澤さんが部屋に入って、何かを拾ったとか、そういう可能性はありませんでしたか？」

美樹は、無情に首を振る。

「ありえないです。そんな暇なかったですから」

「本当に、そう言いきれますか？　あなたは、そのとき、お兄さんの方しか見ていなかったんでしょう？」

「そうですけど」

美樹は、首をひねった。

「あのとき、わたしは、お兄ちゃんの部屋のすぐ外に立ってたんです。最初に、叔父さんが部屋に入って、お兄ちゃんの様子を見ました。それから、わたしが……」

「そうだ。榎本さん。やっぱり、ありえないよ」

会田も、うなずく。

「美樹ちゃんが駆け寄ってきたとき、俺は、振り向いて抱き止めたんだけど、そのときは、高澤がまだ部屋の外にいたのが、はっきり見えた。そして、やつは急に部屋に入ってきて、俺たちを引っ張り出したんだ。部屋の中に一酸化炭素が充満しているとか言いながら」

「そのとき、部屋の中に、練炭が燃えたような臭いは残っていましたか？」

「いや……覚えてないな。たぶん、臭いは、あまりなかったと思う」

「だとすると、すでに換気を済ませた後かもしれませんね。二人を急いで連れ出したのは、むしろ、その時点では部屋に一酸化炭素が充満していなかったことが、バレないようにするためかもしれない」

榎本は、腕組みをして考え込む。

「榎本さん。高澤が何かを拾ったって、どういうことですか？　いったい、何を拾ったはずだと思うの？」

「はっきりとはわかりませんが、補助錠のサムターンを回して、部屋を密室にするための、何らかの仕掛けがあったはずだと思うんです」

そう言いながらも、榎本は、確信が持てない様子だった。

「どうやって内側に目張りをしたのかは、まだわかりませんが、先に補助錠をかけた方法を考えてみましょう。もし目張りが存在しなかったとしたら、補助錠のサムターンにテグスを巻き付けて、ドアの隙間に通して外から引っ張り、施錠できたかもしれません。ところが、隙間は目張りで完全に潰《つぶ》されていましたから、それは不可能です」

「警察も、一応、そのあたりは調べてましたよ」

会田が、純子に向かって補足する。

「元々、このドアは、閉じたときにほとんど隙間がないんで、テグスを使うのは無理だったみたいです。その上に、完璧《かんぺき》に目張りされてましたし」

「だとすると、何らかの仕掛けというか……機械装置があったんじゃないかと」

榎本は、サムターンに手を触れた。

「ドアの外から電波を送り、遠隔操作で施錠する装置です。理科の教師だったら、作れてもおかしくないと思うんですが」

榎本は、サムターンをひねって、補助錠をかけた。そのとたん、眉《まゆ》をひそめ、怪訝《けげん》な顔になる。

今度は、補助錠を開ける。デッドボルトが戻る金属音が響く。再び施錠してから、解錠。なぜか、しきりに首をひねっている。

「ただ、だとすると、会田さんがドアを開けたとき、その仕掛けが、補助錠の周辺に残っていたはずなんです。しかし、お二人の証言によれば、高澤に仕掛けを回収できたチャンスはなかったことになる」

「その仕掛けがドアに付いてたんなら、部屋に入る瞬間、一瞬の早業で取ることもできたんじゃない？」

ドアノブのまわりなら、自然に手が届く高さのはずだ。純子はそう思ったのだが、今度は会田が首を振った。

「いや、それは無理ですね」

「どうして？」

「目張りを引きちぎるために思いっきり押し開けたんで、ドアは、こういう状態になってたんです」

会田は、ドアを全開にした。補助錠が付いているドアの内側は、ぴったりと壁にくっつけられる。

「これだと、ドアの内側に付いている仕掛けを取るのは、無理ですね」

「ええ。あの男は、部屋に入ってくるなり、我々を引っ張り出しました。その間、わずか一、二秒です。ドアには指一本触れてないと思いますし、何かほかのことをする余裕もありませんでした」

「その後は、どうしたんですか？」

「大樹が亡くなっているのはあきらかだったので、三人とも一階に下りて、すぐ一一〇番に電話しました。警察が来るまでは、誰も現場には戻っていません」

だとすると、かりに仕掛けが床に落ちていたとしても、回収できるタイミングはなかったことになる。

純子は、うるさい音を立てている榎本を見やった。子供のように何度も施錠と解錠を繰り返しては、補助錠を調べているのだ。さらに、ペンライトを取り出すと、受け金の奥を照らそうとしている。

「さっきから、いったい、何をしてるんですか?」

ついい、悪ガキに苛立《いらだ》っている保母のような口調になってしまう。

「面白いことに気がつきました。この音を聞いてください」

榎本は、サムターンを回して、錠を開ける。デッドボルトが戻る金属音が響いた。

「それが、何か?」

「今度は、施錠してみます」

榎本は、さっきとは逆方向、時計回りにサムターンを回した。デッドボルトが飛び出して受け金に収まったが、音はかすかで、ほとんど聴き取れないほどだ。

「解錠のときは音がするのに、施錠のときには、ほとんど音がしません。妙だとは思いませんか?」

「それは、そんなに不思議なことなんですか?」

「普通は、どちらの場合でも同程度の音がします。この音は、補助錠内部のメカニズムから生まれるものですから。それで、なぜ施錠の際だけ音がしないのか、調べてみたんですが」

榎本は、もう一度解錠すると、ドアを少しだけ開けて、再び施錠した。解錠のときと同じ金属音が鳴り響く。

「あれ？　なんで、今度は音がしたんですかね？」

横から覗《のぞ》き込んでいた会田が、不審げな声を出す。榎本は、ドア枠に取り付けられているデッドボルトの受け金の奥を、ペンライトで照らした。

「秘密は、デッドボルト受けにあるようです。奥に何かが入っていますね」

榎本は、ピンセットを取り出すと、受け金の奥から白い物体を摘《つま》み出した。どことなく、見覚えがある形をしている。

「何かしら？……脱脂綿？」

「ええ。受け金にぴったり収まるよう、四角くカットしてあります」

デッドボルトが脱脂綿で受け止められるため、補助錠の内部で部品がぶつかる音が和らげられるらしい。

「問題は、誰が、何のために、こんな工作をしたのかです。亡くなった大樹君だったとは、考えにくいですね」

「当然、犯人でしょう？」

この補助錠自体、大樹が取り付けたという高澤の説明は、きわめて疑わしいのだから。

「おそらく、そうですね。だとすると、犯人は、重大な手抜かりを犯したことになります。受け金から綿を取り出すことくらい、いつでも簡単にできたはずですからね。論理一辺倒が弱点だと言いましたが、準備も実行も完璧なのに、後片付けは苦手というタイプなのかもしれません」

「でも、それが、それほどの手抜かりなんですか？　だって、ただの脱脂綿でしょう？」

純子は、皮肉っぽく反問した。綿に指紋が付いているわけでもないだろうし。

「いや、この手抜かりは重大ですよ。もしかすると、犯人の命取りにさえなりえます」

榎本は、真面目な顔をして言う。

「もちろん、綿そのものは大した物証じゃありませんが、そこに含まれている情報が問題なんです。犯人には、補助錠の音を消す必要があった。それも施錠のときだけです。これは、犯行方法を推理する上で、有力な手がかりになります」

「あの。関係あるかどうかわかりませんが……」

会田が、スタジャンのポケットから何かを取り出すと、遠慮がちに言った。

「さっき榎本さんの説を聞いてて、思い出したんですけど、もしかしたら、これ、仕掛けの一部だったんじゃないですかね？」

三人は、色めき立って、会田のまわりに集まった。

会田の掌《てのひら》の上にあったのは、何の変哲もない白い紙テープだった。幅は2センチ足らずで、長さは7～8センチだろうか。両方の端は、ずたずたに裂けたようになっている。

ちょっと引っ張れば破れてしまうような薄い紙テープである。これで、サムターンを回すような仕掛けが作れるのだろうか。

「これは、どこで見つけたんですか？」

「ドアを開けた瞬間、部屋の中から飛んできたんです」

会田は、状況を説明する。密閉された部屋のドアを無理やり押し開いたときに、空気圧で舞い上がったらしい。

「警察には？」

「一応、事情聴取のときに見せたんですが、まったく関心を示してもらえなくて。警察は、俺に疑いの目を向けてましたから。それで、そのままポケットに突っ込んだきり、忘れてました」

榎本は、会田から紙テープを受け取って、しげしげと見入っている。

「でも、こんなものが落ちてるなんて、不自然じゃないですか？　警察は、どうして無視したんでしょう？」

純子は、素朴な疑問を口にした。

「遺体を発見したときには、部屋のあちこちに、紙テープの飾り付けがありましたからね。床にも余ったテープの切れ端なんかが落ちてましたし」

そういえば、そんなことを言ってたなと、純子は思う。会田が拾った紙テープの価値は、さらに暴落して、完全に、普通の紙屑《くず》に戻った。

ところが、紙テープを凝視している榎本の目は、逆に、異様なくらい輝きを増していた。

突然、美樹に向かって質問を投げかける。

「部屋にあった紙テープなんですが、いつ、片付けられたんですか?」

「目張りを外す前だったと思います。気がついたら、あの男が全部捨てちゃってたんです。『サヨナラ』って書かれた文章も。あれ、お兄ちゃんの遺書だったかもしれないのに……」

美樹は、涙ぐんだ。

「あんなの、偽物だよ。大樹が、あんなもの作るわけないじゃないか」

会田が、慰める。

「そのテープの切れ端には、何か、意味があるんですか?」

純子が訊《たず》ねると、榎本は、意味ありげな笑みを浮かべた。

「そうですね。もしかすると、これこそ、決定的な物証になるかもしれません」

「物証? 何のですか?」

「高澤芳男の行った密室トリックのです」

榎本は、ルーペを出して、紙テープを仔細《しさい》に見ながら、つぶやく。

「何より、高澤自身の取った行動が、このテープの重要性を語っているような気がします。ドアの目張りに使った粘着テープより、紙テープの始末を急いでいるわけですからね」

「だけど、そんなもので、いったい何ができたっていうんですか?」

純子には、何の変哲もない紙テープの切れ端で、この堅固な密室が作られたとは、とても信じられなかった。

「それは、まだ、わかりません。しかし、この端っこの部分は、どう見ても変だと思いませんか？　ハサミで切った跡でも、手でちぎった跡でもありませんよね」

榎本が、純子の目の前にかざしたテープの端は、たしかに奇妙な具合に見えた。まるで、なまくらなナイフで切り刻んだかのように、ずたずたになっているのだから。

5

会田と美樹は、ゴミ袋に入っていたロの字の形をしたままの目張りを慎重に取り出すと、可能な限り遺体発見時の様子に近づけようと、復元作業に骨を折っていた。

その間に、純子は、レスキュー法律事務所に電話をかける。照会しておいた件について、回答があったかどうかの確認だった。高澤美樹と大樹が祖父母から相続したはずの遺産は、いったいどうなったのか。さらに、兄妹《きょうだい》と高澤芳男との、現時点での法的な関係も。

「ありがとう。おかげで、助かったわ」

同僚の今村《いまむら》弁護士に礼を言い、純子は、携帯電話をたたんだ。少なくとも、動機に関する限り、かなりの収穫があったと言えるだろう。

それから、階下から聞こえてくる音声に、顔をしかめる。三人が、それぞれの仕事をしている間、榎本は、あろうことか、ソファに座ってテレビを見ているのだから。

階段を下りて、リビングへ向かった。榎本は、ソファの上で身を乗り出して、大型の液晶テレビの画面を注視していた。時折、リモコンを使って、映像を早送りする。

「何か、得るものはありましたか？」

皮肉っぽく言ってみたが、榎本は、画面に目を注いだまま、うなずいた。

「まあ、いろいろと。特に、高澤芳男という人物については、よくわかりました」

榎本は、画面を指さした。

「人間性はともかくとして、理科の教師としては非常に優秀なようですね。実験の多くは、でんじろうなんかの丸パクリですが、たまに、変わった発想も見られます。とにかく、生徒たちに興味を持たせることには成功しているようですし」

榎本が詳しくチェックしていたのは、高澤が中学校で行ったらしい理科の実験を録画したDVDと、高澤が書いた物理の参考書だった。

「ライデン瓶を使った静電気の実験とか、空き缶を押し潰《つぶ》して大気圧の大きさを実感させる実験なんかは、よくアレンジしてあると思いました。しかし、とりわけ興味深かったのは、この本に載っていた……」

「高澤さんが、理科の教師として有能だというのは、よくわかりましたけど」

純子は、つい、せっかちに遮ってしまう。

「今回の事件に関するヒントは、何か見つかったんですか？」

「……そうですね。では、ここを見てください」

榎本は、DVDの映像を、倍速で前に戻す。白衣を着た高澤が、スポンジのボールを手に持って、何か言っている。それから、伏せてある三つのカップのうち一つにボールを入れ、カップをゆっくりと入れ替えていく。

「何ですか、これ？」

「見ての通り、手品です。それも、観客から至近距離で行う、クロースアップ・マジックというやつですね」

「でも、それが何か？」

「理科の実験で子供たちを退屈させないためには、手品のようなショーアップも必要です。しかし、高澤氏の演出は、単に手品っぽいという域を超えて、しばしば、手品そのものなんですよ」

榎本が何を言いたいのかわからず、純子は、ぽかんとした。

「高澤さんは、手品が趣味だったんですか？」

「ええ。参考書のプロフィールの欄に、そう書いてありました。学生時代は、奇術同好会に所属していたそうです」

「でも、それが、今回の事件にどう関係するんですか？」

「言うなれば、この事件そのものが、クロースアップ・マジックだったんだと思います」

榎本は、DVDの映像を一時停止する。画面に映し出されたのは、高澤の顔のアップだ。口元には微笑みを浮かべているが、眼鏡の奥の目はけっして笑っていない。純子は、背筋に震えが走るような感覚に襲われた。

「どういうことですか？」

「犯人には、観客――目撃者が必要だったんですよ」

榎本は、画面の映像を消した。

「そもそも、五年ぶりに会田さんが訪ねてくる日に犯行があったのは、なぜでしょうか？もちろん、偶然ではありません。犯人――高澤芳男は、最初から、会田さんを利用しようと計画していたんです」

「遺体を発見するときの、証人に仕立て上げるため？」

「そうですね。それから、もう一つ、高澤は、あるものを必要としていたんです」

榎本は、右手の人差し指を立てると、鉤《かぎ》のように曲げて見せた。

「泥棒？」

「サムターン回しです」

榎本は、しかつめらしく言う。

「犯行現場が密室だったと警察に納得させるためには、部屋が手つかずの状態で警察を呼ぶのがベストです。ところが、今回は、そうするわけにはいかなかった」

大樹の自殺が疑われる状況では、当然、すぐにドアを破る必要があっただろう。

「そのため、犯人は、別の計画を立てました。会田さんに、自分が開けた穴からサムターン回しを入れて解錠するように仕向け、たしかに鍵《かぎ》がかかっていたことを証言させたんです。そういう特殊な状況下では、『サムターンの魔術師』の証言は、一般人よりむしろ信《しん》憑性《ぴょうせい》を持ちますからね」

「そうか。なめられたもんだな」

階段の方から、声がした。見ると、会田が、眉宇《びう》に怒りを滲《にじ》ませて立っていた。

「あの野郎、最初っから、俺を利用するつもりだったわけか！」

「ちょっと待って。でも、会田さんがサムターン回しを使ったとき、たしかに鍵はかかってたんでしょう？」

純子は、会田に念を押す。

「それは、間違いないです。俺が、あの錠を開けたんだから。まあ、かなり手こずりましたけどね」

「手こずった？」

榎本は、顔をしかめた。

「どうして？　会田さんなら、あの程度の錠、秒殺でしょう？」

「そうなんですけどね。何でだか、『アイアイの中指』が滑ってしょうがなかったんすよ。ひょっとしたら、サムターンに油でも塗ってあるのかと思ったけど、そんなこともなかったみたいだし。……やっぱし、焦ってたのかなあ」

「ありえない。『サムターンの魔術師』のスキルなら、ほとんど瞬時に解錠できるはずだ。いったい、どういうことなんだろう?」

榎本は、腕組みをして、ぶつぶつ独り言を言っている。純子は呆《あき》れた。そんなことは、今、どうだっていいでしょう。泥棒技術の向上のための反省会は、後でやってください。

「話を元に戻しませんか。会田さんが犯人に利用されたのはわかりましたけど、肝心の密室トリックは、何一つ解明されてないじゃないですか?」

榎本は、にやりと笑う。

「いや、もう、半分以上は、わかったと思います」

「本当ですか?」

「高澤氏の実験の模様を収めたDVD、そして、この本の中に重要なヒントがありました。部屋に目張りをした方法と、その理由については、ほぼ見当がついています」

榎本は、会田の方を見る。

「ドアと窓の目張りは、もう、再現できたのかな?」

「ほぼ元通りです」

「じゃあ、そこで説明しましょう。私の想像が正しいかどうかは、目張りの様子を見れば、わかるはずです」

ドアと窓の周囲には、シルバーグレイの縁取りが完成していた。元のテープの粘着力は、かなり弱まっているらしく、セロハンテープを使って扉と窓の上に固定されている。

「ドアの目張りと窓の目張りには、同じポリ塩化ビニールの配管用テープが使われています。ただし、この二ヶ所では異なる方法でテープが貼られたはずです。窓の方は、たぶん、普通にやったんでしょう」

榎本は、テープのロールを持って、目張りをする動作を見せた。

「一方、このドアの目張りは違います。何らかのトリックが用いられたとしか思えません。美樹さんが、たいへん注意深くテープを剝《は》がし、保存してくれたので、この二ヶ所の違い、特徴は、一見してあきらかです。わかりませんか？」

三人は、ドアのまわりに集まって、しげしげとテープの状態を観察した。比較のために、一度、窓の目張りを確認してから、再度、ドアの方を見る。純子は、はっとした。それは、ほかの二人も同じだったようだ。

「しわが寄ってる！」

美樹が、叫んだ。

「作業してたときには気がつかなかったけど、こっちの、ドアのまわりのテープだけ……。ほら、あっちこっちに細かいしわができてるでしょう?」

「正解です」

榎本は、拍手するジェスチャーをした。

「こちらの窓の目張りには、こういう細かいしわはありません。ロールからテープを引き出しながら貼れば、こんなにたくさんのしわができることはないはずです。では、どうして、ドアの方にだけ、しわができているのでしょう?」

「それは……」

純子は、言いかけて、戸惑った。頭の中に、何となくイメージはできているのだが。

「テープを貼ったのは、人の手じゃなかったっていうことですか?」

榎本は、うなずいた。

「ええ。ここをよく見てください。細かいしわが寄ってるのは、ドア枠の上にかかっていた場所だけです。ドアそのものに貼り付いていた部分は、窓に貼ってあったテープと同様に、しわがありません。つまり、当初、このテープは、縦に半分がドアの方にだけ貼ってあり、残りの半分は浮いた状態でした。会田さんが、さっきの実験でやったのと同じです」

犯人は、ドアの外周に沿って半分が外にはみ出るようにテープを貼って、ドアを閉めた。

それから、はみ出た部分を、何らかの方法によりドア枠に貼り付けたのか。

「これって、何だか、テープが自然に貼り付いたみたいな感じ」

美樹が、つぶやく。

「たしかに、そうだ。しかし、放っておくだけで、テープが自然にくっつくとは思えない。榎本さん。あいつは、どうやって、テープの浮いた端をドア枠にくっつけたんですか？」

会田が、身を乗り出す。

「静電気ですよ」

榎本は、こともなげに言った。

「静電気？　たしかに、ビニールテープは、静電気を帯びやすいかもしれないけど……」

純子は、眉《まゆ》をひそめた。そんなもので、本当に目張りが完成するのだろうか。

「それが可能だとわかったのは、実は、この本のおかげです」

榎本は、高澤芳男著の物理の参考書を掲げてみせた。

「みなさんは、帯電列という言葉をご存じでしたか？」

三人とも、首を振る。

「静電気についての細かい説明は省きますが、多くの物質は、擦《こす》り合わせたとき、プラスかマイナスかに帯電します。帯電列とは、静電気の帯びやすさによって物質を並べた表です」

榎本は、参考書のページを開いて、三人に示す。そこには、こんなリストが載っていた。

※主な物質の帯電列
(＋側)↑＋に帯電しやすい。
ガラス
髪の毛　毛皮
ナイロン
ウール
レーヨン
木綿
絹
ビスコース
人の皮膚
アセテート
ポリエステル　アクリル

紙（木）
エボナイト
麻
ゴム
ビニロン
ポリスチレン
ポリエチレン　セルロイド
セロファン
塩化ビニル
テフロン
（－側）↑マイナスに帯電しやすい。

「これを見るとわかるように、このテープの材質である塩化ビニールは、非常にマイナスに帯電しやすいんです。クラフト紙でできているガムテープは、リストの中央にある『紙』に近く、プラスにもマイナスにも帯電しにくい。だから、高澤は塩化ビニールのテープを選んだんでしょう」

「でも、帯電させるって、具体的に、どうやるんですか？」

純子は、質問した。昔から、物理は苦手だったし、興味もなかった。

「子供の頃、下敷きで頭を擦って、髪の毛を立たせませんでしたか？　今も言ったように、静電気は、異なる物質を擦り合わせると発生します。塩化ビニールをマイナスに帯電させたかったら、できるだけプラスに帯電しやすい物質と擦り合わせればいいんです。この場合、ナイロンやウールなどが、理想的でしょうね」

榎本は、実演してみせた。目張りを外して、新しい塩化ビニールのテープを30センチほど切ると、縦半分をドアに貼った。それから、テープの上を着ていたセーターの袖《そで》で擦って、すばやくドアを閉める。

テープは、ドア枠に吸い寄せられるように、貼り付いていった。細かいしわが、たくさん寄っているのがわかる。

「一ヶ所だけではなく、ドアの外周すべてにわたって貼り付けるには、コツがいるかもしれません。とはいえ、一部分を擦れば、テープ全体が帯電するはずですし、テープの一ヶ所がドア枠に引きつけられれば、まわりも引っ張られますから、時間さえ経過すれば、最終的にすべて貼り付くだろうと思いますね」

「くそ！」

会田が、不穏な声を出した。

「あの野郎。ふざけた真似しやがって……」

純子は、ふと疑問を覚えた。

「ちょっと待って。ドアの下側の目張りは、どうなってたの？　横と違って、床まで間隔がないから、ドアを閉める前にくっついちゃうんじゃない？」

「想像ですが、端が床にくっつかない程度に、テープを軽く曲げてあったんだと思います。塩化ビニールは、熱を加えれば曲げやすくなりますからね。テープの先端が床に擦れても、パイル地のカーペットなら、貼り付いて取れなくなることはないでしょう」

「うーん……なるほど。じゃあ、これで、密室トリックの半分は解明されたわけですね」

純子は、ドアを封印しているテープに触れながら言った。

「だけど、わざわざ、こんな目張りをした理由については、どうなんですか？　練炭自殺を本当らしく見せかける以外の理由があるって、言ってましたよね？」

榎本は、うなずいた。

「何か別の目的があったはずだと思ったのは、実は、窓にも目張りがされていたと聞いたときです」

「窓ですか？」

意外な気がする。ドアにばかり注意が行っていたため、窓の方はノーマークだった。

「前にも言いましたが、おそらく、この犯人は、無駄なことはやらない人間だと思います。練炭自殺のように見せるためだけなら、わざわざ窓にまで目張りをする必要はありません。アルミサッシというのは、防犯性能はともかく、気密性は高いですからね」

「キミツ性って？」

美樹が、会田に質問する。

「空気とか、気体が漏れないこと。……だったら、窓の目張りには、部屋を密閉する以外の役割があったってことですか？」

会田は、眉間《みけん》にしわを寄せて、榎本に訊《き》く。

「いや、そうじゃない。目張りっていうのは、やっぱり、気密性を高めるために行うものですよ」

榎本は、謎めいた笑みを浮かべた。

「気を持たせないで、わかるように言ってください！」

純子は、たまりかねて叫んだ。

「わかりました。要するに、犯人は、練炭自殺で要求される以上の、完璧《かんぺき》な気密性を必要としていたということです」

「何のためにですか？」

「もちろん、密室を作るためですよ」

　密室を作るために、気密化する必要がある――いったい、どういうことなのか。純子は、思いを巡らせたが、ふと別の疑問に突き当たる。

「それほど完璧な気密性が必要なら、やっぱり、このドアの下の部分は、ちょっと心許《こころもと》ないんじゃないですか？」

　ドアの下の部分は、床まで2センチくらいしかなく、床にはカーペットが敷き詰められているので、どこかから空気が漏れてしまいそうな気がする。

「そうですね。たしかに、静電気でドア枠に吸い付けただけでは、完璧とは言い難いかもしれません。しかし、その後、この部屋の目張りには別の力が働いて、内側から強く押しつけられます。それによって、ようやく完全な密閉が実現するんです」

「別の力って？」

　純子は、眉根《まゆね》を寄せる。

「さっきから、謎かけばっかりじゃないですか？　もっと、端的に言ってもらえませんか。犯人は、さらに何かを」

　ふいに、階下から玄関の鍵《かぎ》が開けられる音が響いてきた。純子は、口をつぐむ。

「帰ってきた……！」

　美樹が、真っ青な顔になって言う。

「高澤さんなの？　だけど、まだ授業があるはずでしょう？」

「わかんないよ。でも、ほかに考えられないもん。どうしよう？」

すっかりうろたえて、パニックに陥りかけた美樹の肩に、会田が手を置いた。

「だいじょうぶだ。俺がついてるから」

「これは、かえって、いい機会かもしれません」

榎本は、落ち着き払っていた。

「対決しましょう」

玄関に入ってきた人物は、一瞬、動きを止めたようだった。たぶん、靴が並んでいるのを見たのだろう。

ゆっくりと、階段を上がってくる足音。

気配は、ドアの前で止まった。

榎本が、ゆっくりとドアを内側に開く。

「留守中に、お邪魔しています。高澤さんですね？」

高澤芳男は、榎本より10センチ以上は身長が高かった。高く秀でた額の下には、真四角なチタンフレームの眼鏡が光っている。レンズの奥にある聡明《そうめい》そうな目は、不思議なものを見るように榎本に注がれていた。

「高澤ですが、あなたは、どなたですか？」

ほとんど目が瞬かないことに、純子は、気がついた。

「榎本と申します。こちらは、青砥弁護士。会田さんのことは、ご存じですよね」

「それで、ここで、何をされてるんですか？」

高澤の目は、何の感情も湛《たた》えず、純子から会田、美樹へと移っていった。まるで、機械が順番にスキャニングしているようだった。

「実は、会田さんと、美樹さんから、調査のご依頼を受けました。亡くなられた大樹さんの死因に、疑問があるということで」

純子は、相手が激昂《げっこう》することを覚悟して言ったが、高澤は、無表情なままだった。

「なるほど。しかし、そういうことであれば、まず、私に連絡をいただくのが筋ではありませんか？　ここは、私の家です。何も知らせずに、あえて留守中を選んでやって来るというのは、非常識だと思いますが」

「そうですね。非礼は、重々お詫《わ》びします」

純子は、とりあえずは低姿勢に出る。

「今日は……授業は、どうしたの？」

美樹が、青ざめた顔ながら、しっかりと高澤を見すえて訊《たず》ねる。

「ああ。授業時間を減らしてもらうことにしたんだ」

「減らした？　そんなこと、できるの？」

「非常勤講師に変えてもらったんだよ。研究に割く時間を、確保したかったからね」

「経済的に不安定な非常勤講師から、教諭を目指す先生は多いと思いますが、健康には問題なさそうなのに、逆を志願なさるというのは珍しいですね」

榎本が、皮肉とも取れる口調で言う。

「何か、財政的な裏付けのようなものでも、できたんでしょうか？」

「なるほど。やはり、私が容疑者ということですか」

高澤の視線は、会田を捉《とら》えた。

「だが、大樹が自殺したことには、疑う余地はないんです。愛一郎君。きみは、知ってるはずでしょう？　この部屋は、内側から鍵がかかっていて、しかも、テープで目張りまでされていたじゃないですか」

「残念ながら、あんたのトリックは、もう半分わかってるんだ！」

会田が、怒りに歯を食いしばりながら吐き出す。

「トリック？　どういうことですか？」

「あんたが、静電気を使って、目張りを作ったということだよ」

「静電気……静電気。なるほど。それは、思いつかなかったな。たしかに、可能かもしれませんね」

高澤は、ゆっくりとうなずいた。

「しかし、かりに、それで目張りについては説明が付いたとしても、部屋に鍵がかかっていたという事実には、まったく影響しませんよ」

　高澤は、純子の方に向き直った。

「弁護士さんとおっしゃいましたね。そもそも、私には大樹を殺害する動機がありません。こんな茶番を仕組んだのは、この会田愛一郎という男なんです。この男は……」

　高澤は、蛇のような目で会田を見やる。

「窃盗の常習犯で、しかも、五年前に人を殺して服役しているんですよ。亡くなったみどりも、素行の悪い弟のことでは、生前、たいへん心を痛めていました」

「言いたいことは、それだけですか？」

　会田が、何の感情もこもらない声で言った。

「いや、まだあります。この男が、私を陥れようとする理由も、だいたい見当が付きます。口にするのもおぞましいですが、実の姪《めい》でまだ中学生の美樹に、劣情を抱いているんです。大樹の自殺を奇貨として私に濡《ぬ》れ衣《ぎぬ》を着せ、美樹を引き取って愛人にしようと考えているんでしょう」

　美樹は耳を押さえていた。会田は、高澤に殴りかかりそうになったが、あやういところで榎本が引き留めた。

「弁護士さんというお立場で、こんな男の言うことを真に受けて、あまり軽はずみな真似はされない方がいいですよ。子供の許可を得たとおっしゃっても、場合によっては家宅侵入で懲戒請求ということもありえますからね」

純子は、咳払《せきばら》いをした。ここは、一回、反撃しておくべきだろう。

「高澤さんは、大樹君を殺害する動機がないとおっしゃいましたが、わたしが調べたところでは、そうとも言えないようですね」

「何をお調べになったんですか？」

「亡くなられた奥様——高澤みどりさんのご両親は、大樹くんと美樹さんに、多額の財産を遺《のこ》されていますね」

「そうなの？」

美樹が、初めて聞くという顔で言った。

「ええ。金額にすると、約二億円ずつ」

「じゃあ、四億円？」

美樹は、目を丸くした。

「でも、それは、わたしたちより先に、叔父《おじ》さんが貰《もら》うものじゃないの？」

「お祖父《じい》様とお祖母《ばあ》様が亡くなったときに、あなたたち二人に残すという遺言があったの。実の子には遺留分という制度もあるんですけど、お母さんは、放棄しています。それから、叔父さんは……」

純子は、ちらりと会田を見やった。相続廃除については、わざわざ説明することもないだろう。実際、異議の申し立てもしていないわけだし。

「やはり、相続は望まなかった。結果として、すべては、あなたたち兄妹《きょうだい》に遺されることになったの」

純子は、身じろぎもせず聞いている高澤の方に、向き直った。

「みどりさんは、前のご主人が亡くなった後、あなたと再婚されました。みどりさんが亡くなると、あなたは二人の親権者となり、すべての財産を管理することになったはずです」

「二人はみどりの忘れ形見ですし、私が財産を管理するのは、当然のことだと思いますよ。調べてもらえばわかりますが、一円たりとも着服はしていません」

「そうですね。その点は、きちんとされていると思います。しかし、大樹君が亡くなると、あなたには、大樹君の遺産がすべて入ることになる……」

「そうなんですか？」

榎本が、疑問を呈する。

「近さから言うと、むしろ、美樹さんや、会田さんが相続するはずじゃないですか？」

「いいえ。そうはならないんです。なぜなら、高澤さんは、みどりさんが亡くなる直前に、養子縁組届を提出しているため、二人の養親となっているからです」

「そんな……わたし、聞いてない！」

美樹が、あえいだ。

「未成年者を養子にするときは、家庭裁判所の許可が必要になるんだけど、配偶者の子供と養子縁組をする場合には、許可はいらないの。ただ、書類を提出すればいいだけ。しかも、子供が十五歳未満の場合は、子供の意思を確認することもないしね」

美樹は、茫然《ぼうぜん》として、高澤を見つめている。

「したがって、大樹君の遺産は、直系尊属である高澤さん、あなたが相続するはずですね。違いますか？」

この期に及んでも、高澤の目には動揺の兆しもなかった。

もしかすると、みどりさんが亡くなった事故というのも、高澤が仕組んだのではないか。どす黒い疑惑が、急速に湧き上がってくる。純子は、美樹の方にちらりと視線を走らせた。もちろん、確たる根拠もなしに、こんなことは口にできないが。

「なるほど。邪推すれば、たしかに、私には動機があるということになるかもしれません」

高澤は、あいかわらず何の感情も示さない。

「でも、大樹は自殺したという客観的事実があります。そのことに、疑問を挟む余地はありません」

「そうでしょうか？　実は、私には、いくつか疑問があるんですが、今、おうかがいしてもよろしいでしょうか？」

　榎本が、口を開く。高澤は、無言だった。

「自殺に使われたという、バーベキューコンロと練炭のことです。ふだんは、どこに置いてあったんですか？」

「……ガレージの中です」

　高澤は、無表情に答える。

「なるほど。美樹さん。あなたが、十時すぎに朝食の盆を持って行ったときのことですが、この部屋に、バーベキューコンロはありましたか？」

「いいえ」

　美樹は、きっぱりと首を振った。

「その後、美樹さんは友だちに会うために外出しました。高澤さん。あなたは一階の書斎にいたということですね？」

「そうです」

「そして、十一時頃に、二階からドリルの音が聞こえてきたので見に行ったら、大樹君が、ドアに補助錠を取り付けているところだった」

「ええ」

「そのとき、部屋にバーベキューコンロはありましたか？」

「さあ。大樹がすぐにドアを閉めたので、わかりませんね」

「その後、あなたは、再び、書斎に戻った。十二時頃、朝食のトレイを下げに行ったということですが、それ以外は、どこへも行っていない。三時頃に会田さんが訪ねてくるまでは、ずっと、書斎で教材の準備をしていたということですよね？」

「そうです。だから、どうしたと言うんですか？」

高澤の声には、初めて耳にする苛立《いらだ》ちのようなものが混じっていた。こんな、感情のない冷血動物のような人間でさえも苛立たせられるのだから、自分がときどき榎本に苛立つのも無理からぬことだろうと、純子は妙なことを考える。

「大樹君は、いったいいつ、バーベキューコンロを部屋に運び込んだのかということです。ガレージは、書斎の窓のすぐ外ですよね。高澤さんが、ずっと一階の書斎にいたのであれば、大樹君がガレージへ行ってごそごそやってれば、まず気がつくでしょう。それ以前に、階段を下りるだけでも、音がするはずです。そういう供述は、いっさいされてませんね？」

高澤は、一、二秒、沈黙した。

「……コンロは、あらかじめ、二階に運び上げてあったんでしょう」

「では、どこに置いてあったんでしょうか？　美樹さんが見たときには、少なくとも、この部屋にはなかった。クローゼットにも余分なスペースはありません。廊下には物入れがありますが、こちらにも、とても大きなバーベキューコンロを入れられる余地はない。あとは、美樹さんの部屋しかありませんが、彼女が気づかないわけがないでしょう」

高澤は、無機質のガラス玉のような目で榎本を見下ろした。美樹がアナコンダのようだと表現したのは、この不気味な目のことなんだと、純子は、ひそかに納得する。

「私の解釈を、申し上げましょう」

小柄な榎本は、まるで、蛇の動きを見定めようとするマングースのようだった。

「考えられるシナリオは、一つだけです。あなたは、コーヒーに混入した睡眠薬で大樹君が眠ったのを確認すると、ガレージからこの部屋に、バーベキューコンロを持ち込みました。練炭には、その前から着火してあったのかもしれません。そして、一酸化炭素を発生させて大樹君を中毒死させたんです」

「ずいぶん飛躍しますね。大樹が死んだとき、この部屋は、完全な密室だったんですよ？私は、いったいどうやって、部屋から出たというんですか？」

「普通に、このドアを開けてです」

榎本は、平然と答える。

「それは、おかしいでしょう。たしかに、静電気を使って目張りをすることはできたのかもしれない。しかし、ドアには、内側から鍵《かぎ》がかかっていたわけですから」

「本当に、そうでしょうか？」

榎本は、反問した。

「私は、その時点では、鍵などかかっていなかったと思っています」

榎本の言葉は、ゆっくりと、その場にいた人間の意識に浸透していった。そんな馬鹿なと思ったが、純子は、喉元《のどもと》までせり上がってきた言葉を呑《の》み込む。

「会田さんが、てっきりドアに鍵がかかっているものと思い込んだのは、どんなに押してもドアが開かなかったことに加え、あなたが、大樹君がドアに補助錠を付けていたと言って、暗示をかけたからです。しかし、実際には、鍵はかかっていなかった」

「……じゃあ、どうして、ドアは開かなかったの？」

とうとう我慢しきれなくなって、純子は、訊《たず》ねた。

「気圧差があったせいですよ」

「気圧差？」

「この部屋のドアは、内開きです。中の気圧が、外よりずっと高かったとすれば、内側からドアに圧力がかかりますから、人が押したくらいでは、開けることはできません」

「でも、どうやったら、中の気圧を高くしたりできるんですか？」

最も不得手な分野の話なので、純子は、当惑した。真空ポンプでも使ったのだろうか。

「簡単なことです。エアコンを設定して、中の温度を、ほんの2～3℃上げてやればいいんですよ」

「たったの、２〜３℃？　そのくらいでいいんですか？」

榎本は、またもや、高澤の書いた物理の参考書を掲げてみせた。

「すべては、ここに書かれています」

※シャルルの法則：

へこんだゴムボールは、お湯につけると、元通りにふくらむね。これは、空気の体積は、温度が高くなると大きくなるという性質があるからなんだ。じゃあ、その割合って、どのくらいなんだろう？

ここで目安になるのが、『シャルルの法則』だよ。

気体は、温度が１℃上がると、その気体が０℃のときを基準にして、約２７３分の１だけ膨張するんだ。ちょっとややこしいけど、例として、20℃の気体が30℃になったとき、体積がどのくらい変化するか、計算してみよう。

０℃のときを基準にして、20℃のときは、２７３分の20だけ体積が大きくなるはずだね。

つまり、０℃のときの２７３分の２９３倍ということになる。

同様に、30℃のときは、０℃のときの２７３分の３０３倍だ。

つまり、20℃から30℃に変化すると、293分の303倍、つまり、1・034倍になるということだね。


「でも、そんなに少し膨張しただけで、ドアが開かなくなるんですか？」

純子は、参考書に目を走らせたが、どうにも納得できなかった。温度が10℃も上昇して、1・034倍にしかならないのなら、2℃や3℃では、どうにもならないのではないか。

「かりに、犯行時のこの部屋の温度が10℃であり、それを13℃に上げたと仮定しましょう。さっき、ちょっと計算してみたんですが」

榎本は、参考書の余白に走り書きした数字を見る。

「シャルルの法則によれば、部屋の空気は、283分の286――約1・011倍の体積に膨らもうとするはずです。ところが、部屋のサイズは変わりませんから、膨張できなかった空気が元のサイズに圧縮されていることになります。ボイルの法則によれば、気体の体積と圧力の積は一定ですから、部屋の内部の圧力は、1気圧から1・011気圧に上昇していたでしょう。部屋の外は1気圧なので、内と外の差は0・011気圧です。この本によれば、1気圧は1平方センチあたり1キログラムですから、内側からドアを押さえている圧力は、0・011キログラム／平方センチということになります」

高澤は、しきりに、「シャルルの法則は、圧力が一定でなければ適用できない」とか、

「ボイルの法則は、温度が一定の場合だ」などと、ぶつぶつ呟《つぶや》いていたものの、正面切っ
て反論しないところを見ると、どうやら榎本の計算自体は間違っていないらしい。
「さっきこのドアのサイズを測ったら、縦が190センチ、横幅が80センチ強ありました。
面積は、190センチ×80センチ＝15200平方センチです。これに、さっき計算した
圧力、0・011キログラム／平方センチをかけると、0・011×15200＝16
7・2キログラムとなります。つまり、このドアには、内側から167キログラムという
強い力がかかっていた計算になりますから、いくら押しても開かないのは当然でしょう」
「逆に、そんなに圧力をかけたら、ドアが壊れるんじゃないですか？」
　つい、要らぬ心配までしたくなる。
「ドアや窓は、まんべんなくかかる圧力には、かなり持ちこたえるものですよ。とはいえ、
実際に、どのくらいの温度と圧力が最適だったのかは、私には判断できません。それこそ、
実験名人の高澤先生に伺うしかありませんね」
「ちょっと待って！　わたしたち、ふだん、暖房で部屋の温度をもっと上げてるじゃない
ですか？　どうして、ドアはだいじょうぶなんですか？」
　純子は、頭が混乱してきた。
「我々の居室は、通常、気密室ではないからです。部屋の温度が上がり空気が膨張したら、
その分は、わずかな隙間から外へ抜けていきます」

榎本は、ドアとドア枠の間を指さした。

「だからこそ、この部屋には目張りが必要だったんですよ。部屋を密閉し、気圧差で開かなくすることで、あたかも施錠されていたかのように偽装するために」

「あっ。そうだったのか！」

会田が、何かを思い出したように叫んだ。

「ノブをつかんでドアを開けようとしたとき、感触が変だと思ったんだ。いくら押しても、びくともしなかった。まるで、向こうから巨人がドアを押さえつけてるような感じだった。もし、補助錠がかかっていて開かないのなら、ドアは少しはガタつくはずじゃないか！」

榎本は、うなずいた。

「そして、今の計算を思い出したら、大樹君が練炭自殺をしたというシナリオは、およそ、ありえないことがわかります。目張りで密閉した室内で練炭など焚《た》いたら、温度の上昇は、10℃ではきかないはずです。かりに10℃としても、ドアにかかる圧力は500キログラムを超えます。ドアか窓が吹っ飛ぶか、少なくとも亀裂くらいは生じるはずでしょう。しかし、そんな痕跡《こんせき》は残っていませんでした。この矛盾を説明できるシナリオは、一つしかないと思います。何者かが、練炭を使って大樹君を一酸化炭素中毒死させた。そして、そのときは、まだ目張りはなかったんです。犯人は、大樹君の死亡を確認すると、燃えている練炭を燃え滓《かす》と入れ替えて、エアコンの温度を室温より2～3℃高く設定しました。そして、部屋を出るときに、静電気を使って目張りを完成させた」

高澤は、薄く笑った。

「はったりは、やめなさい。大樹は、まちがいなく練炭自殺をしたんです。ただし、部屋のどこかか、目張りの一部分に、ほんのわずかな隙間があったために、室内の空気圧があまり高くならなかったんでしょう。何の矛盾もありませんよ」

「部屋に隙間がないことは、調べれば、すぐにわかることです。それから、その目張りは、実は、ここに完全な形で残っています」

榎本は、目張りの残骸《ざんがい》が貼り付いたドアの内側を指し示した。高澤は、ちらりと見ると、美樹に氷のような視線を向ける。美樹は、怯《おび》えたように顔をそむけた。

「この部屋に空気の逃げ道がなかったということは、証明できるはずです。静電気によって貼り付いた上に、室内の気圧が高まったことにより、目張りは内側から強く押しつけられ、部屋は完全に密閉されていたはずですから」

それでは、目張りに働いた別の力とは、気圧差のことだったのか。純子は、ようやく腑《ふ》に落ちていた。目張りの存在によって室内の気圧を高めることが可能になり、高まった気圧により、目張りがさらに強化されるのだ。

「それなら、なぜ……？」と言いかけて、高澤は、急に口をつぐんだ。

「それなら、なぜ、ドアを開けることができたんだ、ですか？　その質問は藪蛇《やぶへび》でしたね。

答えはもちろん、あなたがドアにドリルで穴を開けたから、です。穴を通って空気が逃げ、室内の気圧が一気圧に戻ったことで、ドアを抑えつけていた圧力は消滅しました」

「でも、そんなことしたら、空気が、すごい勢いで噴き出してくるんじゃないですか？」

純子は、ふと思いついて質問する。

「その通りですが、ドリルの音と振動で誤魔化すことはできただろうと思います。穴に覆い被《かぶ》されば、空気の噴出を身体で受け止めることもできますし」

「……そういえば、ちょうどドリルが貫通するときに、木屑《くず》がかなり後ろまで飛んで来た。たしかに、普通にドリルを使っただけで、あんなに勢いよく飛ぶとは思えない」

会田が、顎《あご》に手を当てて呟く。

「……いずれにせよ、問題は、そんなことじゃないでしょう？」

高澤は、一歩、榎本に向かって近づいた。レンズの奥の目は凍りついたような光を放ち、口元には邪悪な笑みが浮かんでいる。無表情な仮面は、ようやく剝《は》がれ落ちかけていたが、その下から顕《あらわ》れつつあったのは、まぎれもない悪魔の貌《かお》だった。

「補助錠の鍵《かぎ》は、かかっていたんですから。それは、この男が、一番よく知っています」

高澤は、会田を指さした。

「この男が、サムターン回しを使って補助錠を解錠したから、ドアは開いたんです。本職の泥棒なら、その事実はきちんと認識しているでしょう。それとも、私を罪に陥れるために、今になって偽証するつもりなんでしょうか？」

「榎本さん。その点は、残念ながら、こいつの言うとおりです……」

会田が、悔しげに言う。

「補助錠は、たしかにかかっていた。それを、俺が『アイアイの中指』で解錠したんです。そのことだけは、疑問の余地がありません」

「たしかに、その通りでしょう。しかし、補助錠がかけられたのは……」

榎本が、答えようとしたとき、純子は、思わず叫んでいた。

「待って。わかった！」

「本当に？」

腰を折られた榎本が、疑わしそうに訊《たず》ねる。

「ええ。要は、施錠と解錠の方向が逆だった——そのことを、会田さんは、誤認させられてたんです」

「どういうことですか？」

「だから、ドアが開かなかったのは、気圧差のせいなんでしょう？　だったら、補助錠は、開いてたんです。だけど、会田さんは、そのことに気がついていませんでした。はなから、錠がかかっているものと思い込んでいたから。……会田さん。施錠と解錠の方向は、補助錠によって違うんじゃないですか？」

会田は、にべもなく首を振った。

「たしかに、施錠と解錠の方向は、逆のものもあります。左右にボルトが出るタイプなら、上下を逆に取り付ければ反対になりますし。でも、俺は、この補助錠の向きは誤認してませんよ。それに、その話は、根本的におかしいです」

「どうして？」

「だって、もともと補助錠が開いていたとしたら、俺は、それを閉めてしまったことになるでしょう？　だったら、ドアは開きませんよ」

純子は、ぽかんと口を開いたまま固まった。あたりまえのことではないか。

榎本は、咳払《せきばら》いをした。

「会田さん。サムターンを回そうとしたとき、かなり滑ったって言ってましたね？」

「そうなんです。なかなか、グリップが定まらなくて」

「しかし、このサムターンを見るかぎり、別段、滑るような要素はありませんね」

「それが、俺も不思議なんですけど……」

「では、このサムターンに、何かが巻き付いていたとしたらどうでしょうか？　たとえば、紙テープのようなものが。いくらグリップ力抜群の『アイアイの中指』でも、サムターンを捕まえることはできませんよね？」

「それは……たしかに、そうですね。うーん。紙テープですか」

榎本は、いかにも意味ありげに、高澤の方に視線を送る。つられて見て、純子は驚いた。高澤は、すっかり顔面蒼白《そうはく》になっているではないか。

「高澤さん。あなたは、ドリルをドアにあてがったときに、どうやって位置決めをしたんですか？」

「……勘ですよ」

かろうじて答える声は、低く、かすれていた。

「よくそれで、ぴったり補助錠の真下に穴を開けられましたね。神業です。もしかしたら、穴を開けるべき位置は、あらかじめ正確に測っておいて、凹《くぼ》みを付けておいたんじゃないですか？」

高澤は、今度は答えなかった。

「榎本さん。どういうことなんですか？　わたしには、さっぱりわからないんですけど」

純子は、しだいに焦《じ》れてきて、言った。

「さっさと要点を言ってもらえませんか？　まったく開口部がないこのドアで、いったい、どうやって補助錠をかけたのか」

「開口部なら、あるじゃないですか？」

榎本は、こともなげに言う。

「え？」

「この穴ですよ」

「でも、それは……」

頭の中で、稲妻が走る。そうだったのか。高澤は、最後の土壇場、目撃者が見守る前で、まんまと施錠したのだ。これこそまさに、クロースアップ・マジックではないか。

「なるほど。……今度こそ、わかりました！」

「はいはい。言ってみてください」

榎本が、相変わらずまったく信用していない顔で、先を促す。

「サムターンには、糸を巻き付けてあったんです！　ドアに穴を開けてから、一瞬の早業で穴から糸を引っ張ってサムターンを回し、施錠したんじゃ？」

「いや、それはありえないです」

「絶対無理」

会田と美樹が、異口同音に、ダメ出しをする。

「俺と美樹は、高澤の行動をじっと見てましたからね。もし不審な動きがあったら、すぐにわかったはずです。そんな妙な動作をしてたら、絶対に見逃しませんよ」

純子は、めげる。今度こそ、正解だと思ったのに。

「……何も、そんなアクロバティックなことをする必要はないんですよ。この穴は、絶妙な位置にありますからね。見てる人に不審を抱かれないような、ごく自然な動作で、施錠することができたんです」

榎本は、うそぶく。

「自然な動作？」

「サムターンを回すのは回転運動です。そして、ドリルの先端であるドリルビットもまた、回転しているんですよ」

純子は、思わず、あっと叫んでいた。

「サムターンには、紙テープが分厚く巻き付けてあったんだと思います。補助錠の本体より少し外にはみ出すくらいに。サムターンの施錠方向は右回りなので、紙テープも同じ方向に巻いておきます。紙テープにドリルビットを接触させて、低速回転させると、歯車のようにサムターンに回転が伝わり、施錠されるというわけです」

榎本は、まるで物理の授業のように、淡々と種明かしをする。

「かりに、ドリルビットの刃で紙テープが切断されたとしても、巻き付けたテープを締める方向に回転させているわけですから、残っているテープは落ちません。ネックになるのは、施錠するときに大きな金属音がすることだけです。そのため、デッドボルトの受け金には、あらかじめ脱脂綿を仕込んでおき、施錠したことを悟られないようにしておきました」

榎本以外の四人は、一言も発することができなかった。

「この後は想像ですが、施錠が完了してからも、ドリルビットの側面で紙テープを擦《こす》って、完全に切断しておいたんでしょう。サムターンに巻き付けた紙テープは、最後の端だけ糊《のり》かセロハンテープで留めてあったんだと思います。そのため、一層を切り離せば、紙テープを固定しているものはなくなります。紙テープは、ドリルビットを離すと、ゼンマイが緩むように広がり自然に脱落するはずでした。だめ押しに、ドリルを逆回転させながら接触させ、紙テープが緩んで落ちるのを促したかもしれませんが」

榎本は、にやりと笑った。

「待ってくれ。じゃあ、あのときは、その紙テープが？」

会田が、叫んだ。

「その通りです。紙テープは何層かが切断され、落下したんでしょうが、何かのはずみで、一部が落ちきらずに、サムターンの上に残ってしまったようです。『アイアイの中指』は、その上を押さえようとしたので、滑ったのも当然でしょう。とはいえ、結果的に会田さんがテープを掻《か》き落としてくれたので、警察が不審を抱くことはありませんでしたが」

「ちくしょう！　何が『サムターンの魔術師』だ！　俺は、まんまと、こいつの描いた絵の通りに踊らされ、アシストまでしてやってたんじゃないか！」

会田は、涙声で呻《うめ》き、絶句する。

純子は、総毛立つような思いで、高澤を見た。

この悪魔は、サムターン回しで鍵《かぎ》を開ける穴を作るふりをしながら、二人の目撃者の前で堂々とドリルを使い、部屋の空気を抜いてドアが開くようにした。しかも、それと同時に、施錠までしていたというのか。

「あなたにとっても、その紙テープは最後まで残った問題だったようですね。これだけは、警察が来る前に回収するチャンスがなかった。そのため、あなたは、テープの切れ端が床に落ちていても不審に思われないよう、部屋中を紙テープで飾り付けた上に、壁にはテープを貼った遺書まで残したんです。苦肉の策とはいえ、グロテスクきわまりないショーアップでしたね」

「……面白い話でしたが、すべて、憶測にすぎない。証明ができないかぎり、憶測には何の価値もありません」

高澤は、引き攣《つ》った笑みを浮かべながら、懸命に態勢を立て直そうとする。

「そうでしょうか？　自殺だと考えた場合、不審点や矛盾は、数多くあります。たとえば、その目張りですが、たぶん、どこからも大樹君の指紋は出てこないでしょう。バーベキューコンロをいつ運び上げたかについても、納得のできる説明は困難です」

榎本の声は、淡々と、容赦なく続いた。

「一方、殺人だったとするなら、犯行はあなた以外には不可能です。動機も明らかですし、密室が破れた以上、もはや、あなたを守ってくれる楯《たて》はありません。証拠は、警察が本気で調べれば続々と出てくるでしょうが、これ一つでも、おそらく致命傷になるはずです」

榎本は、会田が拾った紙テープを掲げた。

「奇跡的に残った、紙テープの切れっ端です。ずたずたの両端がドリルビットで切断された跡であることは、すぐにわかると思いますよ」

歪んだ箱

1

「今日は、グラウンドでの練習は中止だ」

ウォーミングアップが終わったのを見計らって、杉崎俊二《すぎさきしゅんじ》は、あえて冷たく宣言した。

「えーっ！」

野球部員の間からは、たちまちブーイングが沸き起こる。

「先日の練習試合で、おまえたちも痛感しただろう？　基礎体力の不足だ。ピッチャーは、五回からバテバテだったし、守備もバッティングも、後半は腰砕けだったよな。そこでだ。秋季大会に備えるために、持久力と下半身を強化するための基礎練習に専念する。まずは、ランニングだ。河原のいつものコースを三周して、帰ってこい」

「三周って……まじっすかあ」

「ひええ。勘弁してくれ」

「二時間以上かかんじゃねえ？」

今度は、悲鳴とどよめきが交錯する。

「今日使わない用具は、全部片しとけ。ランニングが終わったらストレッチだ。それから、トレーニングルームで筋トレをやる。……みっちりやるから、覚悟しとけよ」

部員たちは、今出してきたばかりのグラブやボール、金属バット、ピッチング・マシン、ピッチャースクリーンなどを、渋々と片づける。

生徒たちが隊列を組んで校門を出るのを見守っていると、後ろから声をかけられた。

「杉崎先生」

声を聞いただけで加奈《かな》だとわかり、杉崎は、心が弾んだ。

「飯倉《いいくら》先生！　土曜日なのに、どうしたんですか？」

「ちょっと、忘れ物を取りに来たんです。野球部のご指導、たいへんですね」

加奈は、微笑みを浮かべて言った。あいかわらず化粧っ気がないが、ふっくらした頬には笑窪《えくぼ》ができている。英語の授業でも、顧問をしているテニス部の練習でも、厳しい指導には定評があったが、それでも男子生徒の人気投票で不動のナンバーワンを維持しているのは、誰もが、この笑顔に魅了されるからだろう。

「いやあ、別に、たいしたことはありません」

野球部員たちから、羨望《せんぼう》の混じった、冷やかしの口笛が浴びせられる。

「こら！　ぐずぐずしてるんじゃない！」

杉崎は、一喝する。

「……みんな、可愛い子たちですね。素直で」

「そうですか？」

杉崎は、ランニングする野球部員たちの後ろ姿を見ながら、わざと渋面を作る。

「あいつらは、まったく向上心がないというか、ほっといたら、楽なことしかやらないんですよ」

「あら、今の子は、みんなそうですよ。あの子たちは、言われたことをちゃんとやるだけ、立派だと思います」

そう言ってから、加奈は、急に真剣な目つきになった。

「あの、杉崎先生。新しいおうちのことなんですけど」

「ああ……。だいじょうぶ。全然、心配いりませんよ」

杉崎は、強いて微笑を浮かべた。

「長く住む家ですからね。細かい点まで、いろいろチェックしてみたんですが、やっぱり、全部、きちんと直してもらおうと思ってるんです。今、工務店の親父と交渉してるところですが、問題ありません。もうすぐ話がまとまりますから」

話しながら、彼女に嘘をついている罪悪感を覚える。

「そうなんですか。ごめんなさい。何もかも任せっきりにしちゃって」

「いやあ、こんなことくらい当然ですよ。……新しい家は、完全バリアフリーですからね。お母さんの介護も、きっと楽になりますよ」

「ありがとう。……俊二さん」

学校にいるときは、他人行儀に先生を付けて呼び合っていたが、周囲に人気がない今は、誰に憚《はばか》ることもない。

二人は、短いが情熱的な接吻《せっぷん》をかわした。片思いの時期が長かっただけに、やっと彼女を自分のものにできたという感慨が押し寄せる。杉崎は、さらに強く抱きしめようとしたが、加奈は、そっと押しとどめた。

「わたし、これから、病院に行かなきゃ」

「ああ、そうか。お母さん、ずいぶん回復してるんでしょう？　早く退院できるといいですよね」

加奈は、にっこり笑ってうなずいた。

彼女が自転車で走り去ると、杉崎は腕時計を見た。午前九時だ。野球部員たちは、十一時過ぎには帰ってくるだろうが、二時間もあれば、すべて片付くはずだった。むしろ問題は、あの男が約束の時間に現れるかどうかである。

杉崎は、計画に必要な準備を済ませると、駐車場に行ってトランクに荷物を積み込んで、愛車の日産ティアナを発進させた。

新築の家は、勤務先の高校から車で五分という至便の場所にあった。もっとも、結婚後は同じ学校にはいられないので、杉崎の方が転勤するつもりだった。

初めて建てたマイホーム。それも、新婚生活を送る家である。本来なら、近づくだけでも心躍るはずだった。しかし、杉崎の心は、それとは反対に重く塞《ふさ》がれていく。

整然と区画された土地には、完成間近とおぼしき建て売り住宅がいくつか並んでいたが、入居済みの家は、まだないようだった。

この状況は、計画には好都合だ。杉崎は、ゆっくりと流しながら、周囲の様子を窺《うかが》った。不況のせいか、見学に訪れている人も見あたらない。天は、自分に味方しているのかもしれないと思う。しかし、それも当然だろう。正義はこちらにあるのだから。

建て売り住宅が立ち並ぶ奥に、新居となる家が見えてきた。R屋根のモダンなデザイン。外観が洒落《しゃれ》ているほど、かえって不快感が募るのは皮肉だった。杉崎は、溜《た》め息をつくと、大きくハンドルを切った。ウィンカーの音が、心なしか、いつも以上に大きく聞こえるようだった。

二台分ある駐車スペースには、新愛《しんあい》工務店というロゴの入ったミニバンが、先に停まっていた。

あの狸親父も、どうやら、時間だけはきっちりと守るらしい。そうなると、次の心配は、一人で来ているかどうかだった。わざわざ若い社員を連れてくる理由はないはずだったし、今日の話は、狸としても、あまり他人には聞かせたくないはずである。本当に一人だと確認するまでは、安心はできないが。

杉崎は、ミニバンの隣にティアナを停めた。静かに降りてドアを閉め、玄関に向かう。

玄関ドアは、軽く触れただけで、ゆっくり開いた。内開きのドアが、きっちりとドア枠に収まっていないのだ。ドア枠が歪《ゆが》んでいるために、閉じようとしても引っかかってしまう。内側から叩《たた》いたり蹴《け》ったりすれば、何とかドア枠に押し込むことはできるが、そうすると、今度は開けるのに大汗かかなくてはならない。そのために、ふだんは、ドアに施錠さえしていなかった。

見るだけでも、口の中に苦いものが込み上げてくる。このドアを一つ選ぶだけのために、加奈と相談を重ねて、思い切って高価な天然木の輸入品にしたという経緯があった。教師の給料では分不相応だと思ったのだが、このドアは新居の顔であり、長く杉崎家のシンボルとなるはずだった。

それが、まさか、こんなことになるとは。

杉崎は、ドアを押し開け、広い玄関スペースに入った。人造大理石が敷き詰められている広いスペース。しかし、問題は、ここにもあった。見るも無惨な亀裂《クラック》が走っているのだ。靴脱ぎには、竹本《たけもと》の靴はなかった。廊下にはビニールが敷かれているが、土足で入っているらしい。

じわりと、怒りが込み上げてくる。

杉崎は、大きく深呼吸して、靴箱の中に用意してあった新品のスニーカーに履き替えた。リビングのドアは開けっ放しで、廊下に灯りが漏れていた。

「竹本さん。いるんですか？」

杉崎は、大声で呼びながら、家に上がった。廊下が左側に傾いているので、きわめて歩きにくい。

「ああ。ここですわ」

リビングの中から、竹本の声が聞こえてきた。

好都合だと、杉崎は思った。竹本をリビングまで誘導する手間が省けるから、二、三分は節約できるだろう。

リビングのドアは、内側に開け放してあった。玄関ドアと同じで、ドア枠が歪んでおり、きちんと閉めようと思ったら、内側からドアのあちこちを押したり叩いたりと、たいへんな苦労が必要となるのだ。

新愛工務店の社長、竹本袈裟男《けさお》は、二十畳はある長方形のリビングの中央に立っていた。手足が短い、ずんぐりむっくりの体型で、向こうを向いて傲然《ごうぜん》と腕を組んでいる。

一人だ。杉崎は、安堵《あんど》の溜め息をついた。これで、例の計画は、いつでも実行に移せる。

……もし、やらなくてすむなら、それに越したことはないのだが。

「どうです。この家の状況を、よく見てもらえましたか？」

杉崎は、できるだけ平静な口調で訊《たず》ねた。工務店の上っ張りを着た竹本は、腕組みをしたまま振り返った。鼻の下が長いために、カバを連想させる。老眼鏡の上から覗《のぞ》いている細い眼は、ぱっと見には人が良さそうだが、狡猾《こうかつ》そうに光っていた。

「ああ、これねえ。床が、かなり傾いてますなあ」

竹本は、他人事《ひとごと》のように言う。杉崎は、必死に怒りを抑えた。

「かなりどころじゃない。とても、人間が住めるような状態じゃありませんよ！」

一般的に、床の傾きが千分の六を超えた場合、欠陥住宅の可能性があるとされているが、このリビングの床は、実にその十八倍となる千分の百五——度数で言えば約六度も傾斜していた。ビー玉や水平器を使って傾きを調べるまでもない。立っているだけでも不安を覚え、脚が疲れてくるほどだ。

「ここんとこは、いったい、どうしたんですかね？」

竹本は、床の一部を指さした。1メートルほどの幅で、フローリングを引き剝《は》がしてある箇所だ。直床《じかゆか》工法のため、コンクリート製の床スラブが剝《む》き出しになっている。

「剝がしたんですよ。傾きの原因を調べるために。見てください。そこのコンクリートに、ヒビが入ってるでしょう」

「はあ。原因って言ってもねえ……。こんな無茶なことされたら、後で直すのがたいへんですよ」

「それどころじゃないでしょう？　この床の傾きを見てください！」

「それにしても、なんだからって、こんな中途半端な場所のフローリングを、剝がしたんですかねえ」

竹本は、不審げにぶつぶつ言った。

「ここのフローリングに関しては、杉崎さんが勝手にやられたことですから、こちらでは、いっさい責任はもてませんよ」

また、怒りが爆発しそうになったが、杉崎は何とか自制する。

「わかりました。そんなものは、どうでもいい。問題は、この床の傾きです！　いったい、どうしてくれるんですか？」

竹本は、首を振りながら、まだ、しきりに部屋の中を見回している。

「……あと、窓をビニールで養生されとるのも意味がよくわからんが、床がこんなに濡《ぬ》れてるのは、何でなんですかなあ？　水でも撒《ま》いたんですか？」

「雨漏りですよ」

杉崎は、嚙《か》みつくように言う。

「この家の欠陥は、床だけじゃない。見ればわかるでしょう？　ドアは閉まらないし、窓は開かない。天井は隙間だらけじゃないですか」

「雨漏りですか？」

竹本は、首をかしげる。

「変ですなあ。昨日は、たしか、ピーカンだったと思いますが」

「おとといの晩の雨ですよ」

「それを、そのままずっと放置されとったんですか？」

竹本は、非難するような目になった。

「当然でしょう。こんな欠陥住宅を、せっせと掃除する気にはなれませんからね」

「いや、ちょっと待ってくださいよ。欠陥住宅と言われても、困りますな。言葉は、もっと慎重に使っていただかんと」

竹本は、ふてぶてしい笑みを浮かべた。

「この家は、きちんと施工した上で、引き渡してますからな。杉崎さんも、確認されとるでしょう？」

「確認って言ったって、なにも、隅々まで検査したわけじゃない」

「それにしても、引き渡し時には、何の瑕疵《かし》もなかったわけですよ。それが、地震の後から問題が起きたわけですから、これはまあ、天災による毀損《きそん》というしかありませんよ」

「地震といったって、たかだか震度4でしょう？　まともに作った家なら、それくらいで、こんな有様になりますか？」

杉崎は、一気にまくし立てる。

「知り合いの建築士の方に見てもらって、問題点を指摘してもらいました。まずは、宅地の造成に問題があったようですね。水抜き穴や排水溝がきちんと作られていなかったために、土中に雨水が溜《た》まり、軽微な地震が引き金で、不等沈下を招いてしまったんです。さらに、基礎に使われたコンクリートの質が、最悪だったそうですね。大量の水を加えてゆるゆるになった、いわゆるシャブコンだったから、まともなコンクリートと比べると半分以下の強度しかなかった。主にこの二つの原因で、建物が斜めに押し潰《つぶ》されるような形に歪んでしまったんです！　こうなったのは、すべて、あなたの工務店が杜撰《ずさん》な仕事をしたからじゃないですか？」

しかし、竹本は、いっこうに動じた様子がなかった。

「うちは、造成も、基礎も、きちんと法令に則《のっと》ってやっとりますよ。お気持ちはよくわかりますが、これは、引き渡し後の天災が原因であることはあきらかですから、法的には、こちらに、いっさい責任はありません」

杉崎が、一歩詰め寄ると、竹本は、まあまあと押しとどめるように掌を出した。

「……まあ、とはいっても、せっかく作った家に、施主さんに気持ちよく住んでもらえないのは、こちらとしても心苦しいですからな。それに、杉崎さんは何より美沙子《みさこ》の甥《おい》に当たる方ですし。だからこそ、私も、こうやって時間を割いて出向いてきたわけです」

これまで何回電話しても、苦情処理の担当者に対応を押しつけて、一度も現場を見に来なかった癖にと思う。恩着せがましい言い方にはむかむかするが、それでも、一応は、竹本の提案を聞いてみなければならない。

「それで、どうするつもりなんですか？」

竹本の目が、小狡《ずる》そうに光った。

「要するに、家の傾きを直せばいいんでしょう？　だったら、ジャッキアップして、基礎をモルタルで水平に補修すればいい。その工事、うちで請け負いますよ」

「請け負う？　どういうことですか？　これは、あんたの会社の施工ミスによるものなんだから、当然、無料で補修すべきものでしょう？」

竹本は、顔をしかめた。

「これは新たな工事ですから、本来なら、料金が発生することになります。……いやいや、まあまあまあ、最後まで聞いてください」

竹本は、詰め寄ろうとした杉崎を、再び手で制する。

「ですが、さっきも言いましたように、うちは施主さんの幸せを第一に考えてる会社です。天災とはいえ、ご心労の様子を見るのは、我がことのように辛《つら》いんですよ。それで、今回に限って、特別サービスとして、補修工事の代金はタダでやらせていただきます。……まあ、我ながら、あんまりお人好《よ》しなのに、つくづく呆《あき》れますわ」

なにがお人好しだ、この銭ゲバ狸が。杉崎は、竹本を睨《にら》みつけた。

「問題は、床だけじゃない。雨漏りもあるし、ドアと窓の問題もある」

「雨漏りは、応急補修しときますよ。ドアと窓は、建物が真っ直ぐになったら、おそらく、だいじょうぶじゃないですか」

「おそらくじゃ、困るんですよ」

「その点も、補修工事後に、まだ建て付けが悪いようでしたら、何とかしますよ。いやあ、こんなに何もかも持ち出しばっかりというのは、普通の工務店じゃ考えられんのですがね。まあ、うちの誠意の証《あか》しというふうに考えてもらえますか」

竹本は、しゃあしゃあと言う。

「ただし、補修工事の着工には、少し、条件があるんですわ」

「条件？」

「まず、家の代金なんですが、このとおり、すでに完成しとりますからね。残金を、すぐに支払っていただきたい」

家の購入代金は、契約時に一割、着工時に三割が支払い済みだった。残金は引き渡し時に支払う予定だったのだが、たまたま手違いから振り込みが遅れ、支払う直前に、地震が起きたのである。この点だけは、幸運だったのかもしれない。

「ちょっと、待ってください……！」

「あとは、この家に発生した問題については、うちには責任がないと認める旨、一筆書いてもらわんといけません。それから、今後新たに見つかった不具合については、いっさい異議は申し立てないという一文もお願いしますわ。いくら私がお人好しでも、タダで補修工事はさせられるわ、後になってまた文句を言われるわじゃ、たまりませんからな」

竹本は、平然とうそぶいた。

杉崎は、大きく息を吐くと、笑みを浮かべた。怒りもここまで昂《こう》じると、かえって平静な気持ちになる。竹本の憎々しげな態度も、むしろ、自分の中にあるためらいを吹っ切って、計画を後押ししてくれるのだと思えばいい。

「それでは、こちらの要求を言いましょう。……補修工事など、いっさいしてくれないでもけっこうです」

「ほう。それは、どういうことですか？」

「こんな欠陥住宅を少々補修しても、住めるわけがないでしょう？　家にだけ応急処置をしても、地盤がゆるゆるのままじゃ、どうせ、また同じことが起きるでしょうしね」

杉崎は、竹本の鼻先に指を突きつけた。

「伯母《おば》には電話で事情を説明したんですが、たいへん驚いてましたよ。本当に申し訳ない、契約は取り消しますと言ってくれました。ですから、すぐに前渡し金を返還して、違約金を支払ってもらいたい」

竹本の顔つきが、豹変《ひょうへん》した。

「冗談じゃない。こっちは、きちんと施工した上で、建物を引き渡しとるんだ！　それに、私ではなく美沙子に電話するというのは、どういうことですか？　美沙子は、名義は副社長だが、工事のことなど何もわからん！　甥のあんたについ同情して、口走っただけでしょうが？　そんな口約束は、法的に何の効力もない！」

竹本は、赤らんだ顔で、歯を食いしばるようにして唸《うな》る。

「まったく、あいつは、何を考えとるんだ！　あれほど、仕事には口出しするなと、きつく言ってあるのに。身内可愛さで、何でもかんでも大盤振る舞いしとったら、うちは倒産だ」

杉崎は、竹本が伯母に対して暴力をふるっているという噂を思い出し、胃袋がむかむかするのを感じた。

「竹本さん。あんたが、うちへ訪ねて来たときのことを覚えてないんですか？　あんたは、工務店の経営が厳しいからと、土下座して頼んだじゃないですか。誠心誠意、真心込めて、素晴らしい家を作りますからと言って。それを信じて、造成から施工まですべて任せたんですよ。その返礼が、これですか？」

「だから、こちらとしても、精一杯の誠意を見せとるでしょうが？　本来こちらには責任がない天災による毀損《きそん》なのに、無料で補修工事をしてあげましょうと、申し出とるんですよ。これ以上、いったい、何をどうしろと言うんだね？」

竹本が、戦闘的に下顎《あご》を突き出すと、カバというよりは土佐犬とそっくりの顔になった。ついに本性を現したようだ。

「なるほど。一応は親戚《しんせき》だから、円満に解決したいと思っていましたが、やむをえません。法的に決着を付けるしかないようですね」

「ほう、訴えるとでも？」

「ええ。実は、知り合いから弁護士さんを紹介してもらいまして、相談に行ってるんです。さっきの建築士さんの報告書を見せたんですがね、弁護士さんは、多少時間はかかっても、勝てるだろうと言ってくれました」

最後通牒《つうちょう》は、はったりだった。女性弁護士は、勝てるとしても裁判には三、四年の月日と多額の費用を要するだろうと警告していたし、杉崎も、そんな泥沼のような訴訟に踏み込むつもりはなかった。そんなことをしていると、加奈との結婚が暗礁に乗り上げかねないし、かりに勝訴したとしても、その前に経営状態が不安定らしい工務店が倒産してしまったら、何の意味もない。

そうなると、途中で和解するという選択肢が現実的だろうが、大規模な補修工事をさせるという程度の落としどころでは、もはや満足できない。

ケチの付いた新居に、もはや未練はなかった。何としても、この狸親父に突き返してやりたいのだ。

「訴訟になったら、あんたの工務店の信用は、それこそがた落ちになりますよ。欠陥住宅を作った業者ということで、悪名はネットを通じて知れ渡るでしょうね」

杉崎は、竹本の表情を窺《うかが》った。不況で青息吐息の状態に、風評の追い打ちがかかったら、それこそ大打撃になるだろう。相手がここで折れて、こちらの要求を呑《の》むようなら、計画を実行する必要はなくなるのだが。

「ふん。……まあ、それは、やめといた方がいいな」

竹本は、なぜか、薄笑いのような不可解な表情を見せた。

「あんたも、困ることになると思うんだがね」

「困る？　どういうことですか？」

予想外の反応に、杉崎は、眉《まゆ》をひそめた。

「そっちも、表に出したくないことがあるんじゃないかってことですわ」

「何のことか、わかりませんね」

「私も、いろいろと聞いてることがあってね。あんた、教師になる前は、けっこう悪かったそうじゃないですか？　警察のご厄介になったことさえ、一度ならずあったとか。そういう前歴の人間が、公立高校の教師をやってていいんですかかねえ。教育委員会は、どう思いますかかな？」

あまりのことに、杉崎は、呆気《あっけ》にとられた。

「昔のことだ。それに、今回の問題とは、何の関係もないでしょう?」

「インターネットで、うちの悪口を流すと脅迫してるのは、そっちでしょう? だったら、こっちとしても、受けて立つしかないということでね。地元の話だし、ちょっと調べりゃ、すぐにわかる。いろいろと具合の悪い話が、芋づる式に出てくるんじゃないのかね」

杉崎は、溜《た》め息をついた。

あの事件のことを、こいつが知っているはずはない、だが、まぐれ当たりで急所を衝《つ》いてしまったのは、お互いにとって不幸なことだった。

今さら、事件のことが発覚しても、法的にはすでに決着しているので、失職する恐れはないだろう。しかし、少なくとも、生徒が自分を見る目は、劇的に変わるはずだ。

それに、加奈も。自分以上に潔癖症の彼女の性格を考えると、事故という判定になったとはいえ、暴力沙汰《ざた》で同級生を死なせた人間と結婚するとは思えない。

もう、ためらう必要はないだろう。この薄汚い悪党に、情けをかける余地はない。

心が決まると、自然に微笑みが浮かんでくる。

これは、世の中の歪《ゆが》みを矯正するための、正義の鉄槌《てっつい》なのだ。

「……その、さっき言われてた補修のことなんですがね」

竹本の表情に、みるみる安堵《あんど》が広がる。急に、揉《も》み手《で》をせんばかりの態度になった。

「はいはい。もちろん、今からでも、やらせていただきますよ」

「床の傾きは直るとしても、あそこはだいじょうぶですか？」

「ええと、あそことというと、どこらへんですかね？」

「あそこですよ」

杉崎は、天井の一角を指しながら、竹本を予定した立ち位置へと誘導した。ちょうど、竹本の真後ろに、フローリングを剝《は》がした箇所が来るように。

「あそこ？……うーん。どこのことを言われとるんでしょうな」

「もうちょっと、見上げてください」

ずんぐりとした体型で、杉崎より10センチ以上背が低い竹本は、伸び上がるようにして、上を見ていた。今にも、後ろによろめきそうだ。

「雨漏りだったら、さっき言ったように、簡単に直ります。まあね、あっちの亀裂《クラック》のことを心配されとるんだったら……」

杉崎は、右手で竹本の上っ張りの襟をつかむと、すばやく身体を沈めて、左手で相手の右膝《ひざ》をすくい上げた。

「あ？　ちょっ……！」

竹本が叫んだときには、すでに遅かった。

そのまま、竹本の身体を後ろに押し倒す。杉崎がかつて得意にしていた、朽木倒しという柔道技だった。

竹本は、棒立ちのまま、仰向けに倒れていく。

竹本の顔面を押さえて、剥《む》き出しになったコンクリート部分へと、力いっぱい、後頭部を叩《たた》きつけた。

小気味よい手応《てごた》えとともに、頭蓋骨《ずがいこつ》が割れる音が耳に届く。

床に横たわった竹本は、ぴくりとも動かなかった。即死しているのは、あきらかである。さいわい、出血は、ほとんどない。大量に流れ出していたら、計画の障礙《しょうがい》になりかねないところだった。

傾いている上に雨で濡《ぬ》れた床で滑り、後頭部を打って死ぬ。シナリオとしては、まったく不自然な点はない。この一件は、不幸な事故として処理されることだろう。

なにしろ、これはすべて、密室で起こった出来事なのだから。

杉崎は、うっすらと笑みを浮かべて、竹本の死体を見下ろした。

この忌まわしい欠陥住宅——歪んだ箱こそが、この男に最もふさわしい棺《ひつぎ》に違いない。

2

「とにかくもう、馬鹿げてるというか、警察がいったい何を疑ってるのか見当もつかないんですよ。もちろん、こっちには何一つ後ろ暗いことはありませんし、いつか嫌疑は晴れると信じてますけど」

杉崎は、助手席から、切々と訴えた。

「あの事故から今日で一週間ですが、こんなふうに何度も呼び出され事情聴取されるのは、正直、困るんですよ。授業にも差し支えますし、校長や教頭にも嫌みを言われてて。いや、そんなことより、問題は生徒なんです。僕が、まるで重要参考人みたいな扱いをされていることを知ったら、彼らがどう思うかが心配で」

実のところ、本当に杉崎が心配していたのは、飯倉加奈のことだけだった。警察から呼び出しを受けるようになってからというもの、思いなしか、態度がよそよそしくなったような気がするのだ。とはいえ、ここで、そんな話をするつもりはなかった。

「たしかに、とんでもない話だと思います」

アウディA3のハンドルを握っている青砥純子という弁護士は、深くうなずいた。

横から見ると、睫毛《まつげ》が長いのがわかる。知的で清楚《せいそ》なたたずまいは、本物の弁護士よりは弁護士を演じる女優のようだったが、その目に宿る強い光は、依頼人のためにとことんまで戦う闘争心を暗示しているようだった。

「任意の事情聴取という名目なのに、学校まで巻き込み有形無形の圧力をかけて、実際には断れないようにする。しかも、刑事がする質問は、大半が同じことの繰り返し……限りなく嫌がらせに近いですよね」

青砥弁護士は、同情するように微笑んだ。意志的な美貌《びぼう》は近寄りがたさも感じさせるが、それが一瞬にしてほぐれ、車内に花が咲いたような雰囲気に包まれた。

杉崎は、彼女に会うたびに、飯倉加奈と比較している自分に気がついていた。二人とも、単に顔立ちが整っているだけでなく、本当の魅力は内面から滲《にじ》み出てくるような気がする。

「杉崎さんのような目に遭っている人って、実は大勢いるんですよ。警察の都合で、人権が無視されてるだけじゃなく、見過ごしていると、冤罪《えんざい》の温床にもなりかねません。この際、警察には、少しお灸《きゅう》を据えてやらないと」

「青砥先生のような弁護士さんに依頼できて、本当によかったと思います」

杉崎は、心から言った。

「ようやく欠陥住宅の問題が片付いたと思ったら、今度は、殺人事件の容疑者ですからね。一難去って、また一難ですよ」

青砥弁護士は、かすかに眉を寄せた。杉崎は、ぎくりとした。何かまずいことを、言ってしまっただろうか。

「片づいたんですか？……例の欠陥住宅の一件は」

「ええ……いや、まあ、まだ完全に決着したわけじゃありませんけど」

杉崎は、唇を舐《な》めた。窓の外を眺めながら、ひとまず動揺を収める。

「竹本社長が死んだんで、たぶん、伯母《おば》が新愛工務店の社長になるはずなんです。伯母は、あの家が欠陥住宅であることを最初から認めて、謝罪してくれてましたから」

「しかし、そうすると、杉崎さんには、殺人の動機があったということになりますね」

青砥弁護士は、考え深げに言う。

「いや、でも、この程度のトラブルで人を殺したりしませんよ。まだ本格的に交渉も始めてないわけですし。それに、胸襟を開いて話し合いさえすれば、必ず解決するはずだと信じてましたから」

杉崎は、懸命に言い繕う。ちくしょう。うっかり口が滑ってしまった。

「とにかく、現場の状況からも、事故なのはあきらかなんです。あの家は、竹本社長が亡くなったとき、いわゆる密室状態だったんですよ」

「密室……ですか？」

青砥弁護士は、理由はわからないが、一瞬、非常に嫌な顔をした。

「ええ。それを、これから、青砥先生に見ていただきたいんです。とにかく、一度見れば、納得してもらえると思います」

その点については、杉崎は、絶対の自信を持っていた。

「でも、たとえ施錠されていたとしても、それだけでは、必ずしも無実の証明にはなりませんよ？」

「いいえ、鍵《かぎ》がかかってたわけじゃありません。というより、あの家は、鍵がかけられない状態でしたから」
杉崎は、要領よく状況を説明した。徹底的に考え抜いた計画だったし、教師というのは、
物事をわかりやすく説明するプロである。
「……なるほど。たしかに、それでは、誰かが竹本社長を殺害して、現場から逃げ去った
というのは、考えにくいかもしれませんね」
青砥弁護士も、感銘を受けたようだった。
「しかも、二重の密室なんですね。その両方——玄関とリビングのドアを、実際に見てみ
るまでは、何とも言えませんけど」
「もちろんです」
杉崎は、殊勝にうなずいた。
「しかし……だったら、警察は、何を疑ってるんでしょうね?」
それは、杉崎自身も抱いている最大の疑問だった。
「僕自身、どうにも、そのことが不可解で。あ……そのちょっと先です。あそこのアーチ
になった屋根の」
最後の言葉は蛇足だったようだ。家の前には警官が立っており、玄関には立ち入り禁止
の黄色いテープが張られていたからだ。

青砥弁護士は、大きくハンドルを切る。二台分の駐車スペースには、パトカーではなく、白いスズキ・ジムニーが止まっていた。車体には『F&Fセキュリティ・ショップ』という文字がある。

そのすぐ横にアウディA3を止めた青砥弁護士は、車から降り立つと、じっとジムニーを凝視していた。

「青砥先生？　どうかされたんですか？」

杉崎が訊《たず》ねると、青砥弁護士は、悪夢から覚めたような顔で「何でもありません」とだけ答えた。

家の中に入る前に、警官と押し問答しなければならなかったが、声を聞きつけたらしく、玄関のドアが開いて、中から厳《いか》つい角刈りの男が現れた。

横田《よこた》という名前の刑事で、すでに嫌というくらい何度も顔を合わせている。杉崎は、顔をしかめながら目礼した。

青砥弁護士が、依頼人の杉崎が無実であることを証明するために、犯行現場を見せてもらいたいと要求すると、横田刑事は、拍子抜けするくらいあっさりと承諾する。

「まあ、いいでしょう。現時点では、別に、杉崎さんは容疑者というわけじゃないんですけどね……。とにかく、まだ、事件とも事故とも結論が出てない状況なんで、くれぐれも現場《げんじょう》を荒らさないようお願いします」

「わかりました」

青砥弁護士は、なぜか、横田刑事ではなく、家の奥の方をチラ見している。

「……それから、今、外部の専門家に調査をしてもらってますので、そちらの邪魔をすることは、極力控えてください」

杉崎は、驚いた。警察が調査を民間人に外注するなどということが、あるのだろうか。

「わかってます」

青砥弁護士は、さも当然だというふうに答える。

そのとき、家の中から、白いつなぎのようなものを着た人物が姿を見せた。

「青砥先生。お久しぶりです」

身長は、170センチを切るくらいか。色白で痩《や》せぎすなため、ひ弱な印象も受けるが、あまり瞬かない大きな目には、強い光が宿っていた。俗に言う、目力があるという点では、青砥弁護士とも共通している。

「まさか、ここでお会いできるとは思いませんでした。もしかしたら、密室と聞いたので、矢も楯《たて》もたまらずに飛んでこられたんですか？」

青砥弁護士は、大きく咳払《せきばら》いをして、遮った。

「榎本さん。最初にお聞きしておきたいんですけど。あなたは今、警察のために働いているんですか？」

「そうです」

榎本と呼ばれた男は、うなずく。

「竹本袈裟男という人物が死亡したとき、この家は密室だったということでした。ただし、事故と断定するには疑問が多すぎるということで、本当に、犯人の出入りが不可能だったかどうか、調べていたんです」

「それで、結論は、どうだったの？」

榎本は、その質問には答えず、杉崎の方に感情のこもらない視線を向ける。

「こちらは、もしかして、この家の施主の杉崎さんですか？」

「ええ、そうですが」

杉崎は、当惑しつつも、自分で答えた。この男の正体が、皆目見当がつかない。

「杉崎さん。こちらは、防犯コンサルタントの榎本さんです。以前にも、密室事件を扱ったことがあって、その際に、いろいろと貴重な助言をいただいたんです」

青砥弁護士が、説明してくれた。

杉崎は、嫌な予感を感じた。防犯コンサルタントというのも胡散《うさん》臭いが、この榎本という男は、どこか得体が知れない感じがする。ここまでは順調な流れだったが、もしかしたら、この男が思わぬ攪乱《かくらん》要因になるのではないだろうか。

「もしよろしければ、私がこれまでに調べた内容を、青砥先生に詳しくお教えしましょう。

そうすれば、現場が密室だったかどうかの判定は、ずっと簡単になると思いますよ」

榎本が、杉崎からすれば、ありがた迷惑な提案をする。

「それはご親切に。でも、あなたは、今は警察側の人間じゃないの？」

青砥弁護士が、疑わしげに突っ込んだ。遠慮のない様子は、気安さというよりは親密さを感じさせ、杉崎は、なぜか嫉妬《しっと》を感じていた。

「どこから依頼を受けていても、私の調査のスタンスは、常に中立です」

榎本は、軽く受け流した。

「犯行が可能だったか、不可能だったか。事実は二つに一つです。結論が歪《ゆが》められるようなことはありません」

「で、今回は、どっちだったんですか？」

「その答えを出すためには、ポイントを、一つずつ検証していく必要があります」

榎本は、またもや、ポーカーフェイスではぐらかす。

「最初の関門は、この玄関ドアですね。見てください。輸入物らしくムクの天然木を使っていますが、日本では珍しい内開きです」

「内開き？　どうして、わざわざ、そんなふうにしたんですか？」

青砥弁護士が、疑問を呈する。内開きにすると、ドアが邪魔になって靴脱ぎのスペースが狭められるため、日本では人気がないのだ。

「海外では、内開きの方が主流みたいなんですよ。知り合いの建築士さんに、薦められて。たしか、この方が、災害に強いんだったかな……」

杉崎は、うろ覚えの理由を口にする。密室を作る上では、このドアが内開きなのが好都合だったのだが、そもそも、どうして内開きの設計にしたのかは、記憶が曖昧《あいまい》になっていた。

「防災よりも、むしろ、防犯上、内開きの方が優れてるんですよ」

榎本が、代わって解説する。

「いざというときは、内側からドアに体当たりして閉められますし、蝶番《ちょうつがい》を内側に隠せるというのも利点です。外開きのドアでは、蝶番が外に露出しているために、芯《しん》棒を抜いたり、切断されたりすると、簡単にドアを外されてしまいますから」

なるほどと思う。建築士も、たしか、そんなことを言っていたはずだ。

それにしても、この男は、防犯コンサルタントというよりは、むしろ泥棒そのもののように見える。

榎本は、玄関の外側からノブを握って、ドアを引っ張ってみせた。ドア枠にぶつかって、完全には閉まらない。

「このとおり、ドア枠が歪んでいて、ドアをきちんと収めることができません。なぜかというと……」

「地盤沈下で、家全体が斜めに変形してしまったためですよね。そのことは、杉崎さんからうかがっています」

青砥弁護士が、榎本の話を遮るように答える。

「そうですか。それでは、いったん中に入ってください」

杉崎と青砥弁護士は、榎本に招じ入れられた。本当なら、これは自分の家になるはずだったのに。杉崎の胸中を複雑な思いがかすめる。

「竹本氏の遺体が発見されたときには、このドアは、完全に閉まっていたそうです。そこがミステリーでした。さっきまでいろいろと試してみたんですが、外側からは、どうやっても閉めることができませんでしたから。しかし、内側からであれば、何とか閉じられることがわかったんです」

「どうやるんですか？」と、青砥弁護士。妙に息がぴったりだった。

「内側からドアの端を叩《たた》いて、枠の中に無理やり叩き込むんです。全部で十数回、要所を、力いっぱい叩かなくてはなりませんでした。私はこれを使ったんですが……」

榎本は、金槌《かなづち》のような道具を見せる。

「そんなもので叩いたら、ドアが傷つくんじゃないですか？」

青砥弁護士は、眉《まゆ》をひそめた。

「その点は、だいじょうぶです。これは、ヘッドがウレタンで被覆された、ソフトハンマーですからね」

　榎本は、自信たっぷりに言う。ソフトハンマーだろうが何だろうが、高価な木製のドアを力まかせに叩いて、全然傷まないはずがない。杉崎はむっとしたが、文句は言わなかった。どうせ、この家は返品するのである。それに、この男は、第一印象とは反対に、込み入った状況を整理して青砥弁護士に説明するのに役立ってくれるかもしれない。

「結論として、これが殺人事件だったとしても、このドアから犯人が逃走できたはずはありません。外からいくらノブを引っ張っても、ドアを閉じるのは不可能ですから」

　よし、いいぞと思う。その点は、自分で力説するより、第三者が客観的に説明した方が、はるかに説得力が増す。まして、この榎本という男は、警察が雇った人間なのだから。

　青砥弁護士は、しばらくの間、内と外を往復しながらドアを調べ、何とか外側からドアを閉じようとしていたが、やがて、さじを投げた。

「……なるほど。これは、本当に無理みたいですね」

「つまり、もし犯人が存在したとすれば、ドア以外の場所から脱出したことになるんです。ところが、それも非常に困難なんですよ」

　榎本は、靴にビニールのカバーを付けると、家に上がった。二人もカバーを受け取って、黙って後に続く。杉崎は、カバーが最初から人数分用意してあったことに不審を感じたが、たまたまだろうと意識の片隅に追いやった。廊下は、横方向にひどく傾斜しているために、つるつるしたカバーを履いたままだと足下がひどく不安定だった。思わず、壁に手を添えたくなる。青砥弁護士は、聞きしに勝る欠陥住宅の実態に驚いているようだった。

「ドアを除けば、この家にあって人間が通り抜けられる開口部は、窓だけです。ところが、ほとんどの窓は、鍵《かぎ》付きのクレセント錠により、きちんと施錠されていました」

「今、ほとんどの窓って言いました？」

青砥弁護士が、検察側の証人に対するような疑いの眼《まなこ》で言う。

「はい。実は、一つだけ、ロックされていない窓が見つかったんです。キッチンの窓なんですが」

三人は、廊下をまっすぐ進んでから左に折れ、キッチンに入った。

「ここの窓です。人が通り抜けるのに充分な大きさがあり、かつ、クレセント錠はかかっていません」

榎本は、キッチンの一番奥にある窓を指さした。幅は1メートル、高さは60センチくらいある。引き違い戸は、1〜2センチほど開いていた。

「だったら、犯人は、その窓から逃げたんじゃないんですか？」

青砥弁護士は、むっとしたように榎本に迫った。眉間《みけん》に刻まれている深い縦皺《じわ》のせいで、せっかくの美貌《びぼう》が台無しだった。

「ところが、です。この窓は、いくら押しても引いても、びくとも動かないんですよ」

榎本が、サッシに手をかけて言った。

「それは、本当です。地震以来、この窓は、これ以上開けられないんです。鍵がかかっていないのも、かけ忘れたわけじゃないんです。ちょっとだけ開いている状態なんで、かけられなくなっちゃったんですよ」

杉崎も、榎本に同調するように証言する。

「どうやら、地盤沈下によって家全体が斜めに歪んだために、サッシの上下から強い圧力がかかっているようですね。これは、人間の力では、とうてい引き開けられません」

榎本が、再び発言を引き取る。

杉崎は、内心、苦笑するしかなかった。これでは、まるで、自分と榎本の二人がタッグを組んで、青砥弁護士を説得にかかっているかのようだ。

「そうですか。じゃあ、この家は、やっぱり密室だったたってこと？」

青砥弁護士は、腕組みをして、全身で不信感を表現しながら訊《たず》ねた。

「いや、まだ、そういう結論を出すのは時期尚早ですね。次に、竹本氏の遺体が見つかったリビングを見てみましょう」

榎本は、さっさとキッチンを出ると、廊下を戻る。しかたないので、二人も後に続いた。この男は、いったい何を考えているのだろう。再び、不気味さがつのってくる。

「リビングには、二つのドアがあります。一つは廊下に面していて、もう一つは、さっきのダイニングキッチンへ直接続いてます」

榎本は、廊下の西側にあるリビングに入るドアを指し示した。玄関のドアと同じ内開きであり、やはり、完全には閉まらない状態である。榎本がドアを開け、三人は中に入った。

「大きなリビングですね」

青砥弁護士が、つぶやいた。

「東西に細長いだけですが、二十畳以上あります」

杉崎は、つぶやいた。自慢のリビングになるはずだったのに。同僚の教師たちを招く日のことを、何度夢想したことだろうか。

「でも、廊下でも驚きましたけど、この床の傾きは、ちょっとひどすぎますね」

青砥弁護士は、愕然《がくぜん》としているようだった。

「ええ。西に向かって、約六度も傾いているんですよ。スキー場でも、初心者向けの緩斜面だったら、この程度の斜度のところもあるんじゃないですか？」

杉崎は、自嘲《じちよう》する。

「……竹本氏の遺体が発見されたとき、この部屋は密室状態でした。順番に検証していきましょう。まずは、リビングの北にあるキッチンとつながっている、このドアからです」

榎本は、青砥弁護士の注意を、部屋の北側にあるドアに向けた。

「家が沈んで歪《ゆが》んだとき、どうやら荷重をもろに受ける位置にあったらしく、どんなに力を込めても、開けることは不可能でした」

「ちょっと待ってください！　あなたは、このドアを開けようとしたんですか？」

杉崎は、憤然と抗議する演技をした。

「危険なので、このドアには触らないよう、貼り紙をしてあるじゃないですか？　それに、わざわざガムテープでも封印してあるのに！」

杉崎は、『危険！　ドア開けるな！』と書かれた貼り紙と、ドアと周囲の壁の上に大きな×印を描くように貼ったガムテープを指さした。

「ええ。ご懸念はよくわかります。実際、これを見ると、無理にドアを開けたら家が崩れるんじゃないかと思われるのも、無理はないでしょう」

ドア枠の上部には、いくつもの亀裂が入っており、見るからに恐ろしげな様子だった。

「ですが、それほどの荷重がかかっているのなら、私が力んだくらいで、ドアが開くはずはありません。実際、ノブを力まかせに引っ張ってみても、キッチン側から思いっきり蹴《け》りを入れてみても、微動だにしませんでした」

榎本は、涼しい顔で、無茶苦茶なことを言う。

「結論としては、犯人が、このドアから脱出できた可能性はゼロだと思います。ドア自体、まず開け閉めが不可能ですし、このガムテープの×印が、完璧《かんぺき》な封印になっていますから。見てください。シワ一つ、気泡一つなく、テープの端まで、きれいにくっついています」

榎本は、笑みを見せた。

「杉崎さんは、ずいぶん、几帳面《きちようめん》な方ですね。ふつうは、欠陥住宅のドアを封印するのに、ここまで丁寧にガムテープは貼らないと思いますが」

不意打ちに動揺したものの、杉崎は、何食わぬ態《てい》を装った。

「性格ですよ。何ごともきっちりしないと、気持ちが悪いんです」

「なるほど……。さて、次は、窓ですね。このリビングには、南側と西側に窓があります。すべて、鍵付きのクレセント錠がかかっていました。しかも、それだけではありません」

榎本は、窓を覆っている透明なビニールに触れる。

「窓はすべて、内側から養生してありました。ビニールシートで覆われ、そのビニールは、ガムテープで壁に貼り付けられています。ここでも、杉崎さんの几帳面さが表れてますね。ガムテープ同士には1センチの隙間もなく、やはりシワ一つ見られませんでした」

「じゃあ、これも、杉崎さんがなさったんですか？」

青砥弁護士が、不審げに訊ねる。

「ええ。僕が、窓の上にビニールを張りました」

「何のためにですか？」

青砥弁護士を味方に付けるために、ここへ連れてきたのだから、うまく言い繕わなくてはならない。

「……実は、この部屋のフローリングを、丸ごと全部、剝《は》がしてやろうと思ってたんです。床の傾き加減を、コンクリートのヒビを見て確認しようと思って」

杉崎は、部屋のほぼ中央にある、フローリングを一部だけ剝がしてある箇所を指さした。コンクリートが剝《む》き出しになっており、かすかに黒く滲《にじ》んでいるのは、竹本の血痕《けっこん》だった。この歪んだ家自体が、いわば竹本の頭を割るための鈍器だったのである。

「剝がすときにコンクリートのかけらが跳ねて、ガラスに傷が付いたらまずいなと思って、養生したんです。結局は、ここを剝がしただけで断念しましたが」

「なるほど」

「でも、竹本さんが転倒したとき、その剝がした場所で頭を打ってしまったわけですから、僕としては責任を感じています」

「誰も、そこまでは予想できませんよ」

青砥弁護士は、杉崎の説明に納得した様子だった。

「……ただ、几帳面な杉崎さんにしては、壁に何箇所かちぎれたテープが残っているのは、不思議ですね」

榎本は、北側の壁の、西寄りの部分を指さした。

「他にもまだ、何ヶ所かあります。すべて、北側と西側の壁に集中してますね」

「ほんとだ。これは、何の跡ですか？」

青砥弁護士も、壁に付いたテープの切れ端を注視する。まずい。

「それは、何だったかな――たしか、貼り紙か何かです。後で気が変わって剝がしたんだと思いますけど。欠陥のことで頭に来てましたから、乱暴に引きちぎり、そのままになってたみたいですね」

杉崎は、明るい声で、内心の動揺を押し隠した。

「貼り紙ですか？　それにしては、ずいぶん変わった形ですね。残っている跡をつなぐと、不思議なラインになります。西側の壁には右上がりの線があって、それが北側の壁に移ると右下がりの線に変わる……。かりに、ここにシートのようなものを張ってあったとすれば、ちょうど床の北西の隅を、三角形に切り取ったような形になりますね」

杉崎は、ぎょっとしたが、懸命に落ち着きを取り戻そうとする。

だいじょうぶ。偶然あの形に気づいたからといって、それが何を意味するのかは、絶対にわからないはずだ。

「話を元に戻しましょうか。窓が養生してあることで、いったい何がわかるんですか？」

青砥弁護士が、その場を救ってくれる。

「……要するに、これらの窓から犯人が脱出した可能性も、考えられないということです。外からクレセント錠と付属の鍵《かぎ》をかけた上に、その内側にビニールとガムテープで養生までするというのは、とうてい不可能ですから」

榎本の説明もまた、杉崎が言ってほしいと願っていた通りのものだった。

「だとすると、残りは、廊下に面したドアだけですね」

青砥弁護士が、鋭い視線を向けた。

「その前に、もう一つだけ、チェックしなければならない開口部があります」

榎本の指摘に、杉崎は、ひやりとする。この男なら見逃さないだろうと思ってはいたが。

「もう一つの開口部って？」

青砥弁護士には、まったく想像がつかないようだった。

「西側の壁です。ここを見てください」

榎本は、二人を誘って、西南の隅に近い、高さ1・5メートルほどの場所を指し示した。壁に、円形をしたプラスチックの蓋《ふた》のような物が嵌《はま》っている。

「これは、エアコンのダクト用の穴《スリーブ》です。内側と外側には、それぞれネジ蓋が付いており、断熱のため、中には丸めた新聞紙が入っていました」

「蓋が閉まってるんじゃ、開口部とは言えないでしょう？」と、青砥弁護士。

「たしかに、今の状態では塞《ふさ》がっていますが、犯人――がいたとすれば、この穴を利用することは容易だったはずです。外側のネジ蓋は簡単に閉められますし、内側のネジ蓋も、家の外から開け閉めすることが可能です」

「内側の蓋も？　どうやって？」

「やってみればわかりますが、手を突っ込んで蓋の中から回せば、簡単に締められますよ。内径が75ミリもある大型の穴《スリーブ》なので、成人男性の手でも、少しすぼめれば入ります。犯人が穴を利用している間は、蓋の裏側にテープで紐《ひも》か何かを貼り付けておけば、蓋を部屋の中に垂らしておくことができます。終わってから紐で蓋を引っ張り上げ、穴にあてがって締めればいいんです」

「ちょっと待って。穴を利用している間って、いったいどう利用するんですか？」

「それはまだ、これからの課題ですね。少なくとも、犯人がこの穴から直接脱出するのは、ヘビやウナギじゃないかぎり不可能でしょうし」

榎本は、青砥弁護士の目つきを見て、さりげなく目をそらした。

「さて、それでは、最後の開口部です。我々がさっき入ってきた、廊下に面しているドアを見てください」

一同は、半開きになった木製のドアに向かい合う。

「このドアは、いろんな意味で、条件が玄関のドアに酷似しています。高価なムクの木で、内開き。そして、家が歪んだ影響によって、ドアがドア枠にきちんと収まりません」

「二重の密室で、まったく同じような条件のドアって……何だかキナ臭いですね」

青砥弁護士は、急にハンターのような表情になった。あんたは弁護側だろうと、杉崎は、心の中で突っ込む。

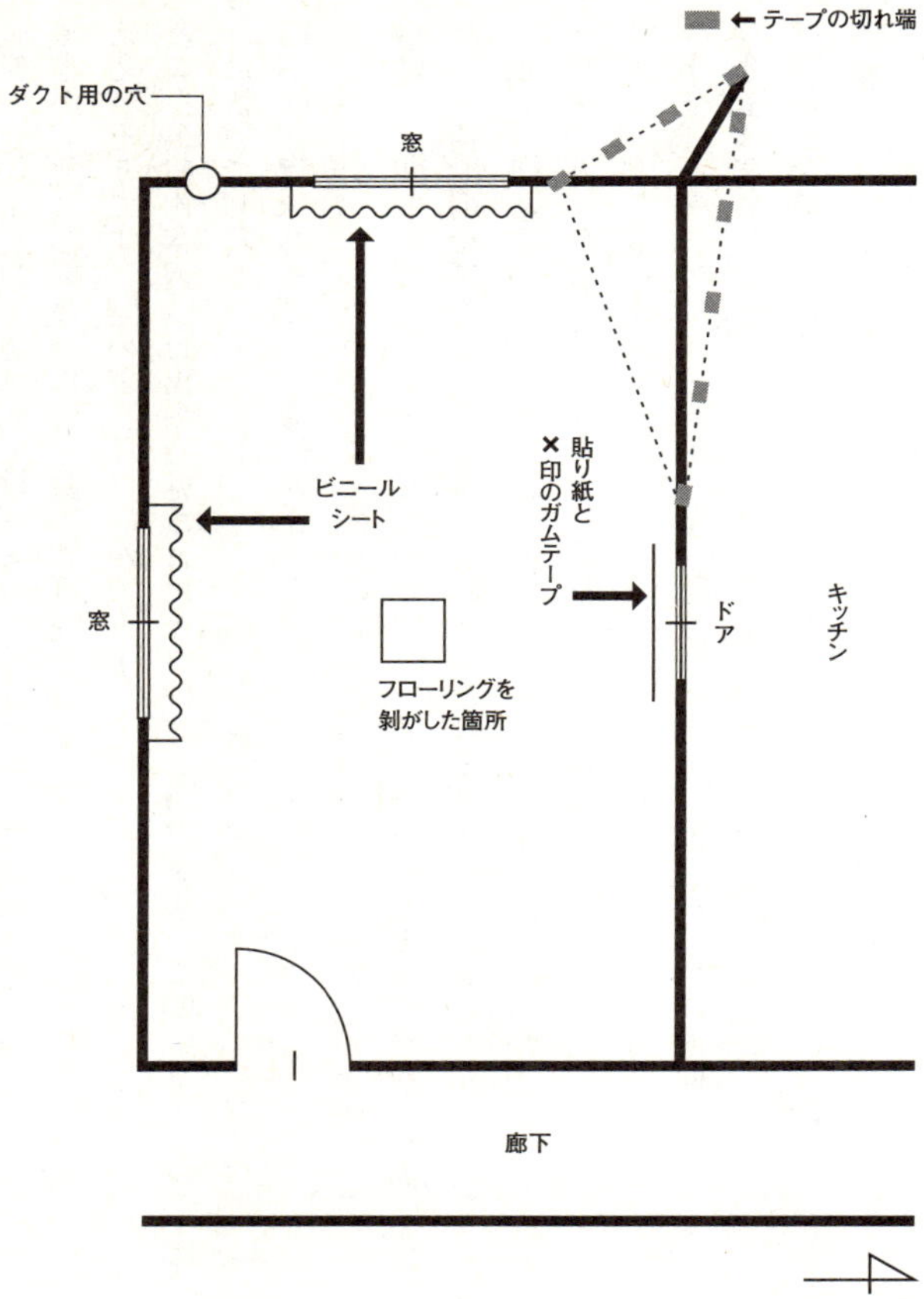
テープの切れ端
ダクト用の穴
窓
ビニール
シート
貼り紙と
×印のガムテープ
窓
ドア
キッチン
フローリングを
剝がした箇所
廊下

「通常、このドアは、きちんと閉まらないままになってるんですね？」

榎本が、急に杉崎の方に向き直って質問する。

「ええ、そうです。閉めようがないんで……」

「ところが、竹本袈裟男氏が発見されたときは、このドアも、玄関ドアと同様、固く閉じられた状態でした」

榎本は、意味ありげに、青砥弁護士を見やる。

「そこで、いったいどうやったら閉められるのかと思って、いろいろ実験をしてみました。結論は、玄関ドアのときとまったく同じです。ドア枠に圧力をかけたり、布やくさびを使ったり、潤滑剤を試したりと、考えられることは全部やってみましたが、外側からノブを引っ張って閉めるのは、不可能だとわかりました。ところが、部屋の内側からこれを使って叩《たた》き込むと、今度も閉じることに成功しました」

榎本は、またもや得意げにソフトハンマーを見せびらかす。

「つまり、このドアは、内側からなら閉じられるが、外側からでは無理だった……つまり、この部屋は完全な密室だったってことですね？」

青砥弁護士が、ついに結論めいたことを口にした。そうだ。杉崎は、内心で快哉《かいさい》を叫ぶ。その通り。この部屋は密室だった、すなわち、竹本の死は事故でしかありえない。

「このドア単体であれば、たしかにそうですね。しかし、ついさっき、この部屋には犯人が利用できる開口部があったことを示しました。エアコンのダクト用の穴《スリーブ》です」

榎本は、再び、触れてほしくない方面に話を引き戻す。

「どういうことですか？　あの穴から、何かをすれば、このドアを閉じることができたんですか？」

「そこが難題なんです。というのも、このドアは……」

「わかった！」

突然、何の脈絡もなく、青砥弁護士が叫んだ。二人の男は、驚いて彼女に注目する。

「わかったって……何がですか？」

話の腰を折られた榎本が、憮然《ぶぜん》として訊《たず》ねた。

「この部屋には、もう一つ、誰も気がついていなかった開口部があったじゃないですか！　そこを通れば、二重の密室とは関係なく、直接外に出られたはずだわ！」

いったい何の話だろうと、杉崎は訝《いぶか》った。犯人である自分ですら、何を言ってるのか皆目見当もつかない。

「その、もう一つの開口部というのは、いったい何の話でしょうか？」

榎本も、あきらかに当惑しており、奇妙な親近感を覚える。

「この部屋には、雨漏りがしてたんでしょう？　だから、部屋の中には、竹本氏が滑ったという水溜《た》まりができていた」

青砥弁護士は、杉崎に向かって問いかける。

「……はあ。そのとおりですけど」

「水は、どこから入ってきたの？　屋根に開口部があったってことじゃないですか？」

二人の男は、しばらくの間、絶句していた。

「雨漏りの場合、そんなに大きな穴が屋根に開いている必要はないんですよ」

ようやく気を取り直したらしく、榎本が、説明する。

「一般に、スレート瓦葺《かわらぶ》きの屋根では、瓦と瓦の継ぎ目から入った雨水が、下の瓦を伝って外に流れ出るような仕組みになっていますが、この家の場合、施工が雑だったせいか、瓦と瓦の重なり部分に塗料が入り込んで固まってしまっていました。そのため、行き場を失った雨水が滞留し、しかも、防水シートと野地板に微細な穴と隙間があったことから、溜まった雨水が毛管現象によって染み出して……」

「別に、雨漏りの原因について、詳細に講義してもらわなくても結構です」

青砥弁護士は、いらいらと遮った。

「ということは、榎本さんは、屋根も調べたんですね？」

「はい」

「そして、密室には無関係であると断定した」

「そうですね。開口部……と言えるほどのものではないですが、1ミリ未満の隙間であり、しかも瓦を取り去らなければ見えないような場所にあります。家の中からでは、目にすることも困難です。とうてい、密室トリックに利用できるようなものではありません」

「……そうなんですか」

青砥弁護士は、非常にわかりやすく落胆していた。『美《うるわ》しき天然』のメロディが、杉崎の脳裏を流れる。

「あの。ちょっといいでしょうか？」

杉崎は、この機会を捉《とら》えて議論をリードしようと、発言を求めた。

「どうぞ」

榎本が、うなずく。

「さっきから伺っていると、まるで犯罪があったという前提で話が進んでいるようですが、このとおり、竹本さんが亡くなった現場は密室でした」

杉崎は、大きく息を吸い込んで話を続ける。

「事故死だったと考えれば、一番自然だと思うんですが。竹本さんは、家の中を調べているときに、濡《ぬ》れた床に滑って転倒し、頭を打った……。なぜ、そういう明白な事実を受け入れようとしないのか、僕には、警察の考えがさっぱりわからないんです。もしかしたら、僕に対する予断を持って、捜査しているんじゃないかとすら思います」

ここから先は、特に、青砥弁護士に聞いてもらわなくてはならない。杉崎は、彼女の方に向き直った。

「昔——まだ高校生のときですが、僕は、大きな過ちを犯しました。その際、警察に厳しい取り調べを受けたんですが、真相は」

「警察がなぜ、この事案に事件性ありと見ているのかは、私にもご説明できますよ」

せっかくいいところだったのに、榎本が、横合いから遮ってしまう。

「事件性あり？　警察は、そう断定してるわけなんですか？」

青砥弁護士は、もう、さっきの失敗から立ち直っているようだった。

「その通りです。残念ですが、この一件は、杉崎さんが言われたような事故とは考えられないんですよ」

榎本は、まったく残念そうではない笑みを浮かべて言った。

3

「まず最初に、誰でも思いつく疑問ですが、竹本氏は、どうして、玄関とリビングのドアを強引に閉じたりしたんでしょうか？」

杉崎にとっては、想定済みの質問だった。

「まあ、想像するしかありませんが」

杉崎は、授業のときのように、ひと呼吸ためて続ける。

「竹本さんは、この家の状況を調べに来てたんですから、ドアの様子をチェックするのは、あたりまえだと思うんです。ドアが閉まらないというクレームを受けているんですからね。ドアは本当に閉まらないのか、あるいは簡単な補修で直るのかを、調べる必要があったんでしょう」

「でも、この二つのドアをドア枠に叩き込むのは、簡単なことじゃありませんよ」

榎本は、獲物の様子を窺《うかが》っているイタチのような目つきだった。

「ドアが閉まらないことは、すぐにわかります。なぜ、苦労して、そこまでやらなきゃならなかったんでしょう？　それだけじゃありません。二つのドアを無理やり閉じると、厄介な事態に陥る可能性もあったんです」

「厄介な事態って？」

青砥弁護士が、眉根《まゆね》を寄せて訊ねる。

「いったんドアが固く嵌《はま》ってしまうと、出られなくなっていた可能性があるんですよ」

「うーん。なるほど」

青砥弁護士は、榎本の意見に説得されかけているようだ。杉崎は、反論を試みる。

「万が一、ドアから出られなくなったら、ビニールを剝《は》がして窓から出ればいいんですよ。竹本さんは、そう思ったから、とりあえずドアを閉めてみたんじゃないでしょうか」

よし、窮地は脱した。我ながら、うまい切り返しだったと思う。

「では、次の疑問です。竹本氏は、どうやって、二つのドアを閉じたんでしょうか？」

「どうやって？　榎本さんは、内側からならドアは閉じられるって言いましたよね？」

「ええ。しかし、私は、これを使いましたからね」

榎本は、ソフトハンマーをかざして見せる。

「警察の調べでは、竹本氏の持ち物の中には、ソフトハンマーの代わりになりそうなものは何一つありませんでした」

「それは……」

杉崎は、言葉に詰まる。

「別に道具がなくたって、手で叩《たた》いたり、足で蹴《け》ったりすれば……」

「ええ、そう考えるよりありません。しかし、そういう形跡はいっさいなかったんです」

榎本は、大きな目で杉崎を見つめる。

「もし手で叩いたとすれば、相当な力でやる必要があります。空手家でなければ、拳《こぶし》で突くとは思えないので、いわゆる鉄槌《てっつい》——握った拳の小指側の面で叩いたと思われます。当然、二つのドアを叩いて閉じれば、手は真っ赤になったはずです。ところが、竹本氏の手には、そんな異状は、いっさい見られませんでした」

杉崎は、沈黙した。そこまで考えていなかったのは、手抜かりだったかも。というより、こんな追及を受けることになるとは、夢にも思っていなかった。

「それに、叩かれたドアの方には、竹本さんの掌紋が付いてなければおかしいでしょうが、これも見つかっていません」

「だったら、足で蹴ったんじゃないですか？」

「実際にドアを枠に叩き込んでみた経験から言うと、最もたくさん叩く必要があったのは、ドアの上辺の二隅でした。テコンドーの達人でもなければ、そんなに高い場所は蹴れないでしょう」

杉崎は、唇を舐《な》めた。落ち着け。まだ、何一つバレたわけじゃない。

「……うーん、そうですか。だったら、僕には、よくわかりませんね」

説明できないものは、素直にわからないと認めた方が得策だろう。事故説で青砥弁護士を説き伏せるのは難しくなってしまったようだが、ここは、いったん退いてから相手の出方を見定めることにしよう。

「わからない？　本当ですか？」

榎本は、絡みつくような言い方をする。杉崎は、むっとした。

「どういう意味ですか？　竹本さんがどうしたのかが、僕にわかるわけがないでしょう？直接見てたわけじゃないんですよ！」

「なるほど。それでは、杉崎さんご自身の行動についてお訊《き》きしましょう」

榎本は、すばやく二の矢を継ぐ。

「竹本氏の遺体を発見されたのは……」

「ちょっと待って！　いったい何なんですか、これは？　取り調べ？」

今度も、青砥弁護士が、救いの手を差し伸べてくれた。

「いつの間に、杉崎さんはこの事件の被疑者になったんですか？　騙《だま》し討ちみたいなまねは許せません！　それに、警察官でもない榎本さんから、こんな尋問を受ける謂《い》われはありませんよ」

青砥弁護士は、さっきまでの天然ぶりとは打って変わって、すっかり気鋭の刑事弁護士の顔に戻っていた。

「別に、そんなつもりはありませんよ」

榎本は、青砥弁護士を宥《なだ》めるように、狡《ずる》そうな微笑を浮かべた。

「杉崎さんを疑っているわけでもないんです。ただ、この不可解な状況に、何とか合理的な説明がつけられないかと……」

「いいえ。あなたの魂胆は、よくわかってます」

青砥弁護士は、議論をシャットアウトする。

「こんなに簡単に事件現場に入れたときから、おかしいなとは思ってました。これは全部、罠《わな》だったんですね？　取り調べではない形で杉崎さんを油断させて、自白に近い言質を引き出すつもりだったんでしょう？　榎本さんは、警察とは、ずいぶん親密な関係にあるようですね。ここで貸しを作っておけば、のちのち多少のお目こぼしでもあるんですか？」

「とんでもない、それは、青砥先生の邪推ですよ」

　榎本は、たじたじとなっていた。

「たしかに、この家の調査は請け負いましたけど、犯人捜しまでやるつもりはありません。私は、客観的な立場で問題点を整理しただけです。警察が事件性ありと考えている理由も、杉崎さんの疑問にお答えしたまでで……実は、警察には隠し球が」

「もう、けっこうです。杉崎さん。帰りましょう」

　青砥弁護士は、杉崎を促して、退出しようとする。

「いや、ちょっと待ってください」

　杉崎は、あわてて青砥弁護士を引き留めた。このままでは、自分がクロかもしれないという印象だけが残ってしまう。できるかぎり疑いは払拭《ふっしょく》し、青砥弁護士に無実だという心証を植え付けておかなければならない。……それに、榎本が言いかけた『隠し球』という言葉が妙に気になった。

「僕は、どんな質問にもお答えしますよ。何の後ろ暗いところもありませんし。とにかく、なぜ僕が警察に疑われているのかを、はっきりさせたいんです」

「そうですか。それでは、杉崎さんご本人から許可をいただいたので、お訊きします」

榎本は、間髪を入れず質問を再開する。

「竹本氏の遺体を発見されたのは、杉崎さんですよね？」

「そうです」

「先週の土曜日の、午後三時過ぎだったとお聞きしましたが？」

「ええ。あの日は、朝から学校で野球部の指導をしてました。練習が一段落したんで、後は生徒にまかせて帰りました。それから、一応家を見ておこうかと思いついて来たんですが、まさか、あんな事故が起きているとは、夢にも思いませんでした」

杉崎は、口元を押さえる演技をする。

「ここへ来て、最初にリビングの窓の外側に回られたのは、なぜですか？」

「前々から、気になってたんですよ。建物の基礎に亀裂が入っているのが、外からわかるんじゃないかと思って。車の中で、そのことを思い出したんで、とりあえず、外に回ってみたんです」

「それで、リビングを外から覗《のぞ》き込み、遺体を発見したわけですよね？」

「はい」

「なぜ、窓から中を覗いたんですか？」

「それは……灯りが点《つ》いていたんで」

「なるほど。それで、人が倒れているのを見たので、何か緊急事態が起きたと判断されたんですね？」

「ええ、これは大変だと思いました」

「窓の内側にはビニールが張ってありますが、はっきりと見えたんですか？」

「うつぶせだったので、顔はわかりませんでしたが、倒れてる姿はよく見えましたよ」

「よく見えたのは、部屋に灯りが点いていたせいじゃありませんか？　もし、照明がなかったとしたら、明るい室外から暗い部屋の中を覗き込んでも、ほとんど見えなかったんじゃないかと思うんですが」

「まあ……そうかもしれませんけど」

「私が最初に疑問に思ったのは、なぜ、この家に電気が来ているのかということでした」

杉崎は、ぎくりとした。榎本は、的確に痛いところを衝《つ》いてくる。

「家の引き渡しは完了しているとはいえ、まだ、竹本氏と欠陥問題で揉《も》めている最中でしたよね？　実際に住むメドも立っていないというのに、なぜ電気の使用開始の手続きをしたんですか？」

「何ていうか、いろいろ不便だったんですよ。家の中を調べようと思っても、照明もなく、電動工具も使えないんじゃ、どうしようもないと思って」

「その照明なんですが、ずいぶん、きちんとしたものを付けられてますね」

榎本は、天井を指さす。ドーナツ形の蛍光灯を収める半球形をしたシーリングライトで、乳白色のアクリルのカバーが付いている。

「臨時の照明なら、電球が一個あればよかったように思いますが？」

杉崎は、肩をすくめた。馬鹿野郎。そんなわけには、いかなかったんだよ。裸電球じゃ、計画の途中で割れる危険性があったからな。

「性格ですかね。……たとえ一時的なものでも、きちんとしときたかったんですよ」

「榎本さん。いったい、何をお訊きになりたいんですか？　わたしには、さっぱり見えてこないんですけど」

青砥弁護士が、我慢しきれなくなったように口を出した。

「これからが、大事な質問です。……杉崎さん。あなたは、窓の外から竹本氏が倒れているのを発見しました。大変なことが起きたのは、一見してあきらかですよね？　だとすると、その後のあなたの行動が、どうにも納得しにくいんですよ」

「どういうことでしょうか？」

何を言いたいのかはわかったが、杉崎は、すっとぼける。

「あなたは、リビングへ行くために、いったんは玄関へ回った。ところが、ドアが閉まっている。そこで、携帯電話で救急車を呼んだ」

榎本は、静かな目で杉崎を見る。

「なぜ、ドアを蹴《け》って開けようとしなかったんですか？」

「ドアを強く押してみたんですが、どうしても開かなかったので、てっきり鍵《かぎ》がかかっているものと思い込んでしまったみたいです」

「玄関ドアが、一度嵌《はま》ると容易に抜けなくなることは、ご存じだったはずですよね？」

「何ていうか、すっかり、うろたえてしまったんです。玄関ドアが閉まらなくなってから、無理やり嵌《は》めてみたことはなかったですし」

「それなら、どうして、リビングの窓を割って中に入ろうとしなかったんですか？」

　榎本は、なおも追及する。

「いったん玄関に来てしまったら、もう、そういう発想が出てきませんでした。とにかく、救急隊を待とうと思ったんです」

　我ながら苦しい説明だと思う。しかし、突然、非常事態に遭遇したら、我を忘れて奇妙な行動を取るというのも、ありえない話ではないはずだ。

　榎本は、青砥弁護士に向かって言う。

「通報から約十分後に救急車が到着し、救急隊員が玄関のドアを何度か強く蹴ると、ドアは開きました。救急隊は家の中に入り、今度はリビングのドアを蹴って開けました。しかし、竹本氏は、すでに死後五、六時間が経過していた……どうでしょうか？　以前に青砥先生が遭遇した密室事件との間に、ある共通項が見えてきませんか？」

　青砥弁護士は、うなずいた。なぜか、ひどく深刻な表情になっている。

「……奥多摩の山荘で、自殺を装って会社の社長を殺害したという事件がありましたけど、あのときと似てる気がしますね」

杉崎の胸中で、不安がどんどん大きくなっていく。過去に、そっくりなケースと遭遇したとでもいうのだろうか。馬鹿な。ありえない。

「私も、あの事件を思い出しました。第一発見者が犯人だった場合、密室をこじ開けるのを躊躇《ちゅうちょ》するか、最小限に止《とど》めようとする傾向があるんです。まあ、それも当然の話で、遺体を発見するふりをして、自分で密室を破ってしまったら、せっかくのトリックも意味がありませんからね」

杉崎は、かっと頭に血が上るのを感じたが、それは、怒りというより恐れのためだったかもしれない。

「第一発見者が犯人っていう言い方は、僕が犯人だと名指ししてるわけですか？」

「その通りです。杉崎さんが、緊急事態を認識していながら、ドアを蹴って開けることも、ガラス窓を破ることもしなかったのは、どう考えても不自然なんです。私には、ただ一つの解釈しか思い浮かびませんでした。あなたは、密室を手つかずのままで、警察に引き渡したかった。違いますか？」

「何を、馬鹿な！」

杉崎は、大声で否定することで、狼狽《ろうばい》が顔に出るのを防いだ。

「たしかに、僕は、うろたえて的確な行動を取れなかったかもしれません。しかし、人間、そんなにいつもいつも、合理的に振る舞えるものじゃないでしょう？」

「私には、あなたは、常に合理的に行動する人のように見えますね」

「話になりませんね！　そんな思い込みだけで、他人《ひと》を犯罪者扱いするんですか？」

杉崎は、青砥弁護士の方に向き直って訴える。

「僕は、無実です。この人は、やっぱり警察の手先じゃないですか。何の証拠もないのに、僕を犯人に仕立て上げようとしてるんです。どうか、助けてください」

青砥弁護士は、依然として深刻な表情のままだったが、榎本に向かって言う。

「警察が、杉崎さんにクロの心証を持っている理由は、だいたい理解できました。ですが、杉崎さんを犯人扱いする前に、どうすれば犯行が可能だったのか、少なくとも、その方法は提示すべきだと思いますけど」

「わかりました」

榎本は、動じなかった。

「それでは、順にご説明しましょう。まずは、玄関ドアの方です」

榎本は、リビングを出て玄関へと戻る。二人は、後に続かざるを得なかった。

「まったく、奇妙な密室です。玄関ドアは、施錠されているわけでも、チェーンがかかっているわけでもない。ただ単に、ドアがドア枠に固く嵌り込んでいるだけなんです。しかし、この玄関ドアを外から閉める方法は、ついに発見できませんでした」

「榎本さんでも無理なんですか？　珍しいこともあるもんですね」

青砥弁護士が、皮肉な口調で言う。

「ええ。これはいわば、アナログな密室ですからね」

「どういう意味ですか？」

「鍵さえあればいいとか、開口部から錠に届けば何とかなるという、一か零《ゼロ》かのデジタルな密室ではないということです。このドアを枠に収めるには、内側から、何度も、強い力で、しかも勘所を見定めて叩く必要があるんですよ。外部からトリックで閉めるのは、きわめて困難です」

「なるほど……」

青砥弁護士は、腕組みをして嘆息し、それから気がついて、榎本を睨《にら》んだ。

「だったら、だめじゃないですか？　つまり、この家は、正真正銘の密室だったってことでしょう？」

「いや、そうじゃありません。犯人は、ただ、玄関ドアから逃げてはいないというだけのことです」

榎本は、こともなげに言った。杉崎は、悪寒のようなものを感じた。まさかとは思うが、この不気味な男は、一歩一歩、真相に近づいて来ている。

「じゃあ、どこから逃げたんですか？」

「可能性のある場所は、一ヶ所しかありませんでした。では、もう一度、キッチンへ行ってみましょう」

榎本は、廊下を戻る。一番後ろに続きながら、杉崎は、強く拳《こぶし》を握りしめた。この男が、すべてを看破したとは、とても思えない。……でも、頼むから、見当違いであってくれ。

「先ほど見た窓です。人が通り抜けられるだけの大きさがあって、しかも、クレセント錠はかかっていません」

「でも、榎本さんは、さっき、この窓は、押しても引いてもびくとも動かないって言ってたじゃないですか？」

青砥弁護士が、口を尖《とが》らせる。

「ええ。家が歪《ゆが》んでいるせいで、このサッシには上下に強い圧力がかかっており、このままでは開きません。しかし、あるものを使えば、簡単に開けることができるんです」

「あるもの？」

「これですよ」

榎本は、キッチンの片隅に置いてあったジャッキを手にした。杉崎は、唇を噛《か》んだ。ついさっきは、そんなものがあることにさえ気がつかなかったのだ。

「これは、どこにでもある、ねじ式のパンタグラフジャッキです。車のタイヤを取り替えるときなどに重宝します」

「そのくらい、知ってます」

青砥弁護士は、子供扱いされるのに憤る女子高生のような表情になっていた。

「ちなみに、私の車にも一台積んであります。……杉崎さんの車は、どうですか？」

「……ありますよ。たしか、あったと思います。使ったことはないですが」

杉崎は、しわがれた声で言って、咳払《せきばら》いする。

「そうですか。それでは、さっそく実演してみましょう」

榎本は、アルミサッシの手前のレールの上に、あらかじめ用意していたらしい板を置くと、その上にジャッキを置いた。

「レールを歪めたりジャッキの跡を残したりしないためには、この板は必須《ひっす》です。さらに、窓の高さが60センチもあるので、上にも何か嚙まさなければなりません」

榎本は、ジャッキの上にまな板のような厚い板を立てた。板の上の端は、サッシの上側のレールと、ほとんど接する位置にある。

「これで、準備完了です。それでは、ジャッキアップしてみましょう」

榎本は、ジャッキの穴にフックの付いた鉄の棒を差し込むと、その棒の端をL字形をしたレンチの穴に通した。L字形レンチを回すと、ジャッキが徐々に高くなった。ぎしぎしと、嚙ませてある板が軋《きし》む。

「これで、いいでしょう」

榎本は、手品師のような微笑みを見せた。窓に手をかけると、あっさり開けてしまう。

「窓のサッシにかかっていた圧力を緩めさえすれば、この通り、窓を開けることはたやすいんです」

「でも、それじゃあ、出られないでしょう？」

青砥弁護士が、叫ぶ。榎本は、えっという顔になった。

「出られない？……どうして？」

「だって、そのジャッキ自体が、窓を塞《ふさ》いじゃってるじゃないですか？」

またもや、大ボケだった。頭を抱えた榎本に代わって、しかたなく杉崎が説明する。

「いや……窓を開けてから、ジャッキをどければいいんだと思いますよ。ずっと上下に押し広げとく必要もないわけだし」

青砥弁護士は、口を開けたまま、固まってしまった。

「整理すると、犯人の行動は、こうなります。・玄関から入って、内側からドアを閉める。・窓の内側から、引き戸のレールの上にジャッキを立てる。・ジャッキアップして窓を開けると、ジャッキを外し、外に出る。・外からジャッキを立て、サッシにかかった圧力をもう一度緩めて、窓を閉める。・ジャッキを外す」

榎本は、不屈の辛抱強さを備えた教師のように、懇切丁寧に説明する。

「わかりました……」

青砥弁護士は、憮然《ぶぜん》として言う。

「犯人が、この家から外に出た方法は、納得できました。でも、だったら、リビングからはどうやって出たんですか？　リビングには、こんな都合のいい窓はないでしょう？」

杉崎は、ごくりと唾《つば》を飲み込んだ。キッチンの窓を開けた方法くらいなら、思いついてもおかしくない。問題は、メインのトリックだった。

「では、もう一度、現場へ行きましょうか」

三人は、キッチンから廊下に出て、リビングに戻る。

「実は、リビングで、何らかのトリックが使われたらしい証拠が見つかってるんです」

「証拠？」

「さっき、ちょっと言いかけましたよね。警察には、『隠し球』があるって」

杉崎は、はっとした。まさか……。

「何ですか、『隠し球』って？」

「この部屋の中に、あったらしいんですがね」

榎本は、意味ありげに、杉崎を見やる。

「何がですか？　もったいぶらずに、さっさと教えてください」

「だから、『隠し球』と言ったじゃないですか。その言葉通り……ボールですよ」

「ボール？」

　しまった。杉崎は、唇を噛む。竹本の遺体にでも、引っかかったのだろうか。もちろん、そうなるリスクはあったのだが。

「現場に、なぜ、そんなものがあったんでしょう？　犯人が、何らかのトリックに使ったと考えなければ、説明がつかないんですよ。このことが、警察が事件性ありと断定した最大の根拠です」

　青砥弁護士は、はっとしたようだった。

「そうか。そういうトリックだったんですね？　今やっとわかりました！」

「わかった……？」

　榎本は、半眼になった。

「本当ですか？　今の話だけで？」

「ええ。リビングには、榎本さんが指摘した開口部があったじゃないですか？　エアコンのダクト用の穴《スリーブ》。あれを使ったんですね？」

「いったい、どう使ったと、お考えなんでしょうか？」

　青砥弁護士は、自信たっぷりに、蓋《ふた》の付いた壁の穴と竹本が死んだ位置を指さす。

「そのとき、この穴は開いていたんです。犯人は、竹本さんが部屋の中にいるのを、外から覗《のぞ》いていました。そして、頃合いを見計らって、この穴から部屋の中にボールを転がし

ている。

二人の男は続きを待ったが、青砥弁護士は、それっきり口をつぐみ、榎本の反応を窺《うかが》っ

「……それから、どうしたんですか？」

榎本が、とうとう根負けして訊《たず》ねた。

「それから？　竹本さんは、仰向けに転倒して、頭を打って亡くなったんです」

「なぜ？」

「だから、ボールを踏んだからでしょう？」

榎本は、目眩《めまい》をこらえているようだった。

「それで殺せる確率は……非常に低いであろうとは思いませんか？」

「あ。ちょっと待ってください。『隠し球』と聞いて何だろうと思いましたが、そんなことだったんですか？」

杉崎は、豪快に笑い飛ばそうとしたが、引き攣《つ》った笑みを浮かべるに止まった。

「もう少し早く、僕に訊《き》いてくれればよかったのに。そうすれば、そのボールに意味なんかないことがわかったはずです」

「どういうことですか？」

榎本は、顔を上げた。

「だから、この部屋にテニスボールを置いてたのは、僕なんですよ。今の今まで、すっかり忘れてました」

「置いた……何のためにですか？」

「それはもちろん、床の傾きが、よくわかるようにですよ」

「ボールなんかなくても、一目瞭然《りょうぜん》じゃないですか？　六度も傾いているのに」

「ビデオに撮ったときに、はっきりとわかるようにしたかったんです。竹本さんとの交渉が不調に終わった場合は、YouTubeに投稿しようかと思ってたんで」

「なるほど。……ところで、今、テニスボールとおっしゃいましたね？」

「ええ。それが何か？」

「私は、ボールと言っただけで、一度も、テニスボールとは言いませんでした。ふつうは、ボールと聞けば、まず野球のボールだと思うんじゃないでしょうか？　特に、杉崎さんは、野球部の顧問をなさっているわけだし」

杉崎は、顔が引き攣るのを感じた。嵌《は》められたのか。……いや、だいじょうぶだ。

「思うも何も、僕が置いたのは、実際に、テニスボールでしたから」

ここまで来たら、腹を括《くく》って、そう開き直るしかない。

「そうですか。わかりました」

榎本は、悪魔のような笑みを浮かべた。

「それでは、実際にどんなトリックが使われたのか、お見せしましょう」

4

三人は、再び玄関から外へ出て、リビングの西側へ回った。建物と背の高いブロック塀に囲まれたスペースは、奥行きが1メートル程度しかないが、水栓と屋外用コンセントが備えられている。

外側からリビングを覗き込むと、照明のおかげで、中の様子がぼんやりと見えた。部屋の中に、二つの人影が入ってきた。一人は制服警官で、もう一人は横田刑事らしい。

やはり、最初から榎本と示し合わせて、自分を陥れる手筈《てはず》を整えていたのだろう。

横田刑事らは、透明なビニールシートのようなものを広げ、残っていた跡のとおりに壁に貼り付けているようだった。

まさか……。杉崎は、胃袋が鉛のように重くなるのを感じていた。本当に、トリックは、すべて見破られてしまったのだろうか。

榎本は、エアコンのダクト用の穴を塞いでいる蓋を回して外した。内側の蓋はすでに取り去ってあり、直径75ミリの穴が室内と素通しになった。

「すでに状況はクリアーです。犯人がリビングから脱出するには、廊下に面したドアを使うしかありませんでした。したがって、部屋を密室にしようと思えば、何とかしてドアを閉じなければなりません。そのために犯人が利用できたのは、この穴だけです」

「その前に、一点だけ、確認しておきたいんですけど」

青砥弁護士が、またもや、待ったをかける。

「何でしょう？」

「キッチンの窓を開けたやり方は、使えないんですか？　ジャッキを使ってドア枠にかかっている圧力を弱めるのは」

「それも一応は考えましたが、実際に試してみて、無理だとわかりました」

榎本は、ほっとしたようだった。もっととんでもない質問を予期していたのだろう。

「その場合は、ジャッキを立てたままの状態でドアを閉めなければなりませんが、サッシと違い、ドア枠には、ずっとジャッキを嚙《か》ましておくだけの余地がないんです」

そのことは、杉崎自身も、計画段階で確認していた。

「それに、引き戸とドアの違いもあります。引き戸は、最初から枠の中に嵌《はま》っているため、上下の圧力さえ軽減させれば動くようになりましたが、ドア枠は、斜めに歪《ゆが》んでいるので、ドアをぴったり収めようと思うと、単純に上下にだけ力を加えてもだめなんです。内側から叩《たた》き込むときも、いろいろな位置を叩かなくてはならないんですよ」

「なるほど、本当にアナログな作業ですね」

青砥弁護士は、うなずいた。

「でも、そうすると、犯人が採った方法は、おのずと限定されますね」

「と言いますと?」

「作業には、微妙な感覚が要求されるし、かなりの力を込める必要もありますから、直接、手でやるか、それに近い方法じゃないと無理でしょう?」

青砥弁護士は、ダクト用の穴を指さした。

「ドアがあるのは東の壁で、こっちは西側ですから、この穴から長い棒のようなものを突っ込んで、ドアを突いたとしか、考えられないじゃないですか?」

「私も、最初は、そう考えました」

榎本は、にやりとする。

「しかし、それには、問題がいくつかあります。第一に、距離です」

榎本は、窓の外から中を透かして見た。

「ここからドアまでは、10メートル以上あります。それだけ長い棒を使って、ドアをピンポイントで突くというのは、とてつもない難事ですよ」

「でも、不可能とは言えないでしょう?」

「それだけじゃありません。今立っている場所の制約もあります」

榎本の言葉で、青砥弁護士は、まわりを見回す。

「1メートル後ろに高いブロック塀がありますから、どうやって、そんなに長い棒を穴に入れるかという問題が出てきます。棒を塀の上に載せて斜めに差し込んでも、途中でつっかえてしまうでしょう」

「だったら……」

青砥弁護士は、思案しているようだった。

「あらかじめ棒を室内に入れて、中から穴に通しておけばいいんじゃないですか？」

「そうすると、今度は、事後に棒を回収することができません」

榎本は、にべもなかった。

「まあ、何本もの棒を釣り竿《ざお》のように繋《つな》ぎ合わせれば、その問題は解決できるでしょうが、実際問題として、あのドアを叩き込むのは難しいと思います。絶対にできないという証明はできませんが、現実にドアを叩いてみた感触では、まず無理だと思いますね。それほど長い棒を使ったら、きわめて重くなる上にしなりが出て力を入れるのが難しいですし、突くときに先端がぶれてしまって、狙いが定まりませんからね」

榎本の言葉には、説得力があった。それは、誰よりも杉崎がよくわかっている。実際に、内側から棒を通して実験してみたのだから。ダクトの穴を支点にして、手前が1メートル、奥側が10メートルという割り振りでは、テコの原理が不利に働く。棒の先を少し持ち上げるだけでも、たいへんな力を要し、とてもドアを突くどころではなかった。

問題は、その先なのだ。あのドアに強い打撃を与えるために、いったい何を用いたのか。それが発想できなければ、真相には辿《たど》り着けない。

「ところで、杉崎先生は、何の教科を教えてらっしゃるんですか？」

榎本は、唐突にこちらを向いて、問いかけてくる。

「……数学ですが」

「それは残念ですね。物理だったら、この問題を考えるのにぴったりだと思ったんですが。ちなみに、杉崎さんは、野球部の顧問もされているとお聞きしましたが、これについては、よくご存じですよね？」

榎本が合図をすると、制服警官が何かを押してきた。一目見たとたん、杉崎は、目の前が真っ暗になるような感覚に襲われた。

「何ですか、これは？」

青砥弁護士は、警官が押してきた物体に対して不審の目を向けた。正体を知らなければ、白い二つの車輪が縦に並んだ、荷台のない手押し車のようにしか見えないだろう。

「これは、ピッチング・マシンです。いや、バッティング・マシンかな？　どちらが正しい名称なんでしょうか……実は、杉崎先生の学校からお借りしてきたものです」

杉崎は、舌が強張《こわば》って、何も言うことができなかった。

「では、セッティングしてみましょう。現在のピッチング・マシンは進化してて、こんなにコンパクトになり、車のトランクに入れて持ち運ぶこともできます」

榎本は、警官からピッチング・マシンを受け取ると、三脚を下にして立てた。白い二つの空気タイヤが高速回転して、ボールを射出する仕組みになっている。

「AC100Vの家庭用電源で駆動するんですが、おあつらえ向きに、ここにコンセントがありますね。……好都合なことに、すでに電気も来てますし」

プラグをコンセントに差すと、榎本は、三脚の高さを調節して、白いタイヤをエアコンのダクト用の穴のすぐ前に持って行った。

「このマシンは、硬式、軟式、ソフトボールの球に加え、テニスボールまで発射することができます。しかも、最高時速は167キロですから、プロ野球の投手よりも速いんですよ。頭に当たれば死ぬくらいの威力があると思ってください」

慎重に位置を決めると、榎本は、上から黄色いテニスボールを入れる。

「いきなりなんで、うまくいくかどうかわかりませんが、まあ見ててください」

テニスボールの直径は、6・6センチほどだから、7・5センチの穴をくぐらせるには、神経を使わなくてはならない。最初は最低時速の32キロで試し、徐々に速度を上げていく。最高速度に達すると、リビングの中にバッティングセンターのような音響が響き渡った。

「さあ、これで狙い打ちしてみましょう。はたして、ドアを閉じられるでしょうか」

木製のドアにテニスボールが激突する音が響く。榎本は、窓越しに様子を確認しながら、マシンを微調整して、木製のドアをドア枠に叩き込んでいった。

「タイヤの角度を傾けると、カーブやシュートも自由自在ですから、こんなふうに、当てる場所を変化させることができます。……かなり、ドア枠にめり込んできましたね。もう少しです。用意した球は百球ですが、おそらく、そんなには必要ないでしょう」

「榎本さん」

青砥弁護士が、今までより一オクターブ低い声で言う。

「ずいぶん都合よく、ピッチング・マシンを用意されていましたね。今日わたしたちが来ることがわかってて、用意されてたんですか?」

「まさか。今日は、とりあえず、実験をしてみる予定だったんですよ」

「そうですか」

青砥弁護士は、まだ不信の面持ちだった。

「……たしかに、ここまで無茶なことをやったら、ドアは閉じられるでしょうね。だけど、後始末は、どうするんですか?」

榎本は、うなずいて、マシンを止めた。

「ふつう、こんなことをしたら部屋中にボールが散乱してしまい、回収するのは困難です。しかし、この部屋には、魔法がかけられているんですよ」

「魔法?」

榎本は、窓越しにリビングの床を指さす。東側のドアを狙って発射したテニスボールが、すべて、手前に向かって、ころころと転がってきている。

「なにしろ、床が六度も傾斜していますからね。部屋の中には、竹本氏の遺体を除いたら、遮るものもありませんので、ボールは自然に西側に集まってきます。その上、こちら側には角度を付けてビニールシートが張ってあります。左へ向かったボールも、右へと向きを変えられますから、すべて、自動的に、この穴の下に集合してくれるんですよ」

青砥弁護士は、ただ啞然《あぜん》としていた。

「あとは、回収するだけです。屋外用掃除機にダクト用のホースを取り付ければ、たちまちテニスボールを全部吸い出せるでしょうし、そこまでしなくても、一個一個吸い付けて取り出すか、シンプルに鳥もちのようなものを使っても、それほど時間はかからないでしょう。最後に、壁に張ったビニールシートを紐《ひも》か何かで引きずり出せば、後始末は完了です」

いったい何なんだ、こいつは。なぜ、そんなに何もかも見通すことができたんだ。

杉崎は、ショックで、その場に崩れ落ちそうになったが、何とか踏ん張った。

「……それをやったのが僕だという、確証がありますか？」

「決定的なものは、まだありません。しかし、状況証拠は、すべて、あなたが犯人だと指し示しています」

榎本は、静かに言った。

「あなたは、リビングにテニスボールがあったと言いましたが、現場に、そんなものはありませんでした。つまり、あなたの発言は嘘である可能性が高く、犯行にテニスボールが使われたことを知っていたが故の、秘密の暴露とも考えられます」

「なかった？……騙《だま》したのか？」

杉崎は、榎本を睨《にら》みつける。

「私は、何かがこの部屋の中にあったらしいと言っただけです。ボールそのものが発見されたとは、一度も言っていませんよ」

「どういうことだ？」

「野球のボールは、直径がこの穴とほぼ同じなので、使えなかったというのはわかります。しかし、テニスボールには黄色いフェルトの毛が生えています。汚れの跡を残さないために新品のボールを使ったようですが、ボールの毛が部屋中に飛び散ることまでは考えませんでしたか？　警察の微物検査によって、それが発見されました。衝撃が強かったためなのか、一部はドアの木の繊維にまで入り込んでいました。そのおかげで、やっとトリックの大筋が見えてきたんです」

杉崎は、がっくりとうなだれかけたが、それでも、必死の抗弁を試みた。

「僕は、本当に、テニスボールを一個置いただけですよ。犯人が、たまたまテニスボールを使ったとすれば、僕のボールも一緒に回収したんでしょう。すべて、単なる偶然です」

「では、ピッチング・マシンの件はどうですか？」

　榎本は、最後の駄目押しをする。

「警察は、野球部員たちからも事情聴取を行っています。彼らの話によると、ランニングに行く途中で、杉崎先生の車が出て行くのが見えたので、これはラッキーだと学校に戻って、バッティング練習をしようとしました。ところが、なぜだか、ピッチング・マシンだけが、どこにも見あたらなかったそうです」

「杉崎さん。これ以上、何も言わないでください」

　口を開きかけた杉崎を、青砥弁護士が制した。

「行きがかり上、わたしが弁護を担当しますから。杉崎さんさえよければですが」

　杉崎は、力なくうなずいた。

　欠陥住宅の件は、多少なりとも情状酌量の材料になるだろうかと思う。

　だが、それももう、どうでもいいような気さえしていた。

　俺は、これで、加奈を永遠に失ってしまったのだから。

　そればかりか、人生そのものを棒に振ってしまったのだ。

　この歪《ゆが》んだ箱――いびつな復讐心《ふくしゅう》の中に囚《とら》われて。

密室劇場

1

「座長のヘクター釜千代《かまちよ》が非業の死を遂げ、さらには看板役者である飛鳥寺鳳也《あすかでらほうや》の逮捕にいたり、我が劇団『土性骨《どしょっぽね》』は、文字通り存亡の危機を迎えました」

座付きの脚本家である左栗痴子《ひだりくりちこ》は、重々しい口調で言った。開演を待つ小劇場の中は、百人近い観客が入ってざわついていたが、並外れた長身の栗痴子は、座っていても見上げるような高さで、まわりから好奇の目を集めていた。

「それまでは、新作をかけるたびにメディアにせっせと案内状を送っても、ほとんどシカトされていたのに、一転して嵐のような取材攻勢にさらされることになったのです。それも、お芝居を担当されている文化部の記者さんではなく、凶悪猟奇犯罪を扱う社会部の連中や、ゴシップをシロップと心得てブンブン集《たか》ってくる、芸能記者《ハエ》どもによって」

栗痴子の中では、記者には、担当により非常に差別的な序列があるらしかった。

「それは、たいへんでしたね」

青砥純子は、深い同情を込めてうなずいた。ヘクター釜千代殺害事件では、劇団の女優である松本《まつもと》さやかから容疑者にされそうだという訴えを受けたために、解決に一役買うことになったのである。犯行の際に、なぜヘクターが飼っていた番犬が吠《ほ》えなかったかという謎の馬鹿馬鹿しい真相を暴いたのは、榎本径という自称防犯コンサルタントだった。榎本は、今、居心地が悪そうに純子の隣席に座っている。今日は、遅ればせながら事件解決の御礼ということで、新作のお披露目に招待されたのである。劇場が大入り満員になっているのは、相当タダ券をばらまいたせいらしいが。

「たいへんなどという言葉で片付けられるくらい生やさしいものでは、ありませんでした。それまでメディアにまったく耐性がなかった純真な若者たち——愛すべき役者馬鹿たちが、いきなり、ハイエナのような最悪の芸能パパラッチに対処しなくてはならなかったのです。どうなったかは、自《おの》ずと想像がつくでしょう」

純子は、気の毒な役者たちに心の底から同情した。弁護士として、どうしても迫害される側に感情移入する癖が付いているのだ。

「どうなったんですか？」

栗痴子は、沈痛な面持ちで首を振った。

「劇団の役者たちや、スタッフたちは、いかなる取材に対しても質問はいっさい無視して、ひたすら芝居の宣伝をしまくったのです。ストーリーや見所を数時間にわたって滔々《とうとう》と説明する者あり。壊れた玩具《おもちゃ》のように執拗《しつよう》に一発ギャグを披露し続ける者あり。芝居で使われる格闘技の技を解説するために記者にかけて意識を失《おと》わせて《して》しまい、危うく第二の殺人事件を起こしかけた者あり。その結果、あらゆるメディアから完全に愛想を尽かされ、ついには、最低のフンコロガシすら来なくなってしまいました」

栗痴子は、深い溜《た》め息をついた。

「信じられますか？　屍肉《しにく》に群がるハゲタカのように集まってきた芸能レポーターたちは、役者が身体を張って宣伝した新作芝居のことを、一行たりとも活字にせず、一秒もオンエアしなかったのです」

純子は、内心、あたりまえだと思う。

「とはいえ、こちらのメディア対策に不備があったことも否めません。適当に質問に答えるふりをしながら、編集でカットできないように巧妙に芝居の宣伝を差し挟むべきだったんでしょう。もう一度あんなことがあれば、今度は、もっとうまくやれる自信があるんですが。……ああ、ちぇっ。またないかなあ。殺人事件みたいなの。こんなに役者がいるんだから、誰か一人くらい殺されたらいいのに」

気のせいだとは思うが、冗談で言っているように聞こえなかった。

「……あの、劇団の名前を変えたんですね？　『土性骨』から、『ES&B』に」

純子は、話題を変える。

「そうそう。そうなのよー」

栗痴子は、急に、親しげな態度と口調になった。

「けったくそ悪いからさあ、心機一転して劇団の名前を変えようということになったのね。やっぱ英語の方がかっこいいから、『土性骨』を直訳して、『アース、セックス＆ボーン』にしたわけ。『ES＆B』ってのは、その略ね」

栗痴子は、純子の方に身を乗り出して、耳に息を吹きかけながら言う。その訳はちょっと違うのではないかと思ったが、変に話題を膨らましたくなかったので、純子は口をつぐんでいた。

「劇団はともかく、この劇場の名前は、どうなんでしょうか」

純子の隣に座っていた榎本径が、我慢しきれなくなったように口を挟む。

「地球《アース》ホールというのは……やっぱり、いくら何でも」

「何か、問題でも？」

栗痴子は、とても女性とは思えない、スーパーマンのように骨組みがしっかりした顔で、片方の眉《まゆ》を上げてみせる。

「いや、問題というわけではないんですが、聞いたときの印象が」

日頃は腹立たしいまでにマイペースな榎本も、栗痴子に対するときだけは勝手が違うようだった。

「地球《アース》ホール……実に、いい名前じゃないですか。雄大で、環境への思いも感じられるし。以前は茶柱劇場っていうショボい名前だったけど、まあ、何といっても、あのしみったれた釜千代が劇団に残してくれた唯一の遺産だしね。舞台の床材なんか檜《ひのき》のムクよ」

榎本は、何か言おうとしたようだったが、諦《あきら》めて口を閉じた。

「そういえば、昔、関西の伊丹《いたみ》空港の近くに、ＡＡＳ《朝日エアポートサービス》ホールっていうのがあったね。惜しいなと思ってたんだけど、あれはどうなったんだろう？」

栗痴子は、目を細めてつぶやいた。やはり確信犯らしい。

「それにしても、劇場を丸々一個遺贈するなんて、すごいですね。やっぱり、劇団の将来を考えて、そういう遺言を残されてたんですね」

純子は、これまで誰一人褒めるのを聞いたことがなかった故ヘクター釜千代氏を、少しは見直す気分になっていた。

「そうそう、そうなのよ！　つうか、まあ、死後の遺言なんだけどね」

「は？」

「やってさ、生前に遺言状をきっちりと書いとくような、殊勝なタマじゃなかったのね。うちの劇団にはアルバイトでイタコをやってる子もいるんで、釜千代の霊を降ろして意思を確かめてみたら、何と『茶柱劇場は、ぜひ我が愛する劇団に遺《のこ》したい』って言うわけよ！　泣かせるでしょう？　好都合なことに、やつは誰にも読めないくらいの悪筆だったもんで、手紙から書類から全部、私が生前から代筆してたのね。そのおかげで、遺言状の筆跡鑑定も楽にクリアーできたしぃ」

純子は、笑顔のまま固まった。これは冗談なのだ。冗談に違いない。聞かなかったことにしよう。超ド級の変人の言うことを、いちいち真に受ける必要はない。

場内に、開演を告げるブザーが鳴り渡った。

きちんと背広を着込んで、かっちりと頭髪を固めた男が、マイクを持って舞台に現れる。とたんに、大きな拍手が沸き起こった。

「彼が、進行役のジョーク泉《いずみ》。とにかく、ジョークが泉のように湧き出てくる男なんだ」

栗痴子が囁《ささや》く。ジョーク泉は、破顔一笑した。

「えーみなさん。ようこそいらっしゃいました。私がジョーク泉です」

再び拍手喝采《かっさい》。純子は、泉のように湧き出してくるというジョークを期待して待った。

「それでは、本日のメイン・イベント『彼方の鳥《ヨンダー・バード》』の上演に先立ちまして、我が劇団の誇る黄金のカルテットによる……」

ジョーク泉は、しばし言葉を切って考える。

「ええっと、まあ、色物ですね……色々な色物です。はい!」

そんなのでいいのかと思ったが、ジョーク泉は、そのまま引っ込んでしまう。

代わって登場したのは、四人の見るからに厳《いか》つい男たちだった。

　一人目が、一礼して前に出る。天パーで眉が濃く、きまじめな顔立ちをした男だった。

「彼は、須賀礼《すがれい》。日本一高速の手品師と言われてる男でね」

　栗痴子が、解説する。高速の手品師という意味がわからなかったが、信じられないほどの速さでステップを踏み、舞台を縦横無尽に動き回り始めた須賀礼の姿を見て納得する。

「すごいですね」

　純子は、驚嘆した。これほど速く動ける人間は、これまでに見たことがない。何のために動き続けているのかは、意味不明だが。

「手の速さ《ハンド・スピード》というか、手捌《さば》きは、もっと凄《すご》いよ」

　栗痴子の言うとおりだった。須賀礼は、ステッキをハンカチに変えたり、何もないところからカードを出したり、それを一瞬で燃やして消したりしたようだが、あまりに速すぎて、何をやっているのかさっぱりわからなかった。

　おそらくはレパートリーを一通りやったのだろうが、全部終えて引っ込むまで、二、三分しかかからない。続いて、頭をつるつるに剃《そ》り上げた、筋肉隆々の男が出てくる。

「力業師のマービン羽倉《はぐら》。本名は、羽倉真敏っていうんだけど」

　マービン羽倉は外見に違《たが》わぬ怪力を披露する。アシスタントとして舞台に出てきたバニーガール姿の美女たちを、お手玉のように宙に投げ上げ始めたのだ。

「信じられない。これだけのことができるのに、どうして、テレビから声がかからないんですか？」

純子が、訊《たず》ねる。

「一度、出演しかけたんだけどね」

栗痴子は、嘆息する。

「控え室が大部屋で、その日の出演者全員分の、すき焼き弁当が積んであったらしくてね。彼は『マーベラス！』と叫んで全部開け、肉ばっかしみんな喰《く》っちゃったんだ。そのことをＡＤに咎《とが》められたら、逆切れして、『破壊して、ぶっ壊す！』とか喚《わめ》きながら、スタジオをめちゃめちゃにしちゃってね。それ以来、どこからもお呼びがかからない」

三人目は、痩《や》せこけて目がぎょろぎょろした男だった。非常に背が高く、１９０センチは超えているだろう。栗痴子と比べてみたい感じがする。

「パントマイマーの富増半蔵《とますはんぞう》。デトロイト・スタイルの本格派ね」

パントマイムは、デトロイトが本場なのだろうか。自動車不況の町というイメージしかないが。

富増半蔵は、前の二人とは対照的に静かなパフォーマンスを見せた。定番である見えない壁を押すポーズから、ムーンウォーク、さらには、衝立《ついたて》の向こうでエスカレーターや階段を下りていく演技など。素人目にもハイレベルな技術だったが、うますぎるために、かえって流しているように見えるのか、客席の一部からブーイングが聞こえた。すると、富増半蔵はひどく傷ついた表情になって、引っ込んでしまう。迫力のある異相とは裏腹に、打たれ弱いタイプなのかもしれない。

四人目は、チェ・ゲバラを思わせる髭面《ひげづら》の男で、白い道着を着ていた。

「最後は、ロベルト十蘭《じゅうらん》。日系パナマ人で、元は極限会館の空手家なんだ」

日系パナマ人という触れ込みからして、どうにも嘘臭さを拭《ぬぐ》えない。パナマは、中南米で唯一、日系人がほとんどいない国ではないか。この分だと空手家というのも眉唾《まゆつば》だろうと、純子は思う。

ところが、ロベルト十蘭の技倆《ぎりょう》はたしかだった。瓦《かわら》割りから始め、ビール瓶の首を手刀で切り飛ばし、高々と掲げた瓶から口の中にビールを注ぎ込むと、嘆声が上がった。さらに、何枚も重ねた板やブロックを正拳《せいけん》突きで割っていく。鍛え抜かれた拳《こぶし》は石のように強靭《きょうじん》で、初めのうちはスタイリッシュなフォームだったが、だんだん雑になってきて、終わりの方はただ力まかせにぶっ叩《たた》いているようにしか見えなかった。するとマービン羽倉が進み出て、いいかげんにしろと言わんばかりにロベルト十蘭の頭をビール瓶で殴りつける。観客はみな息を呑《の》んだが、ビール瓶が粉々に砕け散ったので、舞台用の作り物であることがわかった。ロベルト十蘭は、千鳥足で舞台を横断し、最後はぶっ倒れるという臭い小芝居を見せたが、残念ながら、ほとんど笑いは起きなかった。

「えー、みなさん。彼らに盛大な拍手を！」

四人が、二人ずつ左右の舞台袖に下がると、再びジョーク泉が登場して、ぱちぱちと手を打ち鳴らす。つられたように客席でも数人が拍手を始めたが、続く人間がいなかったので、決まり悪そうに止んでしまった。

「さて、それでは、いよいよ、お待ちかね『彼方の鳥《ヨンダー・バード》』の開演です。……ときは、近未来。場所は、モハベ砂漠。物語は、ここに一機の飛行機が不時着したところから始まります」

弁士がいて、状況を逐一説明するというのは、ずいぶんクラシックな手法である。芝居やミュージカルが好きな純子は、クルト・ヴァイルの『三文オペラ』や、ロイド・ウェバーの幻の処女作『ザ・ライクス・オブ・アス』の特別上演を思い出した。

幕が上がると、意外なほど奥行きのある舞台の上には、シンプルな砂漠の風景が現れた。上手《かみて》――客席から見て右側には飛行機の残骸《ざんがい》のセットがあり、背後には、ベニヤ板か厚紙で作ったらしい大小様々なサボテンが点在している。

飛行機の扉を開け、操縦士の服装をした男が出てきた。人気者らしく拍手が沸き起こる。血色がよく人のよさそうな顔は、純子も見覚えがあった。ヘクター釜千代殺害事件のときに会った、力八幀《りきはっとん》という役者だ。

「あー。今日でもう、不時着して三日目か。なかなか救援が来ないなあ……。水も食糧も、だんだん残り少なくなってくるし、この先どうなるのか、すごく心配だなあ」

衝撃的なくらい、説明的なセリフだった。これでは、弁士がいる意味がまったくないような気がする。

「そういえば、みなさん、私、最近、盆栽に凝り始めましてね……」

あろうことか、弁士のジョーク泉は、芝居とはまったく関係のない話をし始める。

「どこにも水はない！　わたしたちは、死ぬの……。みんな、死ぬんだわ！」

下手《しもて》から、サファリジャケットに身を包んだ松本さやかが、よろめきながら現れた。今や看板女優になったらしく、拍手や口笛が迎える。リアルで悲壮感漂う演技は、どう見ても、この芝居に全然マッチしていないが。

「やあ、どうだった？　水はあった？」

力八幡が、陽気に訊ねる。彼女は今、「どこにも水はない」と言ったばかりではないか。

純子は、見ていてイラッとした。

「だから、どこにもないって、言うとるやろがー！」

さやかは、いきなり力八幡にラリアートをかまし、力八幡は吹っ飛んだ。純子は、度肝を抜かれる。松本さやかは、女優として、順調に新境地を開きつつあるらしい。あきらかに、間違った方向にだが。

「……それで思ったんですが、盆栽には、ボクシングに通じるものがあるんですよ」

ジョーク泉は、芝居そっちのけで関係ない話を続けている。

「おーい、みんな！　無線が直ったぞ！」

飛行機の残骸から、無線機らしきものを持った男が出てきた。馬面で頭を三分刈りにしている。初めて見る顔だったので、手元のパンフレットに目を落とすと、アントニオ丸刈《マルガリ》人《ート》という役者らしい。

「さっそく、救援を呼ぼう！」

ラリアートを喰《く》らって死んだように伸びていた力八噸が、飛び起きる。さらに、どこからともなく数人がぞろぞろと現れて、無線機の周りに集まった。

「メイデー。メイデー。こちら、Ｊ《ジュリエット》とＨ《ホテル》、Ｄ《デルタ》に６９、Ｂ《ブラボー》！」

よけいな助詞を入れたせいでコールサインが卑猥《ひわい》に聞こえるというギャグだが、この手の下ネタは、大っぴらに笑うのがはばかられるため、観客をいたたまれない気持ちにさせる。純子は、両手を組み合わせて、早くこの気まずい瞬間が過ぎ去ることを祈った。

無線機の応答が、劇場のスピーカーに流れた。

「こちら、国際賛助隊……」

アントニオ丸刈人《マルガリート》は、ぱっとチャンネルを切り替える。

「別の周波数を試そう」

「国際賛助隊だ」

「だめだ。別の周波数は……」

「こちら、国際賛助隊どすえ」

うわあ、やめて。純子は頬がかっと熱くなるのを感じた。栗痴子の阿呆《あほ》な台本のせいで、どうして自分が赤面しなきゃならないのか。

「ちくしょう。全部、だめか」

「その松の枝振りがですね、ちょうど、サウスポーのボクサーが左アッパーをボディに突き上げるときの角度と……」

さっきから何を言ってるんだ、こいつは。

「こちら、国際賛助隊」「国際賛助隊」「国際賛助隊」「どうされましたか？　もしもし？　だいじょうぶですか？」

「しかたがないな……」

アントニオ丸刈人《マルガリート》は、暗い目で仲間を見やる。

「しょうがないわね」

「全周波数をジャックされてるみたいだな」

遭難者たちは、わざとらしい溜《た》め息をついた。

「実は、飛行機が砂漠に墜落してね。お手数でなかったら、しかるべき公的機関に通報してもらえると、ありがたいんだが」

「了解しました！　我々国際賛助隊が、ただちに、そちらへ急行します！」

聞き覚えのある前奏に続いて、男声合唱団の歌声が流れた。

〜呼んだー？　鳥《バード》ー？　この世の幸せー、祈るーたーめ、行け、海へ陸へー！

純子の背筋に、ぞわっと悪寒が走った。メロディも歌詞も、往年の人気人形劇『サンダーバード』のほとんど丸パクリだが、替え歌にしても、これは寒い。寒すぎる。

「あの……これ、著作権とかOKなんですか？」

純子は、気を取り直そうとして栗痴子に訊《たず》ねた。

「だいじょうぶ。この芝居のことなら、関係各位にきちんと伝えてあるから」

栗痴子は、自信たっぷりに答える。

「そうなんですか」

「以心伝心でね」

「は？」

「ここだけの話なんだけど、うちの団員にはテレパシーを使えるやつがいてね。メールよりずっと便利なんだ」

栗痴子は、声をひそめて言う。初めから、訊《き》くだけ無駄だったらしい。

「……まあ、盆栽の話はこれくらいにして、芝居に集中しましょう。はい！」

ジョーク泉が、ようやく雑談を切り上げた。

「ええっと、だいぶ、ストーリーが進行しているようですね。しばらくは、このまま見守りましょう」

そんな弁士ありなのだろうか。純子は、目を閉じた。休憩なしで百二十分の芝居である。遭難しかけているのは、むしろ観客の方かもしれない。

ストーリーは、どうにか呑《の》み込めた。国際賛助隊というのは、呼ばれたら飛んで来るが、救助に類することや、実際に役立ちそうなことは何もしない。ただ、そばにいて、ひたすら熱く応援するだけなのだ。鬱陶《うっとう》しさ溢《あふ》れるサバイバルものをやりたかったのだろうか。

しばらくすると、ようやく芝居の流れに追いついたらしく、ジョーク泉が、得意とされるジョークを連発し始めた。

「砂漠で新しい食糧を、見っけるケスラー」「丸を消すマルケス、バツを消すバスケス」「焦る焦る。焦りのフレイタス」「左栗痴子は、酒ビタリ」

何だ、これは。会場では、そのたびに笑いが起きるのだが、純子には、ジョークの意味が全然わからない。

松本さやかの熱演も、他の役者と温度差がありすぎ、浮きまくっている。これはこれで、浮き芸とでも言うべきものなのかもしれないが。いや、そんなことを言えば、滑り芸があるように、何でも芸ということになってしまう。

「わたしだって……わたしだって、今のマイク・タイソンならKOできるわよ！」

さやかが、舞台中央で悲痛な叫び声を上げた。

「馬鹿！　強がりを言うんじゃないの！」

これはたしかにギャグかもしれないが、微妙すぎて、ギャグだと気づかれないまま終わってしまう危険性が高い。現に、誰も笑っていなかった。

「あなたは、みんなの食糧を食い物にしてるのよ！」というのも、同じ運命を辿《たど》った。

後半は、劇団員全員が、ひたすら舞台の上で暴れ回っていた。少しでも目立とうとして、前へ前へと出てくるものだから、舞台から落ちるのではないかと純子はひやひやしていた。要するに、鬱陶しかったり、いたたまれなくなったり、当惑したり、心配させられたりと、いろいろさせられるものの、純粋に楽しめる部分は皆無というのが、この芝居だった。

そんな史上最悪のドタバタ劇も、ようやく終わりに近づく。「無線がつながったぞ！」と叫びながら飛行機から飛び出してきた力八幀が、方向転換して舞台奥に突進したとたんに、サボテンの切り出しに正面衝突し、顔面を強打して仰向けにひっくり返る。いくら何でも、それで笑いは取れないだろう。純子は、冷ややかな目で見ていた。ところが、案に相違して客席は爆笑に包まれる。力八幀は、起き上がってから、どうしてこんなところにサボテンがあるんだと言わんばかりに、倒れた切り出しを起こして、無念の表情で眺める。ますます、笑いが大きくなった。なぜ、こんなので受けてしまうのかが、純子には理解できなかった。一貫して低レベルなギャグを見せられ続けたために、感覚が麻痺《まひ》して笑いの閾値《しきいち》が下がってきたとしか思えない現象だった。

「……あれえ。おかしいな」

栗痴子が、不審げな声を上げる。

「今のは、台本と違ってたんですか？」

純子が目を向けると、栗痴子は、顔をしかめていた。

「いや、ああいうのは全部アドリブだからね。笑いも取れたから、まずまずなんだけど」

栗痴子は、腕組みをする。逞《たくま》しい二の腕は、純子の太腿《ふともも》くらいありそうだった。

「ロベルト十蘭が、ちっとも出て来ないんだよ。自分のタイミングで出ろとは言ったけど、もうすぐ幕が下りるのに」

「さっきの空手の人ですか？」

「そうそう。ロベルトの天然キャラは、色物だけじゃもったいないからね。特に理由はなく砂漠に現れた空手家って設定で、自由に好きなことをやれって言ってあるんだが……」

何の設定にもなってない気がするが。

「おーい、八噸！　ちょっと、十蘭を見てきて！　居眠りでもしてるんだと思う」

栗痴子は、本番中の舞台に向かって、何の遠慮もなく大声を張り上げる。純子は、唖然《あぜん》とした。

「はいはい。ちょっと待っててね」

力八噸は、栗痴子に言われるまま、いったん上手に退場してから戻ってきて、下手の舞台袖《そで》に下がった。その間、芝居はストップしたままである。誰一人として、場を繋《つな》ごうという意識さえないらしい。

観客席がざわつき始めたとき、突然、力八噸が弾丸のように舞台に飛び出してきた。

「し、ししし、しんしんしん！」

力八噸は、ぱたぱたと、鶏の真似のように必死で両手を上下させる。

「こ、こここ、ころころころ……！」

珍妙な仕草で、自分の頭をぱしぱしと叩《たた》いて見せる。客席のあちこちから、さざ波のように笑いが広がっていく。

「ち、ちちち、ちがちがちがう！　こ、ここは、笑うとこじゃないない！　ほほほんとに、しししし、しんしんしん……！」

力八噸は、顔を真っ赤にして叫び続けた。声が情けなく裏返り、両手をじたばたと動かしながら地団駄を踏む。ダムが決壊したような大爆笑が起こった。純子も、くすりと来ると、声を上げて笑っていた。何だかわからないが、この芝居が始まってから一番面白かった。『笑いの神が降りてきた』のである。笑いの大波は寄せては返し、たっぷり三分間は続いただろう。

ふと、榎本も笑っているのだろうかと思い、純子は隣席に目をやった。

涙を流して抱腹絶倒していた。

2

結局、芝居はグズグズのまま幕となったが、最後に笑いのビッグ・ウェーブが来たので、たぶん、これでいいのだろう。

観客たちは、劇場を出ると、ロビーを通ってぞろぞろと帰り始める。「傑作だったな」「力八噸、一皮剝《む》けたんじゃねえ?」「でも、わけわかんない」「無理やり笑わされたっていう感じ?」「あの笑いって、マジ暴力的」などと口々に言い交わす声が聞こえた。

榎本は、なぜか売店の前で立ち止まる。

「どうしたの?」

純子が訊ねると、榎本は、ビールを注文した。

「ちょっと喉《のど》が渇いたんで、休憩していきましょう」

劇場を出て、もっとましなところへ入ればいいようなものだったが、純子も、しかたなく付き合う。

「榎本さん、最後は馬鹿笑いしてましたもんね。そりゃ、喉も渇くでしょう」

「私は、笑ってませんよ」

榎本は、大まじめな顔をして言う。

「笑ってたじゃないですか」

「青砥先生の気のせいでしょう」

売店に立っていたのは、下っ端の劇団員なのか、デッキブラシのようなモヒカンを緑色に染め、顔中にピアスをしたお兄ちゃんだった。ビールサーバーなどという気の利いたものは置いてないらしく、栓抜きでビールの小瓶を開け、中身を紙コップに注いで出す。榎本は、一口ビールを飲んだが、さほど喉が渇いているようにも見えない。

しばらくすると、他の観客の姿は見えなくなった。モヒカン君は、なぜ榎本が粘っているのか測りかねているような顔をしている。純子も、まったく同感だった。

「さっきの力八噸氏の様子は、ただ事ではなかったと思いませんか？」

榎本は、考え込みながら言う。

「青砥先生は大笑いされてましたが、私には、とても笑えませんでしたね」

「いや、榎本さんも、絶対笑ってましたって」

「やはり、ここは、見に行った方がいいような気がします」

榎本は、純子の言葉を無視して、決然と言う。モヒカン君に訊《き》くと、この劇場には楽屋は二つあるそうだが、一方には、売店の脇にあるドアから入れるらしい。

榎本は、ドアノブに手をかけたが、鍵《かぎ》がかかっているようだった。

「そうだ。ビールをもう一杯ください」

榎本は、不審げな目でこちらを注視しているモヒカン君に言う。純子の目が、屈《かが》み込んでビール瓶を取ったモヒカン君に注がれた一瞬の間に、錠が開く音がした。

はっとして目を上げると、榎本がドアを開けたところだった。中にいる誰かに向かって「ああ、どうも」と挨拶《あいさつ》しながら入っていく。純子は、モヒカン君からビールの紙コップを受け取ると、代金を支払って、榎本の後に続いた。

思った通り、中には誰もいなかった。

「今、売店の人の目が離れた隙に、不正解錠したんじゃないですか？」

純子が詰問しても、榎本は、意に介する様子はなかった。

「たぶん、もうすぐ、そんなことはどうでもよくなると思いますよ」

狭い廊下を進むと、出演者の控え室らしいドアが左手にあった。さらにまっすぐ行くと、舞台の下手側の袖に出るらしい。

ドアには、鍵がかかっているようだった。どうやら、部外者は、近づけたくないらしい。

榎本は、ノックしようとした手を止めて、耳を澄ませている。純子は、盗み聞きはまずいと思ったが、そのとき中から聞こえてきた話し声に注意を奪われ、思わず持っていたビールを一口飲む。

「先生。やっぱ、こんなことするの、まずいっすよ」

「だってだって、千載一遇の好機じゃん！　この際、派手に盛り上げとかないと」

「……って、これ、殺人事件じゃないすか！」

緊迫した囁《ささや》き声に、純子は、ぎょっとした。

「だから、ベタ記事にしかならない怨恨《えんこん》とか物盗《と》りの地味ーな事件じゃ、だめなんだって。ここは、変態シリアルキラー『パーティー・プーパー』の快楽猟奇殺人という線で、押せるところまで押してみたいね」

榎本は、ノブを左手で握り、右手で何かごそごそやっていたが、ロックが解除される音とともに、さっとドアを開く。

中にいた十数人の劇団員が、フリーズした。大半は所在なげに佇《たたず》んでいただけだったが、椅子の上に乗ってピンクのモールを吊《つ》り下げようとしていた左栗痴子は、ぎくりとして転げ落ちそうになっていた。

部屋の中は、誕生祝いとクリスマス、正月から七夕まで同時に祝っているような賑《にぎ》やかさである。天井からは、きらきら輝くミラーボールに加え、色とりどりのモールやバルーン、『HAPPY　BIRTHDAY』と書かれたバナーや万国旗、羽根を生やしたローストチキンまでぶら下がっており、壁際に設《しつら》えられた化粧用カウンターには、熊の縫いぐるみや、フラワーロックなどが並んでいた。部屋の中央にはクリスマスツリーと笹飾りが立てられ、入り口ドアの裏側には、クリスマスリースと松飾りが同居している。

「みなさん、ここで何をされてるんですか？」

純子が、そう問いただしたとき、空手着を着て床に横たわっている人の姿が目に飛び込んできた。ロベルト十蘭だ。どうやら、死んでいるらしい。

「なるほど。だいたいの状況は、わかりました」

純子は、高鳴る鼓動を懸命に抑え込もうとした。

「力八噸さん。あなたが、この遺体を発見したんですね？　さっきのお芝居の間に」

「そうですけど……」

力八噸は、素直に認める。

「どうして、わかったんですか？」

「簡単な推理です。芝居の途中でロベルト十蘭さんの様子を見に行ったあなたは、舞台で、『しんしんしん』、『ころころころ』と叫んでいました。『死んでいる』『殺された』という意味であることは、あきらかです」

「さすがだ……ふつうは、十蘭が『心神に異常を来し』『コロコロコミックを読んでる』と思うはずなのに」

栗痴子が唸《うな》った。

「まともな人間なら、誰でも想像はつきます！　わたしは、八噸さんの言葉を聞いた瞬間、この悲劇について、おおよその予想はついていました」

「うーん……。それなのに、あんなに大笑いしていたんですか？」

榎本が余計な突っ込みを入れたが、純子は無視した。

「私にとって、とうてい理解不能なのは、あなたがやろうとしていたことです」

純子は、栗痴子に矛先を向ける。

「あなたは、劇団ES&Bと新作芝居をPRするため、この事件を奇貨として、最大限利用しようと考えたんですね？　そのため、この部屋にパーティーのような飾り付けを施して、世にも異常な犯行であるかのように装おうとした」

「完全に理解してるじゃない」

両手に丸めたピンクのモールを持った栗痴子は、まるで巨大なチアガールのようだった。

「それは、論理的にはそういう推測が成り立つということです。心情は、まったく理解できません。ロベルト十蘭さんが亡くなった場所をパーティー会場のように飾り立てるなんて、いくら何でも、死者を冒瀆《ぼうとく》しているとは思わないんですか？」

「はっはっは。まあ、ビール片手に一杯気分で乗り込んでくるのも、似たようなもんだとは思うけどね」

「これは……ここへ来るために必要に迫られて買っただけです」

純子は、そう言うと、興奮のためか喉の渇きを覚え、ビールを一口ぐびりと飲んだ。

「とにかく、早く片付けてください！　遺体を発見したときにこの部屋になかったものは、全部撤去するんです！」

純子が厳しい声で言うと、劇団員たちは、不承不承、飾り付けを外し始めた。この過程で微細な証拠が失われる可能性もあるので、本当は、大目玉を喰《く》らうのを覚悟して、飾りごと警察に引き渡すべきなのだろうが。

「そもそも、ロベルト十蘭さんの死因は、何だったんですか？　力八噸さんは、どうして、ぱっと見ただけで殺されたと判断できたんです？」

「まあ、頭から血を流してたし、遺体の横に、そいつがあったからね」

力八噸が指さす。そこには、血の付いたビールの大瓶が転がっていた。純子は、またかと思う。ヘクター釜千代殺害事件では、日本酒の一升瓶が凶器だった。その前に飛鳥寺鳳也が起こしたという未確認の殺人事件でも、ヤクザを一升瓶で殴り殺したということだったし。ここの劇団員に酒瓶を持たせるのは禁物なのかもしれない。

「たしかに、ビール瓶で頭頂部を強打されているようですね。頭蓋骨《ずがいこつ》が粉砕されるくらい、物凄《すご》い力で」

遺体のそばに屈み込んでいた榎本が言う。

「それに、擦過傷が額に残っていますから、背後からではなく、真正面から殴られたんだと思います」

「わかりました。とにかく、すぐに警察に通報して、臨場を求めましょう」

純子は、携帯電話を取りだしたが、待ったをかけたのは、意外なことに榎本だった。

「青砥先生。それには、ちょっとだけ猶予をいただけませんか?」

「え? どうして?」

「この事件は、これまでに見てきた密室殺人とは、あきらかに異質な感じがします。第一、計画性は皆無です」

「どうして、そう言えるの?」

「三流のミステリー小説ならともかく、よりによって芝居を上演している舞台の真横にある楽屋で、殺人を犯す必要があるでしょうか?……まあ、芝居を宣伝することが目的の殺人だったら話は別ですが」

まさかねえ……。純子は、眉《まゆ》をひそめて栗痴子の方を見やった。栗痴子も、眉をひそめて自分の後ろを振り返るが、そこには誰もいない。

「まだ確証はありませんが、これは、どちらかというと偶発的な事件ではないでしょうか。もしかしたら、殺人ですらないのかも」

「殺人じゃない?」

純子は、ぽかんと口を開けた。

「だけど、誰がやったにせよ、殺意がなかったとはとても思えないわ。だって、ビール瓶で頭頂部を強打してるんでしょう?」

「私に三十分だけください。その間に、犯人を特定し、自首するように説得しますから」

榎本の言葉に、純子の心は動いた。通報を遅らせることには躊躇《ちゅうちょ》があるが、警察の横暴な態度に対しては、日頃から腹に据えかねる思いをしていた。証拠の不開示。接見妨害。自白の強要。警察がまだ事件の存在も知らないうちに、真相を究明してしまい、自分が同道して犯人を自首させたら、さぞ胸がすくことだろう。

「でも、三十分で犯人を見つけるのは、テレビドラマより難しいと思うけどね」

栗痴子が、真顔になって言う。

「どうしてですか？　ここへ出入りできた人間は、かなり絞られるでしょう？」

純子の質問に、栗痴子は眉を上げた。

「そうだね。この部屋に入って犯行に及べたやつは、三人にまで絞り込まれたんだけどね、その後、ここから逃げ出せたやつとなると、ゼロになっちゃったんだ。この楽屋は、完全な密室だったんだよ」

「ええと、整理すると、こういうことでしょうか。まず、この劇場には、控え室――楽屋が二ヶ所、舞台の上手側と下手側にあるわけですね」

ロビーの壁に貼られている劇場の見取り図を見ながら、純子が言う。

「そうです。元々は男女の楽屋を別々にするためだったようですが、うちの劇団の役者は、カタツムリと同じくらい男女差には鈍感ですからね。はい！」

解説者然として答えているのは、ジョーク泉だった。日頃から、劇団のスポークスマン的役割も担っているらしい。

「舞台上手――客席から見て右側にある楽屋からは、楽屋口を通じて直に建物の外に出られます。一方、下手の楽屋は、ロビーの売店横に唯一の出口があるわけですね」

純子と榎本が入ってきたドアである。

「その通りですね。ロベルト十蘭が殺された下手の楽屋から出ようと思ったら、その唯一の出口を通るか、舞台を横切るかの、二択になってしまうんですよ」

ジョーク泉は、うなずいた。

「でも、犯人は、そのどちらも通れなかったはずなんですね。……最初から考えましょう。舞台で手品やパントマイムなどを披露した後、四人は、二人ずつに分かれて、上手と下手に引っ込みました。このとき、被害者であるロベルト十蘭さんと一緒に下手に行った人間が、犯人である可能性が高いということですか?」

「可能性が高いというより、まちがいなく犯人でしょう。それ以降、下手側の楽屋に行けた人間はいないはずですから」

ジョーク泉は、断言する。もし本当にそうだったら、犯人捜しは驚くほど容易だろうと、純子は思う。ロベルト十蘭と一緒に下手側にはけたのが誰だったのか思い出せばいいのだ。ところが、いくら記憶を探ってみても、何の印象も出て来ない。

「……劇団で一人くらい、誰が下手に行ったか覚えている人はいないんですか？」

「一応、全員に当たってみたんですが、左右の袖《そで》に二人ずつ退場したことは覚えていても、それが誰と誰だったか言える人間はいませんでした。本人たち——須賀礼、マービン羽倉、富増半蔵は、三人が三人とも自分は上手に行ったと主張しているんですが、彼らでさえも、自分と一緒に上手に行ったのが誰なのかは、覚えていなかったんです」

ミステリーでは、常に詳細な目撃証言が得られるものだが、現実は、こんなものだろう。もし観客を足止めして全員に事情聴取していれば、一人くらい覚えていたかもしれないが。しかし、少なくとも、これで、計画性がない犯罪だという榎本の言葉は裏付けられたのかもしれない。誰か一人でも覚えてたらアウトというのでは、危ない橋を通り越して、ほつれかけたロープで谷渡りするようなものである。

「そうだ！　ふつう、公演をやるときは、劇団でビデオを撮ってません？　それを見れば、一発でわかるはずじゃないですか？」

「それが、狙って外したみたいに、彼らの退場のシーンだけが映ってないんです」

ジョーク泉は、残念そうに言う。

「ビデオカメラが一台しかないんで、舞台を撮る合間に、客席の表情を入れたりしてるんですが、彼らが退場する瞬間は、ちょうど青砥先生の顔がアップになっていました」

「わたしが……？」

それなら、仕方がないかもしれない。

「わかりました。ロベルト十蘭さんは、そのまま楽屋を通り過ぎてロビーに出ると、売店で大瓶のビールを買ったんですね？」

「買ったと言うより、強奪したという方が正確でしょうね。いつもツケだったようですが、精算されたためしはなかったという話ですから」

「そして、ロベルト十蘭さんは、ビールを持って楽屋に戻りました。このとき、売店にいたカルロス……さんが、注目すべき証言をしているとか？」

「見習い劇団員の、カルロス金玉《きんたま》ですね」

純子が言いよどむと、ジョーク泉が、わざわざ補足する。いくら何でも、その芸名はひどすぎると思うのだが。

「ええと、そのカルロスさんが……」

「カルロス金玉です」

「はい、その……」

「カルロス金玉！　ああ、そこにいた。カルロス金玉。もう一度あの話をしてくれませんかカルロス金玉」

ジョーク泉が、大声で呼ぶ。純子は、むっとした。そこまで執拗《しつよう》に繰り返すというのは、セクハラではないのか。当の本人も、連呼されるのは、さすがにきまりが悪いらしかった。

せっかくの緑色のモヒカンも、うつむいているように見える。

「はあ……。まあ、いつものことなんすけど、十蘭さん、金払わずに大瓶を持ってってっちゃったんすよ。瓶にぺたっと『小道具』のシール貼って、これは舞台で使う小道具なんだから、金は劇団から貰《もら》えって言って。俺、そこのドアを開けて、もう十蘭さんの出番は終わってるじゃないすか、代金はあとでちゃんと払ってくださいよって、後ろから言ったんすけどね。そのとき、十蘭さんは楽屋のドアを開けたとこだったんですが、中に入ってドアが閉まったとたんに、何か大声で口論してるような声が聞こえてきて」

「相手の声は、誰だかわからなかった？　声に何か特徴があったとか」

純子の質問に、カルロス……モヒカン君は、首を振る。

「いやあ、ドア越しなんで、誰かわかんなかったすね。特徴も、男だったってことくらいで……とにかく、何か激怒して、まくし立ててるみたいな感じでした」

諍《いさか》いが、ロベルトが楽屋に入った直後から始まっていたとすれば、たまたま険悪な空気になったというより、犯人が、ロベルト十蘭に対して、最初から何か文句を言うつもりだった可能性が高いかもしれない。

「口論ということは、ロベルト十蘭さんも、かなり強い調子で話してたわけね？」

「そうっす。片っぽが何か言ったら、それに被《かぶ》せるみたいに、大声で言い返すっていうか。すげえ勢いだったんで、俺、ちょっと怖くなって、そのままそっと、そこのドア閉めたんすけど」

この劇団では、喧嘩《けんか》口論は日常茶飯事という感じがする。ときに、それが殺人事件にまで発展しうるのは、前座長のヘクター釜千代殺害事件でも実証済みだろう。

「『彼方の鳥《ヨンダー・バード》』が始まったのは、正確には何時だったんですか？」

純子は、ジョーク泉に向かって訊《き》く。

「ええと、開場が十三時三十分、開演が十四時ちょうどですからね。それから色物の時間が三十分ほどで、十四時三十分前後でしょう」

芝居は、休憩なしの一幕百二十分だから、終了したのは十六時三十分前後だったはずだ。力八噸が遺体を発見したのは、十六時二十五分くらいか。純子は時計を見た。今は、十七時三十二分だ。榎本が三十分だけくれと言ってから、もうすぐ三十分が経過しようとしていた。

「カルロス金玉の証言では、犯人とロベルト十蘭の間で口論が始まったのも、十四時三十分前後ということになりますね。殺害時刻はわかりませんが、おそらく、それからほどなくでしょう。その後、犯人は、楽屋から脱出する必要があったわけですが……」

眉間《みけん》にしわを刻み、人差し指を立てたジョーク泉は、どこかの名探偵のようだった。

「ちょっと待ってください。最初の話に戻りますが、その後で、誰かが下手の楽屋を訪ねたという可能性はないんですか？」

「ありません……有馬《ありま》温泉じゃないですよ」

ジョーク泉は、くだらないジョークとは裏腹に、難しい顔で首を振る。

『彼方の鳥《ヨンダー・バード》』は、劇団員総出演の作品で、全員が上手側にある楽屋で待機していました。そのため、登場するときはみな上手からで、去るときも上手へ戻ることになっていました。途中、ロベルト十蘭を除いては、舞台に現れなかった役者はいませんし、下手へ去った者もいません」

「誰も下手へ行かなかったというのは、たしかですか？」

「たしかです。私は、下手側の舞台下に立っていて、登場してくる役者と退場する役者は、しっかりと見守っていましたから。はい！」

ジョーク泉は、決然と言う。そんなに記憶力がいいのなら、色物の演者だって差別せずに見ててくれたらよかったのに。

「でも、下手の楽屋へは、ロビーを通っても行けますよね？　さっきは鍵《かぎ》がかかってましたけど」

「上演中は、不審者が舞台に乱入しないよう鍵をかけてます。ロビーでは、カルロス金玉が売店にずっといましたし、大道具係と小道具係も、タバコを吸ってました。三人とも口を揃えて、色物が始まってから芝居が終わるまで、誰一人としてロビーから楽屋へ入っていった人間はいないと証言しています。もちろん、出てきた人間もです」

「それ以前に、部外者が侵入していたということは、ありませんか？」

「ないですね。朝、スタッフたちが劇場に来たときには、中を見回ることになっています。それ以降、ロビーと舞台には必ず誰かいたはずですから、劇団の関係者以外の人がいたら、すぐにわかりますよ」

これで、犯人は、須賀礼、マービン羽倉、富増半蔵の三人のうち誰かというところまでは絞られたことになる。

「わかりました。犯人は、ロベルト十蘭さんと一緒に舞台の下手に退出し、楽屋で口論していた人物と考えるべきでしょう。口論の末にロベルト十蘭さんを殴り殺してしまい……」

純子は、ここで、かすかな違和感を覚えたが、その正体はつかめなかった。

「……その後、犯人は、楽屋から逃げ出したはずです。しかし、ロビーには人目があるし、実際、ロビーにいた三人は、誰一人出て来なかったと証言しているんですね。だとすると、舞台を通って逃げるしかないわけですが」

純子は、頭を抱えたくなった。

「それは、とうてい不可能ですね。大勢の人の目が注がれている公演中の舞台です。誰かが現れたら、気づかれないはずがありません。先ほど言ったように、下手から登場した役者は一人もいなかったわけですし」

「でも、ジョーク泉さんは、下手の舞台下にいたんですよね？　舞台の下手の袖《そで》は、死角になるんじゃないですか？」

「たしかに、若干の死角はありますが、舞台を通って上手に行くまでの間に、必ず気がつきますよ。それに、犯人が、須賀礼、マービン羽倉、富増半蔵の誰かだとした場合、舞台上にいる役者が不審に思わないのは変でしょう。この三人は、そもそも登場する予定がなかったんですから」

残念ながら、ぐうの音も出なかった。まるで榎本と推理を戦わせているときのようだが、駄洒落《だじゃれ》オヤジに論破されていると思うと、よけいに腹立たしい。

そのとき、楽屋からロビーに通じるドアが開き、「じゃあ、殺してなかったんですか？」という榎本の声が聞こえた。純子は、思わず耳をそばだてる。

「はい、全然殺してないですよ」

のんびりとした調子で答えたのは、聞いたことのない男の声だった。

「後始末が面倒だし、床に傷が付くしね」

いったい誰なんだ。純子は息を呑《の》んで見守る。ドアからは、榎本に続いて、髭面《ひげづら》で地味な感じの男が姿を現した。一見、中年に見えるが、実際は若いのだろう。無地のTシャツに、オーバーオール。頭には手ぬぐいを巻いている。

「昔は、殺してたわけですね？」

「ああ、そうねー。昔は、だいたい殺してましたね。トンカチ使ってね」

榎本と男の会話は、のどかな語調とはそぐわない、ひどく物騒な響きを帯びている。

「榎本さん……？」

純子が呼びかけると、榎本は、男を紹介する。

「青砥先生。こちら、大道具係の大道《おおみち》さんです」

何という手抜きのネーミングだと、純子は思う。裏方だから、芸名でもないだろうに。

「まさか、小道具係は、小道《こみち》さんというんじゃないですよね？」

「小道具係は、駒井《こまい》ですが、何か？」

大道は、目をしょぼしょぼさせて答える。たぶん、美女の質問に緊張したのだろう。

「いえ、何でも……。榎本さん。じゃあ、この方が……？」

容疑者なのか、という質問を視線に込める。

「そうですね。今回の事件の鍵を握っている方だと思います」

榎本は、うなずく。そのとき、純子は思い出した。

「もう、三十分以上たってますよ？　犯人が誰かを突き止めて、自首するよう説得するって言ってましたよね？」

榎本は、小狡《ずる》そうな笑みを浮かべた。

「さすがに、三十分っていうのは、短すぎると思いませんか？　テレビドラマじゃないいんですから」

「でも、あなたが自分で設定した制限時間ですよ？　それを信じて、警察への通報を遅らせたのに」

「そうですね。少しだけ、延長していただけませんか？　これから、説得に入らなきゃならないので」

「それは、ちょっと虫が良すぎ……」

そう言いかけて、純子は、気がついた。

「ということは、犯人が誰かは、目星が付いたってことですか？」

「目星というより、はっきりしました。裁判で有罪にできるレベルかどうかは疑問ですが、状況証拠は、すべて一人の人物を指し示しています」

榎本は、自信たっぷりに言う。

純子は、思わず大道の顔をまじまじと見てしまった。大道は、熱い視線に照れたらしく、顔をくしゃくしゃにして、手ぬぐいの上から頭をぼりぼりと掻《か》いた。

3

集められた三人の容疑者――須賀礼、マービン羽倉、富増半蔵は、先入観があるせいか、いずれ劣らぬ凶悪な面構えに見えた。

「この三人以外に、犯行の機会があった人物はいませんでした。そのことは、今さら説明の必要はありませんね？」

例によって、榎本が場を仕切ろうとする。

「さて、そうすると」

「ちょっと待って！」と叫んだのは、純子だった。

「……ええと、またですか？」

榎本は、苦い顔になる。

「またってことはないでしょう？」

純子は、余裕たっぷりに微笑んだ。自分の閃《ひらめ》きに、鳥肌が立つようだった。今までコケにされ続けた、わたしの推理。でも、これでようやく、榎本に一矢報いることができる。

「この三人以外に犯人はいないと思い込んだから、密室の謎に振り回されることになったんです。でも、もう一人、犯行が可能だった人物はいるじゃないですか？　しかも、その人が犯人だと仮定すれば、どうやって楽屋から脱出したか悩む必要はないんです！」

「誰のことを言っているのかは、だいたい想像はつきます。しかし、もう一度、よく考えてみた方がいいのではないでしょうか」

榎本は、溜《た》め息混じりに言う。

「犯人は、あなたです！」

純子は、劇団員たちの前に人差し指を突きつけながら、大きく腕を回して、一人の役者を指し示した。

「力八幀さん……。とても残念です」

「残念なのは、力八幀さんじゃなく、青砥先生ですけどね」

榎本は、失礼なことを言う。

「え？　俺なの？」

力八幀は、きょとんとした顔をしていた。

「そうです。舞台と下手の楽屋を往復したのは、あなた一人です。あなたは、舞台で叫んでいましたね。『しんしんしん』、『ころころころ』と。あれは、『死んでしまった』、『殺してしまった』という意味だったんです。あなたの異常なまでの狼狽《ろうばい》は、犯人だと考えなければ説明がつきません！」

「そんなことはないと思いますが」

榎本は、ガーフィールドのような目になっていた。

「死体を見つければ、誰だって狼狽するんじゃないかと。まして、それが仲間の劇団員で、芝居の本番中だったりした場合は」

「それに、八幀が犯人だったとすると、なぜ十蘭が芝居の終わりまで出て来なかったのか、説明がつかないんじゃないかな?」

栗痴子が、キャラに似合わない、至極まっとうな反論をした。

「いや、力八噸が、楽屋へ行って戻ってくるまで、ものの二分とかかってないでしょう?いくら何でも、犯行には短すぎますよ。はい!」

ジョーク泉も、純子の推理を粉砕にかかる。

「それに、もし力さんが犯人だったんなら、俺が聞いた口論の相手はどこ行ったんすか?」

カルロス金玉まで、尻馬《しりうま》に乗って敵方に参戦した。馬鹿みたいな芸名のくせにと、純子は心の中で吐き捨てる。

「その通りです。忘れてはならないのは、こちらの三人のうち一人が、ロベルト十蘭さんと一緒に舞台の下手に退場したのは、まぎれもない事実だということです。発見者が犯人だとすると、そのあたりが説明不能というか、無茶苦茶になると思うんですが」

とどめを刺したのは、やはり榎本だった。すっかり四面楚歌《しめんそか》となった純子は、沈みかけた船から脱出するように、すっぱりと力八噸犯人説を捨て去った。

「お見事です!」

にっこりと微笑む。

「みなさん、さすがですね。もちろん、力八噸さんが犯人だなんてことは、あり得ません。

状況を整理して、みなさんがどこまでこの事態を理解しているかたしかめるために、わざと馬鹿げた告発をしてみたんです」

あれ、と思う。榎本を含め劇団員たちは、てんでばらばらな方向を見つつ、あくびをしたり、顎《あご》を掻いたりしている。それは、あのどうしようもない芝居を見ていたときの、自分の態度にどこか似たものだった。

「……ええと、話を戻します。とにかく、犯行の機会があったのは、この三人だけです」

榎本は、咳払《せきばら》いをして話を引き取る。

「うち一人が、ロベルト十蘭さんと一緒に下手から舞台を出ました。ロベルト十蘭さんは、ロビーに出て売店で大瓶のビールをゲットし、楽屋に戻ります。結局は、この大瓶が凶器となるわけですが……。問題の一人は、先に楽屋に入って待っていたと思われます。ここで、第一の疑問です。なぜ、彼ら二人だけ下手から退場したのでしょうか。他の演者や役者は、全員が上手から出てきて上手に戻ることになっていたのに」

「二人ずつ、さっと左右に分かれた方が、かっこいいからじゃないですか？」

松本さやかが、答えた。

「結局、誰も見てませんでしたけどね。栗痴子さん。そういう演出があったんですか？」

「いやあ、わからないな。芝居以外は、彼らが自分で演出を考えてたからね」

「みなさんは、左右に二人ずつ分かれることにしていたんですか？」

榎本は、三人の容疑者に訊《き》く。答えたのは、須賀礼だった。

「特に、そういう打ち合わせはありませんでしたね。というより、みんな上手に戻ってくるもんだと思ってたんで、二人が下手に行った理由は、いまだによくわかりません」

理路整然とした、ビジネスマンのような受け答えだった。

「そっか！　じゃあ、ビールが飲みたかったからね？　売店に行くには、下手からじゃないと遠回りになるから」と、さやか。

「それも違うと思うなー」と答えたのは、アントニオ丸刈人《マルガリート》だった。

「上手の楽屋には、寿司とか差し入れが、いっぱい届いてたんだぜ。ビールだって、大量にあったし」

「もともと、上手の楽屋の方が、ずっと広いんですよ。今回、下手の方は、ほとんど使ってなかったんです」

ジョーク泉が、補足する。

「もったいぶってないで、結論を教えてください」

悔しいが、純子は、榎本に正解を訊《たず》ねる。

「二人の間に、あらかじめ何らかの打ち合わせがあったんでしょう。ロベルト十蘭さんは、後半の芝居にも出演することになっていました。私は、そこへ二人で登場するつもりだったんじゃないかと推測しました」

「二人で？」

漫才でもやるつもりだったのか。

「先ほど『彼方の鳥《ヨンダー・バード》』を拝見しましたが、芝居を秩序型と無秩序型に分けると、あきらかに無秩序型の典型だと思います」

「そんな連続殺人犯みたいな分類は、心外だ」

栗痴子が、榎本に抗議する。

「言葉が不適切な点は、ご容赦ください。要は、途中で何をやろうが、流れ的にはＯＫだということなんです。ロベルト十蘭さんは、自由に好きなことをやるように言われていたようですね。当初は、空手家の設定で一人コントのようなことを考えていたかもしれませんが、率直に言えば、試し割りのパフォーマンスも全然受けてなかったようですし、芝居の途中で登場して、客席がドン引きで立ち往生するのを恐れたとしても、不思議ではありません」

「それで？　十蘭は、誰かを引き込んで、何をやろうとしていたんだろう？」

栗痴子が、訊ねる。

「漫才です」

当たった。やった。……しかし、そんな馬鹿な。

「なぜ、そんなことがわかるんですか？」と、ジョーク泉。

「ロベルト十蘭さんの遺品を調べると、ノートが出てきました。中には、細かい字で漫才のネタがぎっしりと書き込まれていました」

「じゃあ、もしかしたら、相方の名前も？」

榎本は、首を振る。

「残念ながら、そこまでは」

「あっ。もしかしたら……！」

カルロス金玉が、叫んだ。

「そうです。あなたが聞いたのは、口論ではなかった。本番前の漫才の稽古《けいこ》だったんです。関西風のテンポの速いボケと突っ込みの応酬は、ドア越しに聞いたら、口論しているように聞こえてもおかしくありませんから」

全員が、しばし沈黙する。漫才の台本が出てきたのであれば、榎本の言うことは正しいのだろう。しかし、だとしたら何なのだ。

「二人が漫才の稽古をしていたとしたら、どうして、それが諍《いさか》いになって、ロベルトさんが殴り殺されることになっちゃったの？」

榎本は、純子の質問に直接答えようとはしなかった。

「その疑問に答えるには、もう一つ別の疑問について考えてみる必要があります。ロベルト十蘭さんは本物の空手家で、極限会館から二段を与えられていたそうですね。武闘派揃いの劇団ES&Bにおいても、容易に遅れを取ることはないだろうと思います。それが、なぜ、いとも簡単に撲殺されてしまったんでしょう？　ビール瓶で頭を殴るという単純な方法で、しかも真正面からです」

そうだ、と思う。さっき自分が覚えた違和感は、このことだった。

「マーベラス！」

それまで不気味な沈黙を守っていたマービン羽倉が、突如として吠《ほ》えた。

「それがやれたのは、こいつしかない！　須賀礼！　おまえの馬鹿みたいな手の速さ《ハンド・スピード》なら、十蘭を殺《や》れただろうが？　とっとと白状しろ！」

「あれ？　けっこう、いい感じじゃん。次は、『羽倉刑事純情派』で行こうか」

栗痴子がつぶやく。

「それは、濡《ぬ》れ衣《ぎぬ》です。僕は、何もしていない。ロベルト十蘭を殺す動機もありませんし」

須賀礼は、落ち着き払っていた。

「ちなみに、須賀礼さんは、舞台を退場してからは、どうされてたんですか？」

榎本の質問にも、よどみなく答える。

「僕は、新鮮な空気が吸いたくなったので、楽屋口から外に出ました。そして、行きつけの『エル・アルマ・アル・アイレ』という喫茶店に行き、焙煎《ばいせん》したばかりのトアルコトラジャ・コーヒーの芳醇《ほうじゅん》な香りを楽しみつつ、『東洋経済』の《人民元の切り上げ圧力は、ハードカレンシーのいっそうの軟調傾向を助長するか》という記事を熟読してたんですが、帰ってきたら、こんな騒ぎになっていたので、たいへん驚きました」

「わけのわからねえことばっか言っててんじゃねえ！」

マービン羽倉が、野獣のように猛《たけ》り狂う。

「おまえは、十蘭を殺してから、奇術で抜け出したんだ！　図星だろうが？」

「いや、奇術って、魔術じゃないですから」

須賀礼は、苦笑する。

「奇術……？　ちょっと待って。わかったわ！　そうだったのね！」

純子の頭の中で、瞬時に何かがつながった。奇術。クロースアップ・マジック。そして、圧倒的なスピード。

「須賀礼さん。やはり、あなただったんですか。残念です」

「青砥先生には、今回、ぜひ残念賞を差し上げたいですね」と、榎本。

「ちょ、ちょっと待ってください。いったい、僕が、どうして……？」

名指しされた須賀礼は、茫然《ぼうぜん》としていた。

「マーベラース！　やっぱり、おまえだったか！」

マービン羽倉は、嬉《うれ》しそうに両手を握り合わせる。犯行が証明されたら、即シメてやろうという態勢だ。

「青砥先生。一応、お聞きしますが、須賀礼さんが犯人だとしたら、密室の謎は解けるんですか？」

　榎本の問いに、純子は、自信を持ってうなずいた。

「ええ。過去に遭遇した、冷酷きわまりない殺人犯のことを思い出したんです。その男は、目撃者の前で、まるでクロースアップ・マジックのように密室を完成させました。目の前、至近距離で行われていることさえも、人間の目は正しく捉《とら》えられるとは限らない。それが、あの事件の教訓でした」

「あれは、本当に痛ましく、恐ろしい事件でした。……でも、今回の事件と何の関係があるんですか？」

　榎本は、不思議そうに訊ねる。

「クロースアップ・マジックで、気がついたんです。左右の掌《てのひら》の間で、コインを瞬間移動させる技がありますよね？　高速度カメラで撮影すると、片手の指でコインを弾《はじ》き飛ばして、反対の手でキャッチしているのがわかります。でも、人間の目が捉えられる速度には限界があり、速すぎる物体は認識できないんです」

「理屈としては、その通りです。でも、それを密室トリックに応用するのは、さすがに無理だと思うんですが」

「はっきり言ってください。僕が、具体的に、どうやって犯行現場から脱出したと言うんですか？」

須賀礼は、真剣な顔で訊《き》く。

「あなたは、犯行後、大勢の人が見守っている舞台を駆け抜けたんです」

「はあ……？」

「ですが、あまりにもそのスピードが速かったため、誰も気がつかなかった」

深い沈黙が訪れた。

「……驚きました。僕は、羽倉さんより滅茶苦茶なことを言う人を、生まれて初めて見ましたよ」

須賀礼が、溜《た》め息とともに言葉を吐き出す。

「たしかに、滅茶苦茶さ加減が尋常ではない。行くところまで行ってしまったようですね。以前は、ここまでひどくはなかった。やはり、休養が必要なのかもしれません」

榎本が、沈痛な調子で答える。

「マー……」と、マービン羽倉。ベラスと続ける気力を失ったらしい。

「えーと、あの」

純子は、一縷《いちる》の望みを込めて、須賀礼を見やる。

「できませんか？」

「そんなことできたら、こんな三流劇団の前座なんかやってるか！」

須賀礼は、ついに爆発する。

「それより、自分が疑われたから言うわけじゃありませんが、羽倉さんは、アリバイはあるんですか？　僕と一緒に上手から退場したそうですが、その後は、どうしてたんです？」

「ずっと上手の楽屋にいたぞ」

マービン羽倉は、胸を張る。

「上手の楽屋で、ずっと何をしていたんですか？」

マービン羽倉の表情が変わった。どうやら痛いところを衝《つ》かれたらしい。動揺を押し隠すように薄笑いを浮かべ、そっぽを向く。

「……マービン羽倉さんのアリバイは、裏が取れています」

榎本が口を挟む。

「実は、ロベルト十蘭さんを死に至らしめた打撃が人並み外れた力だったことから、最初にマービン羽倉さんを疑いました。しかし、上手の楽屋にいたことは確認できています」

「さっきの僕の質問には、答えていませんね。この人は、そこで何をしていたんですか？」

須賀礼は、ここぞとばかり、鬼検事のように追及する。

「マービン羽倉さんが、『マーベラス！』と叫びながら、差し入れの寿司をぱくついていたところを、見た人がいるんです」

　榎本は、仕方がないというように答えた。

「しかも、寿司の不自然な減り方が、本人の申告と一致していました」

「それは、アリバイにしても、ちょっと出来すぎな感じがしますね。何を何個食べたかを、全部覚えてたわけですか？」

　須賀礼は、なおも喰《く》い下がる。

「非常に覚えやすい食べ方だったんです。何しろ、すべての桶《おけ》の、中トロ・イクラ・ウニを全部ですから」

　動揺が広がった。

「全部？　ありえねえだろ。人数分あったはずなのに」

「くそ。主演クラス、みんな喰っちまいやがったのか……」

「じゃあ、残ってんのは、華のねえやつばっかかじゃねえか！」

「てめえ、殺す！」

　数人の劇団員が、にわかに殺気立ち、マービン羽倉に詰め寄っていく。彼らにとっては、殺人より許し難い暴挙らしい。

　マービン羽倉は、平然と「何だ、やるか？」とうそぶいた。

「破壊して、ぶっ壊すぞ」

「次の殺人は、この事件が解決してからにしてください！」

純子は、たまりかねて叫んだ。

「今、お二人のアリバイについてうかがいましたけど、差し支えなければ、富増半蔵さんも教えていただけませんか？」

榎本が水を向けると、富増半蔵は、ぼそりと答える。

「儂《わし》かい？　儂やったら、そこのトイレで、ずっとタバコ吸うとったわ」

関西弁のようだが、どことなくアクセントがおかしかった。

「富増さんは、関西のご出身ですか？」と、純子は訊いてみる。

「ちゃうちゃう。春日部《かすかべ》や」

だから、その答えは変だろう。

「埼玉県民なのに、どうして関西弁なんですか？」

「ちょっとな。わけあって練習しとったら、抜けんようになってしもたんや」

怪しい。

「榎本さん。話を元に戻しましょう！　ロベルト十蘭は、結局、なぜ、むざむざと殺されてしまったんですか？」

ジョーク泉が、軌道修正を図る。

「最初に申し上げたように、これは偶発的な事件で、何があったのかは種々の状況証拠からあきらかでしょう。しかし、真相は、やはり、ご本人の口から話していただいた方がいいと思います」

しんとした。

「ご本人って誰？」

純子は、全員を代表して訊《たず》ねる。榎本は、一人の団員に向かって言った。

「あなたが、誤って、ロベルト十蘭さんを死に至らしめたんですね？」

4

「な、何でやねん。そんなん、儂、知らんちゅうてるやん」

榎本と視線が合った富増半蔵は、黒目が泳ぎ、あからさまに動揺した様子だった。

「わかりました。では、ここで、鍵《かぎ》を握る証人に登場していただきましょう」

大道具係の大道か。純子は、きょろきょろと目で彼の姿を探す。

「小道具係の駒井さんです」

榎本が名前を告げると、作業着姿の非常に小柄な老人が現れた。

「駒井さん。さっき話に出たものを見せていただけませんか？」

「ああ……。まあ、こんなのしか残ってねえんだけどよ。ちょっと失敗したやつだわ」

一瞬、志村けんの声色を使ってるのかと思ったが、地声らしい。駒井が見せたのはビール瓶のように見える物体で、若干いびつで不細工な感じがする。ラベル代わりに『小道具』と勘亭流で書かれた千社札のようなシールが貼ってあった。

それを見た富増半蔵の顔色が、はっきりと変わった。

「これは、駒井さんが飴《あめ》ガラスで作った瓶です」

榎本は、聞き慣れない材質名を挙げる。

「外観はガラスそっくりに見えますが、砂糖とかデンプンを加工したものなので、たいへん脆《もろ》いのが特徴です。主として、舞台劇や映画の特殊効果に用いられます。今日も、マービン羽倉さんが、ロベルト十蘭さんの頭を殴るのに使っていましたね」

榎本は、ビール瓶のように見える物体を逆さに持って、振って見せた。

「まあ、本物の瓶とは重さが全然違いますから、普通なら持った瞬間に気づくはずですが、富増半蔵さんには、違いがわからなかったようです。たぶん、今までに一度も使ったことがなかったんじゃないでしょうか」

え。まさか、そんな……。純子は、ようやく何かを理解し始めていた。

マービン羽倉が、榎本から飴ガラスの瓶を受け取ったかと思うと、いきなり須賀礼の頭に叩《たた》きつけた。瓶は、瞬時に粉々になって飛び散る。須賀礼は、むっとした様子で、天パーの髪の毛に入り込んだ細かい破片を取り除いた。

「富増半蔵さん。ロベルト十蘭さんが残したノート――ネタ帳には、相方の名前こそありませんでしたが、コンビ名は、はっきりと書いてありましたよ。どうでしょうか？　ご自分の口から説明してもらえませんか？」

富増半蔵は、がっくりとうなだれる。

「なんもかんも、榎本さんのおっしゃるとおりだす！　十蘭シバいたんは、儂ですねん！すんまへん！　堪忍しとくなはれ……この通りだ！」

何だ、これは。純子は、呆気《あっけ》にとられた。まるで関西風べたべた人情喜劇の愁嘆場のようではないか。どうして富増半蔵が急に落ちたのかも、さっぱりわからない。「この通り」と言いながら、別段何もしていないし。

「こうなったら、包み隠さずお話しします。実は、こないな顚末《てんまつ》でしたんや」

富増半蔵が語ったところでは、榎本の言うとおり、二人で下手に行って、他に誰もいない楽屋でネタ合わせをしていたのだという。

ロベルト十蘭がロビーにビールを取りに行って、遅れて楽屋に入ると、ドアが閉まるのを待ちかねるようにして漫才の稽古《けいこ》が始まった。二人ともインチキな関西弁を喋《しゃべ》るというのが趣向で、関西の客が聞けばたぶん激怒するだろうが、向こうまで遠征することはないから、問題ない。あとは、アドリブ込みのボケと突っ込みの回転の速さで勝負するつもりだった。ロベルト十蘭は、常々「漫才は反射神経や」と言っていたらしい。

そのロベルト十蘭は、大瓶のビールをあっという間に飲み干してしまって、鏡の前にある化粧用カウンターに空き瓶を置いた。

「それからしばらくして、ちょうど一段落したとこでしたわ。十蘭が、何でか下を向くと、いきなり、台本にないボケをかましよったんですわ」

ロベルト十蘭の頭頂部は、張り飛ばしてくれと言わんばかりに目の前にある。今まさに、笑いの反射神経が試されているのだ。富増半蔵は、掌《てのひら》で上から叩こうとしたが、そのとき、ロベルト十蘭がさっき置いた空き瓶が目に入る。よく見ると、表には本物のビールのラベルがあるが、鏡に映っている裏側には『小道具』のシールが貼ってあるではないか。ははあ、わかったぞ……。マービン羽倉が、ロベルト十蘭の頭をぶっ叩いたシーンが脳裏に甦《よみがえ》った。男やったら、これで一発、ド派手に突っ込まんかい……そういうつもりなんか。前々から、儂の突っ込みは手ぬるいとか言うとったもんな。

「それで、儂は瓶をつかんで、『何でやねん！』と、思いっくそ頭をはたいたったんです」

ロベルト十蘭がうつむいていたのなら、長身の富増半蔵が振り下ろす瓶は、完全に死角に入っていたはずだ。いかな空手の達人も、どうしようもなかっただろう。純子は開いた口が塞《ふさ》がらなかった。事件の真相は、ここまで馬鹿馬鹿しいものだったとは……。

「『台本にないボケ』って、いったい、どんなことを言ったんですかー？」

松本さやかが、訊ねた。

「それですわ！　あの餓鬼、『どや、半蔵。儂と、本気でM1目指してみいひんか？』と、こないボケよったんですわ。こら、一発突っ込んだらなあかんでしょう？」

「そ、それって、ボケたんじゃないんじゃ……？」

純子は、目眩《めまい》を覚えた。

「え？　そやけど、M1って、もう終わってるやないですか？」

「ロベルト十蘭は、たしか行田《ぎょうだ》市の出身でしたけど、パナマ人かと思うくらい日本の情報に疎い人でしたからねえ」

須賀礼が、嘆息する。

「彼が、今の総理大臣だと認識していたのは、だいたい、二、三代は前の人でしたし」

「でも、まだ一つ疑問があります。そもそも、突っ込みって、頭蓋骨《ずがいこつ》を粉砕するほどの力でやるもんなんですか？」

純子の質問に、富増半蔵は、申し訳なさそうに答える。

「速《はよ》う振り抜いた方が、瓶が粉々になって、かえって痛《いた》ないんちゃうんかなあと……」

結果的に、粉々になったのは、瓶ではなく頭の方だったが。榎本も補足する。

「並外れて長身の人は、筋力も非常に強いことが多いんです。筋力は、よく言われるように筋断面積に比例するだけでなく、筋肉の長さにも関係しますからね」

もはや、訊《き》くべきことは何一つ残っていなかった。とにかく、富増半蔵には自首させて、少しでも罪が軽くなるようにしなくてはならない。これは、殺人でも傷害致死でもなくて、錯誤による事故なのだから……。それから、純子は気がつく。訊くべきことは、残ってないどころじゃないじゃない。

「榎本さん。ロベルト十蘭さんが亡くなった経緯はわかりましたけど、それからどうなったんですか？　富増半蔵さんは、どうやって、密室状態の楽屋から脱出できたの？」

「わかりました。最後に残された謎を解くために、鍵を握る証人に話をお聞きしましょう」

富増半蔵はすでに自白しているのだから、本人に訊くのが一番早いはずである。本当は、榎本が自分でかっこよく謎解きをしたいだけではないのか。『鍵を握る証人』というのも、大げさだろう。小道具係の駒井だって、大して重要な証言はしてなかったし。

「……大道具係の大道さんです。もちろん、劇団のみなさんはよくご存じですね」

大道は、サボテンの形をした大きなベニヤ板を持って登場した。

「それは、さっきの芝居で使っていた『切り出し』ですか？」

「そうです。『切り出し』っていうのはですね、もともと、歌舞伎で使われてたものなんですねえ」

大道は、にこやかに解説する。ここで、そんな知識は、まったくいらないと思うが。

「厚紙やベニヤを切り抜き、こういうふうに絵を描いて、舞台に立てるんですよ。今回は、飛行機のセットのほかに、サボテンばっかり二十個ほど作りました」

「これは、かなり大きい方ですか？」

「そうですね。高さが2メートルちょっとあります。小さいのは、50センチほどですか」

「終わりの方で、力八噸さんが衝突したのが、これですね？」

「そうです。だから、ほら。ここのところに、ちょっと鼻血がついてますねえ」

大道は、嬉《うれ》しそうに指さした。

いったい何の話やねんと、純子は関西弁で突っ込みたくなった。

「それから、ここは重要な点ですが、今回、殺してなかったんですね？」

「はい、全然殺してません」

大道は、にこにこと答える。

「昔は、トンカチ使って、ガンガン殺してたんですが、今は、まずやりませんね」

ここで、ようやく純子も気がついた。どうやら、『殺す』という言葉は、殺害するという意味では使っていないらしい。

「もうおわかりかと思いますが、『殺す』というのは、床に固定するという意味です」

純子の心を読んだように、榎本が解説する。

「本来の『切り出し』は、『支木《しぎ》』とか『金支木《かなしぎ》』と言われる、つっかい棒で立たせます。

どちらも鎹《かすがい》が付いていて、床に金槌《かなづち》で打ち込んで固定するんですが、床に傷が付くため、昨今はまず使われません」

純子は、舞台の床が檜《ひのき》のムク材だと栗痴子が自慢していたのを思いだした。

「今は、代わりに、『鎮《しず》』という錘《おもり》で安定させるようです。この『切り出し』では、根本に付いている『鎮』の重さは10キロあります」

「うーん。ちょっと、話が見えないんですが」

ジョーク泉が、困ったような声を出す。

「『切り出し』のことは、今さら説明して貰《もら》わなくても、だいたい知っています。それと、密室の謎が、どう関連するわけですか？」

榎本は、大道が持って来たサボテンの『切り出し』の前に立ってみせた。

「サボテンは、どれも幅はさほどありませんが、この『切り出し』は、左右に腕のような枝が突き出ていて人体のシルエットに近いのがナイスです。高さは2メートル以上あるので、私よりずっと大柄な富増半蔵さんでも、完全に身を隠せるのがわかると思います」

「ちょっと待って。もしかして、犯人――富増半蔵さんは、サボテンの『切り出し』に隠れながら、舞台を通って逃げたっていうこと？」

純子は、半信半疑で訊《たず》ねる。

「その通りです」

「あのねえ……!」

本気で腹を立てかけて、危うく自制する。

「榎本さんは、さっき、わたしの推理を糞味噌《くそみそ》に言ってたじゃないですか? 滅茶苦茶さが尋常じゃないとか、行くところまで行ってしまったとか、休養が必要だとか……。だけど、榎本さんの説だって、ほとんどマンガというか、同じレベルだと思うんですけど」

「同じレベルですか。なるほど、見方によっては、そうかもしれませんね」

榎本は、感心したように言った。

「広く捉《とら》えれば、同種類のトリックと言えるのかも。両極端は相通ずるというか」

「第一、舞台にいる役者さんは、すぐに気づくでしょう? 後ろからだったら、丸見えなんだから」

「その可能性はありましたが、実際は、誰も気づかなかった。サボテンの『切り出し』は、舞台の一番深い部分を通り、一方、役者さんたちは、舞台から落ちそうなくらい前へ出てたんです。みな、観客席に向かって、俺が俺がと必死でアピールしていたわけですからね」

榎本は、にやりと笑う。

「……ええっと、私の見たところ、まだ、いくつか問題点があるように思いますね」

すっかり真剣なまなざしに変わって、ジョークを言うことも忘れたジョーク泉が、冷静

か？」

「まず、最初にそのサボテンの後ろに隠れるときに、客席から姿が見えるんじゃないですか？」

「たしかに、そこがネックになりかねませんでした。しかし、犯人にとって幸運なことに、このサボテンは、下手の舞台袖《そで》の近く——客席からは死角になる空間に、半分隠れていたんです。そのおかげで、富増半蔵さんは、誰にも見られずにサボテンの背後に身を隠すことができました」

「だとしても、次のサボテンまでの間に、身を隠すものは何もないわけですから、犯人は、そのサボテンを楯《たて》にして動くしかなかったわけですね？」

「そうですね」

「もし、舞台の上を、サボテンがふらふらと動いていたら、どう考えても、目立って仕方がなかったと思うんですが」

たちまち、賛同のざわめきが起きる。

「ところが、まったく目立たなかったんです。かりに、観客全員に質問していたとしても、全員、気づかなかったと答えていたと思いますよ」

「なぜ、そんなことがあり得るんですか？」

「速度の問題です」

榎本は、ロビーの壁に貼ってある舞台の座席図を示した。

「この舞台は、差し渡しが13メートルほどあります。上手の方には飛行機のセットがあり、その後ろを通れば客席からは見えないので、実際に移動しなければならない距離は、最大に見積もっても10メートルくらいでしょう」

速度の問題……。ということは、自分の説と本質的に同じではないかと、純子は思う。

「芝居は、休憩なしの百二十分間——まったく拷問のように長い時間でした。富増半蔵さんがロベルト十蘭さんを死に至らしめたのは、まだ芝居が始まったばかりの頃だと思います。力八幘さんが遺体を発見した——いや、その前に、『切り出し』にぶつかったのは終幕間近でしたから、犯人が使えた時間は百分前後、少なく見積もっても八十分はあったでしょう。10メートルを移動するのに八十分かけたとすれば、時速7・5メートル、秒速にして0・2センチです。実際には、もう少し速かったかもしれませんが、そこまでゆっくり動く物体を観客席から識別するのは、まず不可能です」

「たしかに、動きそのものは、見てもわからなかったかもしれませんね」

ジョーク泉は、納得できないようだった。

「しかし、移動したという結果なら、一目瞭然《りょうぜん》でしょう？　その計算だと、三十分後には、3・75メートル動いていることになります。あれ、さっきとサボテンの位置が違うんじゃないかと、誰かが気づくんじゃないでしょうか？」

「それも、まず気がつかないでしょうね」

榎本は、自信たっぷりに答える。

「観客の注意は役者たちに引きつけられているはずです。芝居としての完成度はともかく、絶えず刺激的なアクションが起こっている舞台で、背景にあるたくさんのサボテンの中の、たった一個の位置を気にする人は、ほとんどいないでしょう」

「それは、榎本さんの勝手な思い込みじゃないですか？」

ジョーク泉も、理屈屋らしく、なかなか譲らない。

「観客の中には、ふと、後ろの方に目をやる人もいるでしょう。人間には、パターン認識というものがあります。たとえ一個一個のサボテンの位置は覚えていなくても、全体をぱっと見たとき、おかしいと思うんじゃないですか？」

「ちょっと前に、アハムービーというのが流行《はや》りましたね。人間の目は、速すぎる動きも捉えられませんが、ゆっくりすぎる変化も見逃してしまうものなんです。アハムービーでは、せいぜい二、三分くらいの時間で、何かが劇的に変わっていると教えてもらっているのに、それでもなかなかわからない。今回は一時間以上かけて、しかも、観客には何か奇妙なことが起きているという認識もありません。かりにサボテンの位置に違和感を覚えた人がいたとしても、気のせいにして片付けてしまうことでしょう」

「うーん……なるほど。たしかに、そうかもしれませんね」

ジョーク泉は、唸《うな》った。榎本は続ける。

「現に、力八嶋さんは、飛行機のセットから出て舞台の奥に行こうとしたときに、そこにはなかったはずのサボテンの『切り出し』に、正面衝突しました。それでも、最初からそこにサボテンがあったのを、自分が忘れていただけだと思ったんじゃないですか？」

「そうですね。あのときは、何でこんなところにサボテンがあるんだろうとは思ったけど。まさか、そろそろと動いて、そこまでやって来たなんて、想像もしなかったな」

力八嶋は、腕組みをする。そのとき、富増半蔵が、まだ『切り出し』の後ろにいたなら、事件は簡単に解決していただろう。しかし、実際は、すでに飛行機のセットの後ろを通り、舞台から消え去った後だったのだ。

「この仮説は、劇団が撮影したビデオの映像でも裏付けられています。ずっと見ていると、かえって気がつかないんですが、芝居の最初と最後の映像を見比べると、一個のサボテンの『切り出し』が舞台を横断しているのがわかりました」

榎本は、『切り出し』をゆっくりと動かしてみせた。

「まあ、口で説明するのは簡単でしたが、実際にやるとなったら、たいへんです。きわめて緩慢に、しかも一定の速度で『切り出し』を動かさなくてはなりません。10キロの錘付きであることを考えると、パントマイマーとしての修練を積んでいる富増半蔵さんでなければ、とうてい不可能なトリックだったかもしれませんね」

「……今、榎本さんの言ったことが、真相だったんですか？」

純子は、富増半蔵に訊ねる。

「そないだ。間違いおまへん」

富増半蔵は、うなずいた。この男は、この後もずっと、このインチキな関西弁で押し通すつもりなのだろうか。

「最後に、もう一つ、質問があるんですけど」

「何でっしゃろ？」

「あなたは、どうして、こんなにあっさりと事実を認めたんですか？　もちろん、ロベルト十蘭さんに対して悪いと思う気持ちもあったんでしょうけど……」

「榎本さんから、十蘭のノートに儂《わし》らのコンビ名が書いてあったと聞いたんで、もうこれは逃げられん思たんです」

富増半蔵は、神妙に言う。

「どんなコンビ名だったんですか？」

「『半狂蘭《はんきょうらん》』……。また間《ま》の悪いことに、半蔵の『半』と、十蘭の『蘭』が、入っとったんですわ」

富増半蔵は、遠い目をして天井を見上げる。

「……そやけど、ひょっとしたら、あれ、マジやったんかなあ」

ロベルト十蘭の、最後の言葉のことを言っているのだろうと、純子は思った。
『どや、半蔵。儂と、本気でM1目指してみいひんか？』

解説

杉江松恋

東京都新宿区の裏通りに間口が四メートルほどしかないペンシルビルがある。その二階にあるのが「F&Fセキュリティ・ショップ」だ。F&Fは〈Forewarned & Forewarned〉の略だという。"Forewarned is forearmed"（あらかじめ知るは備えなり）という諺《ことわざ》のもじりらしい。「警戒し、かつ武装する」とでも訳せばいいのだろうか。そのショップの店長こそが、娯楽小説界の旗手・貴志祐介が創造した名探偵、榎本径である。

介護会社の経営者がオフィスで撲殺死体として発見されるという事件が起きた。状況からすれば隣室にいた専務以外に犯人はありえず、他に容疑者を探そうとすれば誰も入ることができない場所での殺人という密室の謎を解かなければならなくなる。事件を担当することになった弁護士の青砥純子は依頼人の無実を証明するため、榎本に謎解きの知恵を借りることになる。ところが彼は、自称・防犯コンサルタントという肩書きの裏で、まったく反対の悪事に手を染めている疑いのある人物だった。すなわち、泥棒である――。

長篇『硝子《ガラス》のハンマー』（二〇〇四年。現・角川文庫。以下断《い》りのないものは同じ）で、榎本径は読者の前にお目見えを果たした。犯罪者がその経験を活かして探偵役を務める例は、古典作品でいえばモーリス・ルブランの創造したアルセーヌ・ルパン、最近ではニューヨークの作家ローレンス・ブロックの泥棒探偵バーニイ・ローデンバーなど数多い。榎本の魅力は背景がほとんど描かれず謎めいている点で、「九割九分は黒だけど、ちょっとくらいは白の可能性もあるかも。うーん、灰色?」と読者は煙《けむ》に巻かれる仕掛けだ。職業柄、施錠された部屋や、侵入や脱出が不可能な家といった、「密室」にまつわる謎ばかりを手がけることになる、という特徴もこの探偵にはある。

貴志はもともと謎の要素が強いサスペンスやホラーを手がける作家だったが、この『硝子《ガラス》のハンマー』で初めて謎解きそのものに正面から取り組んだ作品を書いた。素晴らしいのは、そのアイデア量である。最終的に榎本が結論を出すまで、いくつもの仮説が提示されては捨てられていく。そのどれもが魅力的であり、もったいないほどの「捨てっぷり」であった。ミステリーに求めるものは人それぞれだと思うが、貴志作品はトリックが解明されたときのカタルシスにかなり重きが置かれている。すべてがわかったときに、小説全体が光輝に包まれたように感じられるのである。そのための演出としての捨てトリックなのだ。もちろんメインディッシュには自信があるが、そこにたどりつくまでに退屈させては読者に申し訳ない、という作者のおもてなしの心を感じます。

読者にとって嬉《うれ》しいことに榎本の出番は長篇一作では終わらず、二〇〇五年から雑誌「野性時代」誌上で散発的に短編が発表された。それに書き下ろし一篇を加えて単行本化されたのが第一短篇集『狐火の家』(二〇〇八年)だった。収録作の四篇にはどれも衆人環視からの人間消失など広義の密室トリックが用いられている。ただし正確にいえば「密室ものと見せかけた○○」が同書の裏テーマで、各篇はどこかに作品の性質そのものが変貌《へんぼう》する箇所がある。最後まで読んでいくと、そういう話だったのか、と驚かされるのである。

これに比べると続編の本書『鍵のかかった部屋』（単行本は二〇一一年七月三十日刊行）は、正攻法のトリックだけを扱った、看板通りの「密室ミステリー」作品集だった。巻頭の「佇む男」（初出：「野性時代」二〇〇八年五月号）は、葬儀会社社長が内側から施錠された部屋の中で、自殺としか見えない形で死んでいるのが発見されるという謎が扱われている。葬儀を生業《なりわい》にしていた者らしく、死者は白幕を背にして絶命していた。それがはからずもドアを内側から目張りしたような形になっていたのである。次の表題作（初出：同十二月号）も目張りの密室が登場する。ドアの隙間が内側から塞《ふさ》がれた室内で練炭が焚《た》かれ、中にいた人間が一酸化炭素中毒死するのだ。なお、本短篇集の元版単行本帯には、編集者によって各篇にそれぞれキャッチコピーがつけられていた。最初の二作はそれぞれ「別解潰しの密室」「侵入盗にも解けない密室」である。これは読んだ人だけが真意に気付いてニヤリとするたぐいのもので、巧《うま》い謎掛けになっている。

三番目の「歪んだ箱」（初出：同二〇一〇年五月号）は欠陥住宅という特殊な状況設定の密室殺人ミステリーである。貴志によれば、このシリーズでは通常トリックを思いついてからそれにふさわしい舞台を準備するが、本作のみは欠陥住宅であるという状況設定が先行したという。最後の「密室劇場」（初出：同二〇一一年七月号）は前作『狐火の家』に収められた短篇「犬のみぞ知る　Dog knows」に出てきた三流劇団のメンバーが再登場する爆笑篇である。劇団の名前が「土性骨」で、劇場が「地球ホール」（地球は英語読みしてくださ い）というのがまず凄《すご》い。劇団員の名前は、すべてあるプロスポーツにちなんだものになっているので詳しい人はそこで笑ってしまうはずだ。なんでこんな馬鹿話を、というような内容なのだが、使われているトリックは人間の盲点をついた斬新《ざんしん》なものだ。公演中の劇場が殺人の現場になるという趣向だが、実は本書に収録された四篇にはすべて「飾られた密室」という共通点がある。装飾によって現実から少し浮き上がったところにある密室を扱った作品集なのだ。フィクションならではのケレンも本書の味である。

このシリーズは『鍵のかかった部屋』のタイトルで連続ドラマ化された。CX系で二〇一二年四月から放送、月曜日九時、いわゆる「月9」の枠である。榎本径役を務めるのは〈嵐〉のリーダー、大野智だ。ドラマ版の榎本は個人事業主ではなく大手警備会社の社員で「日々ひたすらセキュリティの研究に没頭する、いわゆる〝防犯オタク〟」の変わり種として描かれるらしい。現時点で他のキャストは戸田恵梨香と佐藤浩市がいるということしかわかっていない。もちろん戸田は青砥純子の役で、佐藤はその上司という設定のようだ。原作では榎本と純子二人の掛け合いで進められていた推理が三人に増えたことによって、いかなる変化が起きるか、注目すべきポイントである。

貴志作品は映像化されたものが多く、大竹しのぶの鬼気迫る演技が話題になった『黒い家』や、松浦亜弥の出世作になった『青の炎』（あ、これも嵐の二宮和也主演だ）など、世評の高い作品も多い。連続ドラマになるのはこの『鍵のかかった部屋』が初めてなので、反響が楽しみである（なお、二〇一二年には他に、第二十九回日本SF大賞作である『新世界より』がアニメーション化され、テレビ朝日系で放送されることが決定している）。

ドラマを観て原作に興味を持った方は、小説ではテレビ版とはちょっと違った榎本径像もぜひ楽しんで読んでもらいたい。というより、青砥純子とのコンビ芸を。本シリーズの裏の楽しみとして、「壊れていく青砥純子を愛《め》でる」という鑑賞法があるのだ。彼女ったら、最初は切れ者の美女の役回りだったのに、その後の作品では次第に気の毒な役回りを押しつけられるようになってしまった。素性が怪しい人物であることを知りつつ、謎解きでは榎本に頼らないと立ち行かないジレンマが、彼女からだんだん余裕を奪い取っている感じなのだ。泥棒かもしれない男と一緒にいたら、それはイーッってなるよね。イーッて。

また、思いつきで珍説を口にしては「ありえませんね」と榎本ににべもなく否定される場面も定番のものになってきた。名探偵とワトソン（助手）役のペアの宿命である。

貴志祐介には関西で言う〈いちびり〉の性質があるようで、気分が乗ってくるとストーリーの必然性とは別に描写が濃くなっていく傾向がある。その典型的な例が話題作『悪の教典』のクライマックスだ。どうやら青砥純子は作者に〈いちびられ〉ているらしい。そのうち「いつでも青息吐息、略して青砥純子です」とか自己紹介しながら現場に現れる、おもしろい弁護士さんになってしまうかもしれない。それも可愛くて、いいですけどね。

本書は、二〇一一年七月に小社より刊行された
単行本を文庫化したものです。

鍵《かぎ》のかかった部屋《へや》

貴志祐介《きしゆうすけ》

角川文庫 17357

平成二十四年四月二十五日　初版発行
平成二十四年五月十五日　再版発行

発行者—井上伸一郎
発行所—株式会社角川書店
東京都千代田区富士見二—十三—三
電話・編集（〇三）三二三八—八五五五
〒一〇二—八〇七八
発売元—株式会社角川グループパブリッシング
東京都千代田区富士見二—十三—三
電話・営業（〇三）三二三八—八五二一
〒一〇二—八一七七
http://www.kadokawa.co.jp
印刷所—大日本印刷　製本所—大日本印刷
装幀者—杉浦康平

き 28-4　ISBN978-4-04-100286-5　C0193

角川文庫発刊に際して

角川源義

第二次世界大戦の敗北は、軍事力の敗北であった以上に、私たちの若い文化力の敗退であった。私たちの文化が戦争に対して如何に無力であり、単なるあだ花に過ぎなかったかを、私たちは身を以て体験し痛感した。西洋近代文化の摂取にとって、明治以後八十年の歳月は決して短かすぎたとは言えない。にもかかわらず、近代文化の伝統を確立し、自由な批判と柔軟な良識に富む文化層として自らを形成することに私たちは失敗して来た。そしてこれは、各層への文化の普及滲透を任務とする出版人の責任でもあった。

一九四五年以来、私たちは再び振出しに戻り、第一歩から踏み出すことを余儀なくされた。これは大きな不幸ではあるが、反面、これまでの混沌・未熟・歪曲の中にあった我が国の文化に秩序と確たる基礎を齎らすためには絶好の機会でもある。角川書店は、このような祖国の文化的危機にあたり、微力をも顧みず再建の礎石たるべき抱負と決意とをもって出発したが、ここに創立以来の念願を果すべく角川文庫を発刊する。これまで刊行されたあらゆる全集叢書文庫類の長所と短所とを検討し、古今東西の不朽の典籍を、良心的編集のもとに、廉価に、そして書架にふさわしい美本として、多くのひとびとに提供しようとする。しかし私たちは徒らに百科全書的な知識のジレッタントを作ることを目的とせず、あくまで祖国の文化に秩序と再建への道を示し、この文庫を角川書店の栄ある事業として、今後永久に継続発展せしめ、学芸と教養との殿堂として大成せんことを期したい。多くの読書子の愛情ある忠言と支持とによって、この希望と抱負とを完遂せしめられんことを願う。

一九四九年五月三日